Forever Yours II
Verloren. Sein.

Morgan Stern

Copyright © 2019 Morgan Stern

1. Auflage

Verleger:
Morgan Stern
Johann-Dahlem-Str. 23
63814 Mainaschaff

Druck:
Amazon Media EU S. à r. l.,
38 avenue John F. Kennedy, L-1855, Luxembourg

Alle Rechte vorbehalten.
ISBN: 9781794100312

DANKE!

Wow, ich erinnere mich noch gut daran, als ich vor ziemlich genau einem Jahr hier saß und die allererste Danksagung meines Lebens verfassen sollte. Ob es jemals ein weiteres Buch geben würde, wagte ich zu bezweifeln. Und nun? Es ist vollbracht. FOREVER YOURS II – Verloren. Sein.

Wie bedankt man sich aber nun richtig und vor allem bei wem? Und wie kann ich verhindern, dass sich jemand vergessen fühlt? Ganz einfache Sache – gar nicht.
Ich werde es schlicht und ergreifend so tun, wie ich es immer tue. Auf meine Art!

Allem vorweg möchte ich meinen Liebsten danken, ohne eure kontinuierliche Unterstützung wäre so vieles erst gar nicht möglich gewesen. Ebenso möchte ich den Menschen danken, die mir immer wieder zugehört, ihre Meinung gesagt und mich neu inspiriert haben. Ich hoffe, ihr erkennt eure Einflüsse hier und da ein bisschen wieder.

Dankeschön, ihr lieben Blogger, Buchliebhaber, Seitenbetreiber – eure Unterstützung bedeutet mir wirklich viel und ihr macht einen bemerkenswerten Job!

Ein großes Danke geht an all die Menschen, die FOREVER YOURS gelesen haben. Ich hoffe, ich konnte euch unterhalten, wachrütteln, erschrecken, schocken, mitfiebern lassen, einfach Emotionen in euch wecken.

Eure Morgan Stern

Was bisher geschah ...

Wider Erwarten fühlte sich Mira zu dem smarten, irischen Musiker Ryan, den sie übers Internet kennengelernt hatte, sofort hingezogen. Der plötzliche Ruhm der Band zerstörte die aufgebaute Vertrautheit jedoch blitzschnell, denn die Geheimnisse, die Ryan ihr anvertraut hatte, stellten für ihn und die Band nun eine Bedrohung dar.

Aus purer Angst und Verzweiflung heuerte Ryan einen Profikiller an, mit dessen Hilfe er zuerst Mira entführen und danach töten wollte. Jedoch hatte Ryan nicht damit gerechnet, dass er Gefallen an seiner Rolle finden könnte. Endlich hatte er Kontrolle, hielt selbst die Fäden in der Hand und betrachtete Mira als sein persönliches Eigentum, mit dem er tun und lassen konnte, was auch immer ihm in den Sinn kam.

Auch wenn sich Mira stets der absoluten Macht- und Hilflosigkeit stellen musste, ließ sie kaum eine Möglichkeit aus, um ihren Widerstand ihm gegenüber deutlich zu machen. Ihre Stärke brachte Ryan letztendlich dazu, zu immer drastischeren Mitteln zu greifen. Nachdem der immer gewaltbereiter werdende Ire damit drohte, ihre Familie töten zu lassen, sollte sie nicht endlich kapitulieren, verstand er sich selbst als eindeutigen Gewinner und beschloss, Mira samt Profikiller in seinen Musikeralltag zu integrieren.

Ihre dennoch anhaltende Stärke und Willenskraft befeuerte Ryans Drang nach Kontrolle weiter, ließen ihn nach und nach sämtliche Hemmungen verlieren, bis er sie in einem Hotelzimmer vergewaltigte, um damit auch ihren Körper zu besitzen.

Als er am Morgen darauf seinen Sieg zelebrieren wollte, erwischte er Mira beim Versuch, ihre Familie zu kontaktieren. Völlig von Sinnen ging er auf sie los, schlug auf sie ein und ließ sie mehr als deutlich wissen, dass sie den Tod ihrer Liebsten zu verantworten hatte, während sie selbst bis auf Weiteres in seinem Keller ausharren müssen würde.

- Prolog -

Es gab nichts zu sagen. Rein gar nichts. Natürlich wäre mir so endlos viel eingefallen, aber ich hätte es in die Luft geschrien, an die Wände gedonnert, in meine Hände geflüstert oder in das nächstbeste Kissen geweint. Ins Leere wären sie gelaufen, meine Gefühle. Niemand hätte sie gehört, niemand hätte Notiz davon genommen und selbst wenn, was hätte das schon gebracht?

Eine Träne lief mir übers Gesicht, trotzig drehte ich mich zur Seite, vergrub mich so gut es ging unter der Bettdecke. Was sollte das alles schon? Wieso aufstehen? Wieso irgendetwas tun? Den blöden Radiowecker hatte ich mittlerweile aus der Steckdose gezogen, heute würde ich nicht aufstehen. Wieso arbeiten gehen? >>Jeder muss arbeiten<< hätte meine Mutter mir kopfschüttelnd und missbilligend erklärt.

„Das lenkt doch ab und was hättest du denn mit dem Jungen gewollt? Du hast dir doch nie ernsthaft Hoffnungen gemacht, oder?", augenrollend hatte sie mich angelächelt, als ich ihr erzählen wollte, wie es mir ging. Ernst genommen hatte sie mich vermutlich sowieso noch nie und ihre leicht herablassende Art kränkte mich in diesem Moment mehr denn je.

„Er fehlt mir so." Ich musste schlucken, doch bevor ich fortfahren konnte, unterbrach sie mich.

„Fehlen?", sie kratzte sich an der Stirn. „Wie kann dir jemand fehlen, den du gar nicht gekannt hast? Eine Schwärmerei ist das, der hat sicher noch 100 anderen Mädchen den Kopf verdreht und du bist keine 15 mehr und rennst Musikern nach, oder? Kind ...", sie seufzte, „wach auf und mach was aus deinem Leben."

Nach diesem kläglichen Versuch hatte ich kapituliert. Wie hatte ich auch darauf hoffen können, von meiner Familie emotionale Unterstützung zu fordern? Gerade in diesem Fall? Unmöglich. Nachdem ich Ryan über einen Chat kennengelernt hatte, sprudelten meine Gefühle förmlich über. Ich musste mich mitteilen, am liebsten hätte ich täglich eine Rundmail an alle meine Freunde geschickt, um ihnen von unserem letzten Chat zu berichten. Es kam so selten vor, dass ich mich überhaupt mit derselben Person mehrmals online unterhielt und ich hatte bis dato auch keinerlei positive Eindrücke von Chaträumen gewinnen können. Alles war oberflächlich, unehrlich und spätestens bei der altbekannten Frage nach meinem Aussehen hatte ich keine Lust auf ein weiteres Kennenlernen.
Mit Ryan war es anders. Er schien genauso genervt von diesem Abarbeiten unkreativer Fragen zu sein und ich für meinen Teil war schon extrem positiv gestimmt, als er nach 10 Minuten noch nicht nach einem Foto von mir gefragt hatte. Auch wenn ich ihn nicht sehen konnte, er hatte etwas sehr Anziehendes, etwas faszinierte mich an ihm und ich wollte einfach wissen, wer diese Person war.

Ich kämpfte gegen die Tränen an, die sich in meinen Augen sammelten. Ein Gefühl, als wäre mein Herz eine einzige offene Wunde. Sinnlosigkeit machte sich wieder breit, ich appellierte an meine innere Kraft, die doch irgendwo sein musste. Das konnte so nicht weitergehen, das wusste ich selbst, aber warum war es dann so schwer? Wieso konnte ich seine Entscheidung nicht einfach akzeptieren und mein Leben weiterleben wie zuvor? Die Frage konnte ich mir leicht selbst beantworten. Weil es keine Entscheidung gegeben hatte. Weil ich nicht integriert, sondern vor vollendete Tatsachen gestellt wurde.
Ja, ich gebe es zu, ich hatte die letzten Wochen über bemerkt,

dass etwas anders war. Ryan hatte weniger Zeit, sagte er zumindest. Da seine Band endlich den Durchbruch geschafft hatte, fiel es mir nicht gerade schwer, ihm das zu glauben. Es war nicht schön, viel zu oft saß ich abends da, die Augen immer auf den Laptop gerichtet, in der Hoffnung, dass ich seinen Namen in einem Chatfenster aufflackern sehen würde. Mein Leben hatte sich die Monate zuvor viel zu sehr um ihn gedreht, irgendwie versuchte ich möglichst keine Gelegenheit zu verpassen, um ein paar Zeilen mit ihm zu schreiben. Ich hatte Freunde vernachlässigt, Hobbys drastisch reduziert und alles in allem hing ich die meiste Zeit des Tages mit meinen Gedanken bei ihm. Er hatte mir nie etwas versprochen, das hätte ich ihm auch nicht abverlangt. Nähe zuzulassen, war für ihn nicht unbedingt ein Kinderspiel, um es mal bildlich zu umschreiben. War er an einem Tag locker und fröhlich, während er von seinem Leben erzählte, so konnte es gut und gerne sein, dass er am Tag darauf regelrecht zickig reagierte, wenn man ihn etwas Privates fragen wollte. Ich versuchte, ihm den Raum zu lassen, den er brauchte, aber ich hatte Fragen, ich brannte regelrecht dafür, jede noch so kleine Kleinigkeit aus ihm herauszukitzeln – wenngleich auch in SEINEM Tempo und nicht in meinem. Für mich war es okay, ich fühlte mich motiviert.

Ein paar Tage lang hatte ich ihn nicht mehr online gesehen. Ob er unterwegs war? Vielleicht funktionierte das Handy nicht? Ich ging wie so oft alle Möglichkeiten durch. Eigentlich hatte ich ihn über den Chat schon vor 3 Tagen nach seinem Befinden gefragt, aber weder eine Nachricht noch eine Lesebestätigung erhalten.
Um meinen inneren Drang zu befriedigen, tippte ich ein paar Zeilen an ihn und schickte das Ganze an seine E-Mail-Adresse.

Noch bevor ich mich vom Laptop abwenden konnte, poppte eine E-Mail in meinem Postfach auf. Es war meine eigene Nachricht an ihn ... ungeöffnet zurück, unbekannt verzogen quasi.

Mein Herz raste augenblicklich. Das konnte nicht sein. War sein Postfach voll? Oder kaputt? Gehackt worden? Ich verstand den allzu offensichtlichen Wink mit dem Zaunpfahl nicht, sondern versuchte es erneut – mit demselben Ergebnis. Leichte Panik machte sich in mir breit, war ihm etwas passiert? Ich checkte die Bandhomepage, Facebook-Seite und die Nachrichten. Nichts zu finden. Eine Telefonnummer von ihm hatte ich nicht, auch keine Adresse. Wie gerne hätte ich seine Stimme gehört, mit ihm gesprochen, aber er hatte immer Ausreden gefunden, wieso er das nicht wollte. Ich suchte das Chatfenster, schrieb wieder.

„Ryan? Was ist los? Ich höre nichts von dir, mache mir Sorgen."

Nichts. Nach zwei Stunden Warten voller Zittern und Herzrasen entschied ich mich, dass es wirklich in eine Art Hysterie ausgeartet war und ich dringend etwas dagegen tun sollte.

Wenigstens auf meine beste Freundin Elena war Verlass und so saß ich mit ihr kurz darauf in >>unserem<< Coffeeshop und jammerte mir bei Latte macchiato und Schokotorte den Kummer von der Seele.

„Hmmm", Elena nippte an ihrem Kaffee, „Süße, ich weiß nicht, ob ich das sagen sollte, aber ...", sie sah mir in die Augen, „... was ist, wenn er ... ich meine ... wenn er gar nicht will, dass du ihn erreichen kannst?"

Selbstverständlich hatte ich darüber auch schon nachgedacht, aber ich wollte es einfach nicht in Betracht ziehen. Ryan und Mira – das war nicht schon vorbei. Nicht bevor es überhaupt angefangen hatte. Ich wollte ihm wenigstens in die Augen gesehen haben, bevor ich mit diesem Kapitel abschließen können würde.

„Es gab keinerlei Anzeichen dafür, wir hatten keinen Streit oder so", rechtfertigte ich meinen Widerstand gegenüber Elenas Vermutung.

„Mag sein, aber ich meine, er ist ja nicht gerade so der einfache Typ Mann, um es mal harmlos zu beschreiben. Er war doch auch vorher schon ab und zu seltsam drauf, hat sich nicht gemeldet und so, oder?"

„Ja schon, aber ..." Meine Traurigkeit versuchte mich erneut zu überrennen. „Das kann er nicht machen."

„So sehr ich dir ein Happy End wünschen würde, er hat alles, was zwischen euch war, so unverbindlich gehalten, dass er von jetzt auf gleich verschwinden kann, wenn ihm danach ist. Und seine jetzige Popularität wird ihm da noch in die Hand spielen, selbst wenn du ihn stalken würdest, da wärst du nicht alleine und an ihn herankommen würdest du so auch nicht. Sieh es, wie es ist, du kannst ihn nicht zu seinem Glück zwingen."

Schweren Herzens musste ich mir selbst eingestehen, dass Elena recht hatte. Wenn Ryan das wollte, wäre es ein Leichtes für ihn. Und was war mit mir? War ich nicht einmal ein Abschiedswort wert? Nicht einmal ein >>Danke für die vielen Stunden<< oder >>Leb wohl<<?

Als ich wieder zu Hause war, festigte sich Elenas Meinung. Er hatte sich nicht gemeldet und ich war alleine. So langsam wurde mir bewusst, dass ich wahrscheinlich das Ende dieser nicht vorhandenen Geschichte verpasst hatte. Während ein Teil von mir in Mantra-Manier immer wieder „Das kann nicht sein" wiederholte, ärgerte sich der andere Part über die Tatsache, dass all das so gekommen war. Wieso hatte ich mich darauf überhaupt eingelassen? Wieso auf ihn? Was hatte ich denn erhofft? Dass der große Rockstar, der er mittlerweile war, sich in das Mädchen aus dem Chat verlieben würde? So etwas geschah höchstens in Filmen, und wenn ich ehrlich zu mir war, so hatte ich schon bei der ersten Frage nach einem Treffen und seiner Antwort darauf (einem Nein) vermutet, dass daraus niemals ein Ja werden würde. Dennoch hatte ich es gekonnt ignoriert, mich immer weiter fallen gelassen und gehofft, dass es einmal gut ausgehen würde für mich. Dass er mir vielleicht beweisen würde, dass es nicht immer in ein schmerzliches Ende ausarten würde, wenn ich mich auf jemanden einließ.

Tja, weit gefehlt. Meine Schuld. Oder seine? Wieso hatte er mir aber so viele Dinge über sein Leben erzählt? Er musste doch irgendwie Vertrauen zu mir gefasst haben, sonst blieben solche Dinge unter Verschluss. Und das schon zweimal, wenn man in der Öffentlichkeit stand, das musste ihm doch auch klar sein.

Ich zuckte zusammen, meine Gedanken hatten nicht aufgehört, sondern munter weiter Puzzleteile zusammengefügt.

Er war nun berühmt, und auch wenn niemals herauskommen würde, was zwischen uns war, so wusste ich dennoch einiges über ihn.

„Bitte melde dich! Es ist wichtig." Ich schrieb ihm noch einmal über den Chat, dann schlenderte ich in die Küche, schnappte mir eine Flasche Rotwein und kuschelte mich in meine Decke ein. Manchmal war das Leben so einfach besser zu ertragen.

Irgendwann schreckte ich hoch, die Weinflasche wäre beinahe umgefallen. Vermutlich war ich eingenickt oder so. Ich nahm einen Schluck und kämpfte mich hinüber zum Laptop. Keine Nachrichten, wieso zur Hölle hatte ich immer noch Hoffnung? Er hatte mich von Anfang an verarscht, da war ich mir nun sicher. Aber was war mit seinen ganzen Geschichten? Alles Lügen? Erfunden?

„Lieber Ryan, entweder du antwortest mir oder du findest unsere Chatgeheimnisse bald in irgendeiner Klatschzeitung."
=> SENDEN
Nur so würde ich herausfinden, ob es gelogen war. Hätte er mir die Wahrheit erzählt, so würde er nun alles daran setzen, dass nichts davon an die Öffentlichkeit dringen würde. War alles eine einzige große Lüge, so könnte es ihm schlicht und ergreifend egal sein – so wie ich ihm egal war.

- Mira -

Mein Kopf war völlig leer, während mein Herz vor Kummer zu zerspringen schien. Ich konnte nicht mit dem Wissen existieren, dass ich den größten Fehler meines Lebens begangen hatte. Er würde mir nicht verzeihen, mir keine weitere Chance geben. Dieses Mal war es zu spät, ich war zu weit gegangen. Und dieser Killer, den er beauftragt hatte, nach meiner Familie zu sehen – er würde ihm sagen, dass es so weit war. Dass er nun tätig werden musste.

Die Worte rasten durch meinen Kopf, aber sie ergaben keinen Sinn. Ich hörte sie, verstand allerdings nichts davon. Vor einer Weile schon war mir die Sache über den Kopf gewachsen, einfach zu viel geworden und nun hatte ich den Moment erreicht, an dem ich nicht mehr klar denken konnte und es auch nicht wollte. Es war viel zu grausam. Kaum auszuhalten. Wie gerne hätte ich es ignoriert, so getan, als wäre nichts passiert, alles in bester Ordnung. Ich traute mich nicht, ihn anzusehen.
Aus dem Fenster blickte ich auch nicht, zumindest erinnerte ich mich an nichts, was ich gesehen hatte. Es war wohl eine relativ lange Autofahrt. Einmal hielt er an einer Tankstelle, kam

mit einem Becher Kaffee für sich zurück.
Dann bemerkte ich die ersten Straßen von Dublin, erkannte die Schilder der Stadt. Ob ich froh darüber war? Ganz und gar nicht. Mir lief die Zeit davon und ich fühlte, dass etwas wirklich Schlimmes geschehen würde. Dabei hatte sich nichts verändert, alles war wie damals, in meinem Urlaub hier vor Jahren. Und so wie es bei unserer Abreise vor Tagen war.
Trotzdem würde nichts mehr so sein, wie es war. Ich hatte mit dem Leben meiner Familie gespielt und verloren. Hatte das Todesurteil unterschrieben, weil ich meine Finger nicht von dem verdammten Telefon hatte lassen können. Ich war schuld. Nur ich allein.

In dem Moment, in dem er den Wagen in der Garage geparkt hatte, wünschte ich mir nichts sehnlicher, als einfach nicht mehr zu existieren. Ich wollte nicht, dass es weiterging, dass die Dinge ihren Lauf nehmen würden. Aber natürlich half mir dieser Wunsch nicht, ohne jegliche Rücksicht zerrte er mich aus dem Auto, fesselte mir meine Hände auf dem Rücken und brachte mich ins Haus.
Seltsamerweise endete meine Reise nicht im Keller, sondern in dem kleinen Gästezimmer im ersten Stock, wo er mir, nachdem er mich kommentarlos auf den Boden gedrückt hatte, schließlich auch die Füße fesselte und mich mit einem Tuch knebelte. Es war mir egal, warum hätte es mich auch interessieren sollen? War doch ohnehin alles sinnlos.

***

Es war dunkel, sehr sogar, als er zurückkam. Gleichgültig zwang er mich auf die Beine, löste die Fesseln und drängte mich schließlich unsanft die Treppen hinab in den Keller.

Einen Augenblick später hatte er mich in den kleinen Raum gestoßen und die Türe hinter mir verschlossen. Das war es also – ich war wieder in diesem kalten Grab.
Seufzend drehte ich mich um und suchte mit meinen Fingern nach dem Lichtschalter. Was ich sah, überraschte mich doch etwas und ich verstand, warum er mich ein paar Stunden über in dem anderen Zimmer eingeschlossen hatte. Er war hier am Arbeiten gewesen. Bett und Toilette waren natürlich nach wie vor an ihrem Platz, aber er hatte dazu alles so eingerichtet, dass er mich wirklich nie mehr hier herauslassen müsste.
Auf der anderen Seite des Raumes war eine Duschkabine aufgebaut, weder sonderlich schön noch stabil und vermutlich wohl einfach das, was man für wenig Geld möglichst schnell irgendwo errichten konnte. Gleich daneben stand ein offenes Regal, gefüllt mit den Sachen, die er im Laufe der letzten Wochen für mich gekauft hatte.
Er meinte es ernst, sonst hätte er nicht alles so ausgestattet. Natürlich hätte ich es wissen müssen, und wenn ich ehrlich war, so hatte ich auch mit nichts anderem gerechnet, aber es traf mich dennoch, gab mir ein sehr ungutes Gefühl, welches sich mit grenzenloser Angst vermischte. Der Raum wirkte wie eine Gefängniszelle und genau das war es ja für mich.
Ich war vollkommen alleine und würde es auch bleiben. Allein mit meinen Gedanken und der Gewissheit, dass ich wirklich alles nur Erdenkliche falsch gemacht hatte.

Es war verrückt, aber ich musste mich beruhigen. Er würde mich schon nicht hier verrotten lassen. Warum sollte er denn? Schließlich machte es ja überhaupt keinen Sinn, wenn ich während meiner Anwesenheit nur hier eingeschlossen war. Selbst wenn er wusste, wie sehr er mich damit quälte, so hätte er nichts davon, weil er mich weder sehen noch meine

Versuche wahrnehmen und auch sonst seine Macht über mich nicht demonstrieren können würde.
Vielleicht wollte er nur herausfinden, wie ich reagierte unter diesen Umständen? Ob ich meinen Fehler ernsthaft bereuen würde, wenn er mich nur davon überzeugen könnte, dass er mein Leben sehr wohl noch unerträglicher machen könnte?

Für mich war es jetzt schon mehr als genug. Ich hatte ihm vor diesem Vorfall schon alles geglaubt, was er gesagt hatte, ihn ernst genommen, aber der Wunsch, frei zu sein, war zu stark. Und ich sorgte mich um meine Familie, wollte wenigstens, dass sie glaubten, dass es mir gut ginge. Verdammt, was auch immer er von mir wollte – ich war bereit, es ihm zu geben, aber er konnte mich doch nicht einfach hier vor der Welt gefangen halten, während er meiner Familie etwas antat.

***

Der nächste Tag brach an und ich hatte keine zehn Minuten geschlafen. Hatte abwechselnd aus dem Lichtschacht geschaut, war im Raum auf und ab gelaufen oder hatte versucht, die Oberhand über meine Gedanken zu bekommen. Erfolgreich war nichts davon. Ryan musste zurückkommen, hätte er mir doch nur zugehört. Ich musste ihm klarmachen, dass die Dinge nicht so waren, wie er dachte, ihn überzeugen, meiner Familie nichts zu tun. Aber er kam nicht zurück.
Ich fühlte mich wie im schlimmsten Déjà-vu meines Lebens. Die ersten Tage, nachdem er mich entführt hatte, waren ähnlich gewesen. Er hatte mich hier einfach eingesperrt und damit fast um den Verstand gebracht.

Da ich ohne Uhr keinerlei Zeitgefühl hatte, konnte ich auch

nicht sagen, wann genau er die Stahltüre zum ersten Mal öffnete, aber danach tat er es in mehr oder weniger regelmäßigen Abständen. Tatsache war allerdings, dass ich nicht einmal die Chance hatte, den Ausgang zu erreichen oder gar etwas zu sagen. Zu schnell hatte er jedes Mal eine Papiertüte hereingeworfen und die Türe dann sofort wieder verschlossen. Ich versuchte gegen den Stahl zu hämmern, schrie, weinte, flehte, aber nichts passierte. Also setzte ich mich auf den Boden und griff deprimiert nach der Tüte. Brot mit Käse und eine Plastikflasche Wasser. Toll. Zumindest Verhungernlassen stand nicht auf seiner Agenda. Vielleicht wäre das aber die bessere Lösung gewesen. Wenn es mich nicht mehr gäbe, wäre zumindest meine Familie außer Gefahr.

Dem war aber nicht so, ich war immer noch am Leben und Ryan hatte sichergestellt, dass ich selbst daran nichts ändern konnte. Es gab weder Glas noch eine Rasierklinge und somit auch keine Möglichkeit, mich selbst zu verletzen und mich so klammheimlich aus dem Leben zu schleichen.

Es war Nacht, ich fand keine Ruhe, schlief dann doch ein paar Minuten, wurde wieder wach. Die Vorwürfe, die ich mir permanent machte, waren kaum auszuhalten. Ich hatte das Gefühl, dass meine Gedanken vollkommen durcheinandergeraten waren – und dennoch klar. Ich wusste ja, dass alles meine Schuld war, und konnte dennoch nichts ändern. Die Vorstellung davon, was passieren könnte, lief wie ein Film in meinem Kopf ab. Ich stellte mir vor, wie sich jemand versteckte, dann aus dem Hinterhalt auf meine Mutter schoss. Ich wollte, dass es aufhörte, dass ich diesem Wahnsinn ein Ende bereiten könnte, aber mir fehlten die Möglichkeiten. Ich konnte nur warten und mir weiterhin ausmalen, was ich durch meine Handlung ausgelöst haben könnte. Ich war hilflos und hoffnungslos auf den Mann angewiesen, der mir all das antat.

Ab und zu hatte er Essen und Trinken hereingeworfen, wie oft, wusste ich nicht und es war mir auch völlig gleichgültig. Mein Körper funktionierte seltsamerweise absolut normal, ich hatte ständig Hunger und meine Kopfschmerzen interpretierte ich als Zeichen dafür, dass mir Frischluft fehlte und ich zu wenig Flüssigkeit zu mir nahm. In meinem Kopf schwirrten immer noch dieselben Gedanken umher. Jedes Mal hatte ich versucht, mit ihm zu sprechen, aber er hatte mir keine einzige Sekunde zugestanden. Nicht einmal gesehen hatte ich ihn, so schnell stellte er das Essen durch den Türspalt herein und schloss mich danach sofort wieder ein.

Wenn ich mich recht erinnerte, so waren bisher vier Tage vergangen. Ich konnte selbst nicht verstehen, wie ich es aushielt, wie ich es geschafft hatte, in diesem winzigen Raum und unter den gegebenen Umständen nicht komplett auszurasten, aber das bisschen Verstand, das mir geblieben war, hatte mich davon überzeugt, dass meine Wutausbrüche niemand sehen würde und sie somit nutzlos waren. >>Vielleicht sollte ich aufhören, zu essen und warten, bis ich sterbe.<< Ich schenkte der Idee kein weiteres Interesse, schließlich war Essen eines der wenigen Dinge, die ich tun konnte, und auch wenn ich noch so gerne damit aufgehört hätte, so sah mein Körper das anders und verlangte nach wie vor nach Nahrung.

Ich war so durcheinander, innerlich zerrissen. Gab es überhaupt einen Grund für meine Existenz? Was machte Ryan? Und was hatte er meiner Familie angetan? Würde sich das

jemals ändern? Oder würde er eines schönen Tages mit einer Waffe in der Hand hier hereinspazieren und mich einfach abknallen?
Allein der Gedanke löste sofort Panik aus. Mein Herz begann schneller zu schlagen als normalerweise, ich konnte jeden einzelnen Muskel meines Körpers spüren, alles schmerzte, fühlte sich an, als würde ich die Kontrolle darüber verlieren. Ich wollte mich bewegen, konnte es aber nicht. Alles schien so leblos, mir wurde heiß und kalt zugleich, ich begann zu schwitzen, fror kurz darauf wieder und zitterte. Das Atmen fiel mir unheimlich schwer, mein Herz raste noch schneller, ich konnte jeden einzelnen Schlag in meinem Kopf hören. Es gab nur noch einen Gedanken, die Gewissheit, dass es nun zu Ende gehen würde. Irgendetwas musste passiert sein, vielleicht war ich krank oder er hatte mich mit dem Essen vergiftet, aber eines war sicher – ich würde jetzt sterben. Es war nur noch eine Frage von Minuten.
>>Wegen mir müssen sie leiden, ich habe den Tod meiner Familie zu verantworten<<, schoss es mir durch den Kopf. Der Druck auf meinen Ohren erhöhte sich, alles klang so dumpf und weit entfernt. Ich konnte meine Umgebung nicht weiter wahrnehmen, sah auch gar nichts mehr. Wo war ich überhaupt? Und wann würde es vorbei sein? Es tat so weh und ich hatte so fürchterliche Angst, das war also Sterben. Wann würde ich mein Leben an mir vorbeiziehen sehen? Immer noch hatte ich Schweißausbrüche, kleine Blitze zuckten vor meinen Augen. Ich hatte keine Kraft mehr, konnte mich aber immer noch nicht bewegen.

Von einem Moment auf den anderen ließ der Druck in meinem Kopf nach und ich hörte meinen Herzschlag wieder, welcher nun langsamer wurde. Mir war weiterhin kalt, meine

Finger begannen zu kribbeln. Nachdem ich wieder etwas Kontrolle über meine Muskeln zurückerlangt hatte, ließ ich mich seitwärts aufs Bett fallen, zog meine Beine so eng es ging an meinen Körper und brach in Tränen aus.

Ich versuchte, den ganzen Schmerz, den ich fühlte, herauszulassen, dieses Mal einfach zu weinen und mich nicht zu beherrschen. Leider fühlte ich mich dadurch auch nicht besser, weder ließ die Angst, die ich tief in mir spürte, nach noch vermochten es meine Tränen, etwas von dem Kummer zu nehmen, den ich empfand.

Wäre ich oben bei Ryan, würde mit ihm leben und existieren, so könnte ich mir selbst immer wieder einreden, dass der richtige Moment noch kommen würde. Dass ich nur daran glauben müsste und ich irgendwann frei sein würde. Ich könnte mich motivieren, auch wenn es aussichtslos war, ein wenig Hoffnung hätte ich mir selbst machen können. Und eben jene Zuversicht hätte mich durchhalten lassen.

Aber jetzt? Ich hatte nichts, für das ich kämpfen konnte, keine Chancen, niemanden, mit dem ich auch nur ein einziges Wort wechseln konnte, noch nicht einmal eine Möglichkeit, dem Ganzen hier selbst ein Ende zu setzen. Es gab niemanden, der mich bemitleidete und auch niemanden, der mir wehtat, der mir überhaupt Aufmerksamkeit schenkte. So seltsam es auch klingen mag, selbst Ryans Versuche, mich zu quälen, waren weitaus besser, als hier eingesperrt zu sein.

Alleine mit meinen Gedanken und Gefühlen – das war die Hölle.

Was hatte ich die ganze Zeit über gemacht? Geweint, geschlafen und in regelmäßigen Abständen war ich zusammengebrochen. Panikanfälle waren mittlerweile an der Tagesordnung, traten nahezu jedes Mal auf, wenn meine

Gedanken es schafften, mir zu beweisen, wie ausweglos meine Lage war. Ich rechnete jedes Mal damit, dass ich sterben würde, denn es fühlte sich exakt so an, aber es war falscher Alarm. Immer wieder. Sogar mein Körper simulierte, dass dieser Wahnsinn ein Ende haben könnte, nur um mich dann wieder eines Besseren zu belehren.
Ich spielte mich quasi selbst aus.

Die Geschehnisse, insbesondere die der letzten Tage, hatten mich verändert, ich fühlte mich innerlich gebrochen. Ich hatte den Eindruck, dass ich eine halbe Ewigkeit hier gefangen war, die ich primär damit verbracht hatte, an Wände zu starren, während ich im Bett lag. Ich hatte sogar einen Weg gefunden, nicht dauernd nachdenken zu müssen. Vielleicht war mein Gehirn auch einfach zu überladen von der vielen Arbeit, von meiner grenzenlosen Traurigkeit und verweigerte irgendwann den Dienst. Und meine Familie? Vor einer ganzen Weile hatte ich eingesehen, dass es nicht mehr in meiner Hand lag. Was auch immer er ihnen angetan hatte, es war zwar meine Schuld, aber ich konnte es nicht mehr ändern. Es war zu spät.

- Ryan -

Wie angenehm es sich anfühlte. Der Wind blies mir durch die Haare und jeder einzelne Sonnenstrahl wärmte mich und gab mir ein positives Gefühl. Es war wirklich abnormal, mitten im Oktober so ein schönes Wetter. Normalerweise war es um diese Jahreszeit schon richtig ungemütlich in Irland, der Wind wurde täglich stärker, es regnete sehr viel und man konnte sich glücklich schätzen, wenn man noch einen Spaziergang im Trockenen machen konnte.
Dieses Jahr war es anders, das Thermometer zeigte noch über

15 Grad Celsius an und ich hatte es mir auf der Terrasse gemütlich gemacht, um ein Mittagsschläfchen zu halten. Ich dachte an Mira und die vergangene Woche. Kein einziges Mal hatte ich sie gesehen, ihr lediglich Essen und Trinken gebracht und jeden anderen Kontakt vermieden. Ich wusste nicht einmal, wie es ihr ging. Ich bereute es regelrecht, dass ich keine Kamera im Keller angebracht hatte, um in Bild und Ton anschauen zu können, wie sehr ihr die Situation zu schaffen machte, wie sie ausrastete, wie sie litt. Vielleicht fand sie es auch gut, dass sie mich nicht sehen musste. Wer wusste das schon?

Wenn ich daran dachte, was sie getan hatte, dass sie ihre Familie angerufen hatte, dann wurde ich immer noch wütend. Hatte ich doch so viel Geduld mit ihr gehabt, ihr eine Chance nach der anderen gegeben, aber sie war von Anfang an zu stur gewesen, um auch nur einen winzig kleinen Schritt auf mich zu zu machen. Sie weigerte sich einfach, mich ernst zu nehmen.
Es war definitiv die beste Entscheidung, sie im Keller einzusperren. Vermutlich wäre es sogar das Sinnvollste, sie nie wieder herauszulassen. Zumindest könnte sie dann nichts anstellen.
Ich für meinen Teil hatte die Woche ohne sie auf jeden Fall genutzt. Ich konnte mich einmal wieder mit meinen Freunden treffen, in Pubs herumhängen und einfach ein bisschen so etwas wie ein normales Leben führen. Nicht auf sie aufpassen zu müssen, hatte durchaus Vorteile. Dennoch musste ich mir langsam, aber sicher eingestehen, dass ich mir das Zusammenleben mit ihr so nicht vorgestellt hatte. Ab und an wollte ich etwas von ihr haben, sie zu meinem Vergnügen benutzen beispielsweise. Allerdings konnte das zum momentanen Zeitpunkt nicht funktionieren, sie musste erst

bereit dazu sein und vor allem musste sie sich mir unterwerfen können und wollen.
Ich zündete mir eine Zigarette an, ging ins Wohnzimmer und entschloss mich, ihr einen Besuch abzustatten. Ich war gespannt, ob sie nach den letzten Tagen kooperativer geworden war.

Sie lag im Bett, es wirkte, als hätte sie nicht damit gerechnet, mich zu sehen.
„Bleib!", warnend erhob ich meine Hand, als ich bemerkte, dass sie sich aufsetzen wollte. Sie ließ sich sofort wieder zurück in ihre vorherige Position fallen.
Langsam machte ich ein paar Schritte Richtung Lichtschacht, drehte mich dann aber wieder um und musterte sie. Ihre Haut schimmerte blass, nahezu fahl und alles in allem wirkte sie etwas kränklich.
„Wie gefällt dir deine Unterkunft?", bewusst provozierte ich sie, wusste ich doch, dass sie unter normalen Umständen losgeschrien oder zumindest überaus ärgerlich reagiert hätte, aber nun erkannte ich keine Regung in ihrem Gesicht.
„Okay", ihre Stimme war nur ein Flüstern und ich musste mich zusammenreißen, um ein Lächeln zu unterdrücken.
„Richtig", stimmte ich zu, „es ist das, was du verdienst."
Ich blickte mich im Raum um, alles wirkte unberührt, aber zumindest hatte sie gegessen. Mit einer Hand griff ich mir die leeren Wasserflaschen und ließ sie wieder alleine.

- Mira -

Ich hatte ihn zu Gesicht bekommen, das erste Mal seit wir wieder hier in seinem Haus waren.
Wie ich mich deshalb fühlen sollte, wusste ich nicht. Es ließ

mich kalt, so wie alles eigentlich. Es war, als wäre ich in mir selbst eingeschlossen. Natürlich freute ich mich darüber, dass er mir wieder mehr Aufmerksamkeit schenkte, aber Hoffnung konnte ich deshalb nicht haben.

Als er am darauffolgenden Tag wiederkam, hatte er Essen und einen Stuhl für sich dabei.

Er reichte mir den Teller, forderte mich wieder zur Nahrungsaufnahme auf und setzte sich schließlich mir gegenüber hin. Er hockte einfach da und sah mich an. Anfangs fragte ich mich, ob es mich nervös machen sollte, aber das tat es komischerweise nicht.

„Wie geht es dir?", fragte er nach einer Weile. Seine Stimme klang ruhig und gelassen.

Ich hob den Kopf leicht an und blickte zu ihm, während ich „Okay" flüsterte.

„Körperlich alles in Ordnung? Irgendwelche Probleme?", hakte er nach und es wirkte, als würde er sich wirklich dafür interessieren.

„Alles bestens", antwortete ich gefühllos.

„Gut", er nickte zufrieden, stand auf, griff nach seinem Stuhl und machte sich auf den Weg hinaus.

„Bitte warte", ich sprach entschlossen, dabei hatte ich gar keine Ahnung davon, was ich ihm eigentlich sagen wollte. Dennoch wusste ich, ich sollte nicht länger zögern.

Erwartungsvoll sah er mir in die Augen, ich erkannte, dass es nicht mehr lange dauern würde, bis seine Stimmung umschlagen und ich seine Wut erkennen können würde.

„Kann ... ich ...", ich stotterte und er legte die Stirn in Falten, „es gibt Dinge, die ich dir gerne sagen möchte."

„Aha", er verlor langsam die Geduld, „und was, wenn ich sie nicht hören will?"

Ich nickte und seufzte: „Okay." Wenn er mir nicht zuhören wollte, würde ich nichts sagen. So einfach war das. Er hatte die Kontrolle über alles, nicht ich.

Während ich darauf wartete, dass er mich alleine ließ, blickte er mich skeptisch an, stellte den Stuhl dann wieder ab und ließ sich darauf nieder.

„Ich geb' dir drei Minuten", fügte er hinzu.

Aus gespielter Höflichkeit nickte ich, atmete tief durch. Ich war nervös, fühlte mich, als wäre ich gar nicht wirklich ich selbst, aber dennoch ehrlicher, als ich es je zuvor gewesen war.

„Ich weiß, mir steht es nicht zu, um etwas zu bitten, aber ich möchte dir einfach sagen, dass die letzten Tage für mich sehr schwer und doch auch aufschlussreich waren. Ich habe viel falsch gemacht, das ist mir klar. Auch wenn ich gar nicht weiß, warum ich so stur und unkooperativ war. Es ist alles mein Fehler und es tut mir so furchtbar leid." Ich wartete ab, wollte sehen, ob er auf das reagierte, was ich gesagt hatte, aber er starrte nur auf den Boden, also versuchte ich, mich noch etwas besser zu erklären.

„Bitte lass es mich wiedergutmachen. Ich tue alles, was ich kann, alles, was du willst. Wenn du möchtest, dass ich nie wieder ein Wort sage, dann ist es okay. Wenn du mir Schmerz zufügen willst – kein Problem. Ich kann mich um dein Haus kümmern oder auch wirklich deine persönliche Sklavin sein, wenn es das ist, was du willst. Wenn ich für dich nur eine Belastung bin, dann würde ich mich für dich sogar umbringen, damit du nicht zum Mörder wirst. Aber bitte lass mich nicht hier verrotten! Ich tue, was du willst, ich gehöre dir." Ich musste mich sehr anstrengen, um nicht in Tränen auszubrechen, doch ich meinte es ernst.

Kurz blickte er mir in die Augen, stand schließlich auf und ließ

mich zurück.
Ob ich enttäuscht war? Ja, aber was hatte ich erwartet? Er hatte mir damit gedroht, dass ich kein Tageslicht mehr sehen würde, und wenn ich bedachte, dass eigentlich nur er sich bisher an seine Versprechen gehalten hatte, während ich mich immer wieder um Verzeihung bettelnd vor ihm wiederfand – als Folge meiner gebrochenen Versprechen –, so wunderte mich seine Reaktion gar nicht.

Ich legte mich wieder hin, weinte mich in den Schlaf.
Etwas ganz in meiner Nähe ließ mich erschrecken und schließlich schnell die Augen öffnen. Er stand vor mir.
„Komm mit", sagte er und ich gab mir alle Mühe, dies möglichst rasch zu tun. Da ich wohl eingeschlafen war, fühlte sich mein Kopf schwer an und mir war schwindelig. Dennoch war das Letzte, was ich mir leisten konnte, ihn zu verärgern.

Mit dem Rücken an der Wand zum Badezimmer wartete er auf mich.
„Du wirst jetzt ein Bad nehmen und dann die Sachen anziehen, die ich dir hingelegt habe und sorge dafür, dass du etwas normaler, um nicht zu sagen attraktiver aussiehst."
Unsicher nickte ich und folgte seinen Anweisungen so gut ich konnte. Irrsinnigerweise fühlte es sich gar nicht so schlecht an. Ich hatte mich schon viel zu lange nicht mehr darum gekümmert, wie ich überhaupt aussah.
Ich gab mir Mühe, meine Haare in Form zu föhnen und begutachtete die Klamotten, die er ausgesucht hatte.
Die rote Spitzenunterwäsche mit den kleinen schwarzen Stickereien darauf ließ mich schlucken. Er wollte, dass ich attraktiv war – natürlich, er wollte Sex. Nicht mehr und nicht weniger.

Da ich die Unterwäsche vorher nie gesehen hatte, ging ich davon aus, dass er sie extra gekauft hatte, genau wie das Kleid, das danebenlag. Es war schwarz, sehr figurbetont und dennoch halbwegs bequem und umspielte beim Tragen meine Knie. Für eine Cocktailparty im Sommer wäre es definitiv das ideale Outfit gewesen.

Ich begutachtete mich noch einmal im Spiegel und fragte mich, ob ich seinen Ansprüchen gerecht werden würde. Schließlich wollte ich nicht, dass er den Eindruck bekam, als würde ich seine Wünsche abschlagen. Ich seufzte, besser ging es nicht. Dann öffnete ich die Badezimmertür und machte mich auf die Suche nach ihm.

Während ich durchs Wohnzimmer ging, fiel mir auf, dass sich nicht wirklich etwas verändert hatte. Die Terrassentüre stand offen und ich entdeckte ihn auf einem der Gartenstühle.

„Kann ich?", fragte ich, bevor ich die Veranda betrat. Er drehte sich zu mir um, winkte mich in seine Richtung und musterte mich.

Er sagte gar nichts, mehr hätte er mich nicht verunsichern können. Mit einer Hand griff er zum Stuhl neben seinem, zog das Polster herunter und legte es vor seinen Füßen auf den Boden. Sofort sah er mich wieder an und gab mir mit seiner Geste zu verstehen, dass ich mich daraufsetzen sollte. Mit langsamen Schritten ging ich zu ihm und ließ mich dann vorsichtig auf den Boden sinken.

Meine Augen brannten regelrecht vom Sonnenlicht, das lag vermutlich daran, dass ich die Sonne einfach schon eine Weile nicht mehr gesehen hatte. Zu meiner Überraschung war es nicht kalt, aber ich konnte mich dennoch nicht mit dem Gedanken anfreunden, ihm nicht in die Augen blicken zu können. Was auch immer er nun vorhatte, ich hatte nicht einmal den Hauch einer Chance, es zu erahnen. Ich fühlte

mich hilflos, ein sehr bekanntes Gefühl. Wieder einmal musste ich ihm vertrauen und mein Leben in seine Hände legen.
Mein Leben – etwas, das er sich vor so langer Zeit einfach genommen hatte.
Als seine Hände meine Haut berührten, zuckte ich zusammen.
„Shh", hauchte er mir ins Ohr und begann, meinen Nacken zu massieren, „keine Angst."
Ich musste mich sehr zusammenreißen, atmete tief durch und ließ ihn gewähren. Auch wenn ich es selbst nicht erklären konnte, es fühlte sich gut an. Ich ließ meinen Blick über den Garten schweifen, das Gras, das frisch geschnitten war, die Bäume und die letzten Blumen, die vor dem Winter noch am Blühen waren. Sogar Vogelgezwitscher war zu hören.

Langsam, aber sicher arbeiteten sich seine Finger in Richtung Hals vor, eine der empfindlichsten Stellen meines Körpers überhaupt. Sofort reagierte ich mit Gänsehaut.
Leider war ich mir sicher, dass er es regelrecht genoss, mich so zu sehen. Wie er sich freute, dass allein die Berührung eines Fingers, das Entlangstreifen damit an meinem Hals, mich so aus der Fassung bringen konnte. Augenblicklich musste ich daran denken, wie oft er seine Kraft genutzt hatte, um so die Kontrolle über mich zu erlangen. Wie gut ich mich noch an all die Momente erinnern konnte, in denen er seine Hand so fest um meinen Hals gelegt hatte, dass ich nach Luft ringen musste. Nun zeichneten seine Finger die Linien des Schlüsselbeins nach, fanden ihren Weg zurück zu meinem Hals. Er strich mir sanft übers Kinn und ließ seine Hände dann einen Augenblick auf meinen Schultern ruhen. Ich hatte es gerade geschafft, etwas entspannter atmen zu können, als er plötzlich mit seinen Händen mein Gesicht fixierte.
„Entspann dich", verlangte er und ich konnte den Druck auf

meinen Wangen, meiner Haut deutlich spüren. Ob ich mich weigern könnte? Nein, es hätte doch keinen Sinn.

Er ließ mich meinen Kopf nach hinten in seinen Schoß legen, nun konnte ich ihn anschauen, denn er hatte sich nach vorne zu mir hingebeugt.

„Mach die Augen zu und entspann dich." Nachdem ich in seinem Gesicht die Ernsthaftigkeit seiner Forderung erkannt hatte, gab ich auf.

Es kostete sehr viel Kraft, die Augen geschlossen zu halten und ich hatte Angst vor dem Moment, in dem seine Stimmung umschlagen würde.

Während ich mich auf meine Atmung konzentrierte, zeichnete er mit den Fingerspitzen meine Gesichtszüge nach. Er begann bei den Augenbrauen, wanderte über meine Nase zu meinen Lippen. Es war Wahnsinn, wie zärtlich er sein konnte und wie warm ich mich innerlich fühlte, unabhängig davon, ob ich es wollte oder nicht.

Er begann, mit den Fingern meine Haut zu massieren, ganz vorsichtig und zaghaft, erst die Stirn, dann wieder meinen Nacken. Zweifellos hätte ich in diesem Moment einfach versinken, einschlafen und träumen können und ich fragte mich, wie es sein konnte, dass er so gut darüber Bescheid wusste, was er tat. Vermutlich hatte er allerdings wenig Ahnung davon, wie sehr er mein Innerstes damit berührte. Ich konnte gar nichts dagegen tun, ich wollte das sein, was er sich wünschte, was er in mir sehen wollte. Ich musste es werden, also gab es keine andere Möglichkeit, als ihm die komplette Kontrolle über mich zu geben.

„Gefällt es dir?", raunte er mir ins rechte Ohr. Ich murmelte nur „Mhmm", was ihm scheinbar genügte und öffnete vorsichtig die Augen.

Er hatte ein Lächeln auf den Lippen und strich mir durch die

Haare. Es war viel zu lange her, dass mir jemand körperliche Zuwendung geschenkt hatte. Zumindest Zuwendung, die nicht schmerzhaft war.

Müde lehnte ich meine Wange an seinen Oberschenkel und versuchte, die Welt um mich herum auszublenden. Er strich mir weiter nahezu liebevoll durch die Haare, berührte hin und wieder mein Gesicht und wirkte dabei relativ entspannt.

Einen Augenblick wie diesen hatte es zwischen uns bisher noch nie gegeben, einen, in dem alles Schlechte so unwirklich erschien, fast so, als könnte ich mich bei ihm auf seltsame Art und Weise sogar sicher fühlen. Zu gerne hätte ich den Moment eingefroren, festgehalten, nicht mehr losgelassen und mir dabei vorgestellt, dass die Dinge einfach anders gelaufen wären.

So oft hatte ich mir gewünscht, ihm nahe zu sein. So sehr hatte ich mich nach ihm gesehnt, hatte ihn vermisst und war gänzlich daran zerbrochen, dass er nicht mehr erreichbar war. Was war nur passiert? Wie konnte alles so aus dem Ruder laufen? Wieso hasste er mich auf einmal? Wieso war ich ein Problem, das er aus dem Weg schaffen musste und wollte?

Nein, ich konnte es mir nicht leisten, jetzt darüber nachzudenken. Was würde es mir helfen, wenn ich in Tränen ausbrechen würde? Er hatte das zu oft miterlebt und es war ihm jedes Mal komplett egal gewesen.

- Ryan -

Ich war verblüfft darüber, wie sie reagiert hatte, darüber, dass sie sich nicht weigerte. Ich wollte herausfinden, wie weit ich gehen konnte, wie viel sie denn wirklich daraus gelernt hatte. Vielleicht versuchte sie auch nur, mich hinters Licht zu führen. Wäre schließlich nicht das erste Mal. Aber ich würde es schon aufdecken. Eines war sicher – sie gefiel mir so, wie sie jetzt war.

Schon allein wie ihr Haar roch, wie sanft es war. Wirklich schön.
Trotzdem hörte ich auf, blickte sie kurz an und wartete darauf, dass sie sich bewegen würde. Sie tat es nicht, es schien fast so, als würde sie den Moment zumindest teilweise genießen.
„Es ist kalt auf dem Boden, gehen wir rein."

Schnell näherte ich mich ihr, packte sie an den Oberarmen und drehte sie in eine Position, in der ich ihre Schultern kurz massieren konnte. Ganz langsam strich ich mit meinen Händen an ihrer Seite entlang, bis ich sie an der Taille fassen und zu mir ziehen konnte. Zu schade, dass ich gerade nicht in ihre Augen blicken und damit die Angst darin wahrnehmen konnte.
Unvermittelt küsste ich ihren Nacken, sie zuckte zusammen, fügte sich aber sofort.
Es war zu kompliziert, zu viel Spannung zwischen uns und ich hatte keinen Bock mehr auf diese Spielchen.
Mit einer gekonnten Bewegung drehte ich sie so, dass sie mir ins Gesicht schauen musste. Sie wirkte gefasst, aber das nahm ich ihr nicht ab. Schließlich wusste sie nicht, was passieren würde, was ihr noch blühen könnte.
Zärtlich berührte ich ihre Wange, hielt dann ihr Gesicht in meinen Händen und küsste sie.

Es fiel mir schwer, zu glauben, dass sie den Kuss erwiderte, dass sie sich nicht wegdrehte oder angewidert war. Sie gab sich einfach hin. Während ich sie immer noch küsste, griff ich nach ihren Händen, zog sie mit mir in Richtung Sofa.
Ich musste lächeln, als ich sie rückwärts auf die Couch schupste. Mit geschmeidigen Bewegungen folgte ich ihr, hielt sie immer noch an den Händen und versank beinahe in unserem Kuss. Ich kam ihr immer näher, sie lag nun gänzlich

waagrecht da und ich über ihr.

Kurz hielt ich inne – dann ließ ich ihre Hände los. Ihre Finger fuhren mir durch die Haare, berührten dabei meine Haut.

Mitten im nächsten Kuss hörte ich auf, gab uns ein paar Zentimeter Abstand und visierte sie ernst an. Wollte wissen, was sie dachte, ob sie das wirklich wollte. Vielleicht musste sie sich auch dauernd selbst unter Kontrolle halten, um mich nicht anzugreifen, um dies geschehen zu lassen? Möglicherweise.

Viel Zeit gab sie mir nicht, sie lehnte sich mir entgegen und stoppte in viel zu geringem Abstand vor meinem Mund. Ich konnte ihre Wärme fühlen, die Leidenschaft, die in mir brodelte, wie sehr ich sie begehrte, und dass ich sie jetzt und sofort haben wollte.

Ich küsste sie wieder, legte mich direkt neben sie und meine Hände suchten ganz automatisch den Weg unter ihr Kleid. Ganz vorsichtig und zart, allerdings mit absoluter Entschlossenheit meinerseits. Nichts. Gar nichts. Sie musste bereit sein, es erwarten, denn sie hatte mir nichts entgegenzusetzen.

Ich musste aufhören, und zwar bevor ich die Kontrolle verlieren würde. Unsicher blickte sie mich an, nachdem ich sie zaghaft von mir weggestoßen hatte.

„Was habe ich falsch gemacht?" Sie hatte die Stirn in Falten gelegt und schien besorgt.

„Nichts", ich seufzte, „einfach kein gutes Timing."

„Bist du dir sicher? Ich meine, es tut mir leid." Wieso stotterte sie denn? So zerbrechlich.

Hastig setzte ich mich auf und ließ meine Füße wie so oft auf der Tischplatte ruhen.

„Leg deinen Kopf in meinen Schoß." Ja, es klang wie ein Befehl: „Ich will dich fühlen."

Kommentarlos nickte sie, drehte sich herum und legte sich

dann so hin, wie ich es verlangt hatte. Sofort musste ich wieder durch ihre Haare streichen, ihre Haut anfassen. Natürlich wollte ich mich erst einmal beruhigen, es war schließlich ziemlich knapp, aber das hieß ja nicht, dass ich keinen körperlichen Kontakt mehr zulassen könnte.

„Wie kommt's, dass du so kooperativ bist?" Ich konnte mir die Frage nicht verkneifen.

„Ich gehöre dir, das sagte ich doch bereits." Skepsis machte sich in ihrem Blick breit. „Ich dachte, das beinhaltet, dass ich das tue, was du willst. Ich möchte keine Probleme mehr mit dir haben."

„So gefällst du mir", gestand ich schmunzelnd, „dennoch wage ich zu bezweifeln, dass du das durchhältst. Ich kenne dich mittlerweile, Mira."

„Gib mir eine Chance, es zu beweisen. Ich kann mich ändern." Warnend legte ich einen Finger auf ihren Mund.

„Zu viele Worte."

Sie nickte und schien zu akzeptieren, was ich gefordert hatte, während ich mit einer ihrer Haarsträhnen spielte.

„Es gibt etwas, das ich dir sagen wollte", begann ich mit leiser und angenehmer Stimme, „was deine Familie angeht."

Sie traute sich zu Recht nicht, etwas zu sagen, aber ihre Augen sprachen Bände.

„Du erinnerst dich daran, was am letzten Tag unseres Trips passiert ist und was ich dir daraufhin angekündigt habe?"

„Ja, leider", sie räusperte sich schuldbewusst.

„Du warst jetzt 10 Tage im Keller eingeschlossen. Ich hoffe sehr, dass das genug Zeit war, um dir klarzumachen, dass das hier sehr unangenehm für dich weitergehen könnte. Beispielsweise könntest du Jahre damit verbringen, da unten auf deinen Tod zu warten. Und ich hoffe, du weißt, dass das allein in meiner Macht liegt."

Sie reagierte lediglich mit einem Nicken, das sollte für mich reichen.

„Auf jeden Fall." Ich nahm mir eine Zigarette und zündete sie an. „Unser Deal war, dass jemand dafür sterben wird, wenn du einen Fehler machst. Und was du letztendlich getan hast, war weitaus mehr als nur ein Fehler."

„Ich weiß", flüsterte sie und ich erkannte sofort, wie sich ihre Augen mit Tränen füllten.

„Tatsache ist aber auch, dass mittlerweile jemand hier aufgetaucht wäre, um dich zu suchen, wenn du deiner Familie gesagt hättest, wo du bist."

„Ich schwöre, ich habe nichts verraten", nervös biss sie sich auf die Lippen, versuchte wohl die Angespanntheit innerlich irgendwie loszuwerden.

„Ich wollte dem Ganzen etwas Zeit geben, um herauszufinden, ob du mich angelogen hast, aber wie es scheint, hast du unser kleines Geheimnis wirklich nicht verraten."

Sie schluckte schwer und starrte mir in die Augen.

„Geht es ihnen gut? Ich meine, hast du niemandem etwas getan?"

Ihr Blick war voller Erwartung, aber sicher würde sie es sich gar nicht trauen, auf etwas zu hoffen. Nicht nach allem, was sie falsch gemacht hatte.

„Diesmal nicht." Ich massierte mir mit dem Finger die Schläfe. „Aber so viel Glück wirst du mit absoluter Sicherheit nie wieder haben. Ich hoffe, du hast das nun endlich kapiert."

Sie atmete erleichtert aus.

„Du weißt gar nicht, was mir das bedeutet. Danke. Von tiefstem Herzen. Ich werde es nicht noch einmal verbocken."

„Versprich besser nichts, was du vermutlich nicht halten kannst." Ich lehnte mich zurück und schaltete den Fernseher an.

- Mira -

Zwar hatte ich versucht, mich aufzusetzen, aber Ryan hat mich sofort zurückgehalten. Ich lag also weiterhin mit dem Kopf auf seinem Schoß und blickte die Wand an.
Ich fühlte mich unfähig, meine Gedanken zu ordnen, war regelrecht sprachlos. Zum ersten Mal, seit ich in dieser Hölle gelandet war, war ich positiv überrascht. Ich hatte so viele Tage und Nächte damit verbracht, mir vorzustellen, was Ryan meiner Familie angetan haben könnte. Mir immer wieder selbst eingestehen müssen, dass all das einzig und allein mein Fehler war. Es hatte mich innerlich aufgefressen, mir all das auszumalen, mir zu überlegen, dass ich, egal was ich tat, einfach chancenlos war. Dass ich meiner Familie nicht mehr helfen konnte. Nun hatte er mir gesagt, dass er mir noch eine Chance geben wollte.
Er hatte niemandem etwas getan und das, obwohl ich sein Vertrauen missbraucht hatte.
Ich fühlte mich regelrecht gesegnet. Natürlich verfluchte ihn ein großer Teil von mir immer noch rund um die Uhr, er war der Grund für all dies Übel. Aber letzten Endes hatte er nichts anderes von mir verlangt, als nach seinen Regeln zu spielen.
Ich war wieder und wieder gescheitert.
Vorsichtig beobachtete ich ihn, er hatte den Blick auf den Fernseher gerichtet, presste seine Lippen etwas zusammen und hatte einen angespannten Gesichtsausdruck. Wahrscheinlich dachte er über etwas nach. Flüchtig blinzelte er kurz in meine Richtung, dann wieder geradeaus.

Er hatte seine Arme vor einer Weile schon vor seinem Körper verschränkt, begann nun aber unerwartet doch wieder damit, mir durch die Haare zu streichen. Tief in seinem Inneren

musste er ein wahnsinnig gefühlvoller Mensch sein, seine Berührungen zeigten dies.
>>Es ist okay!<<, suggerierte ich mir, merkte aber bald, dass ich meine Augen gar nicht mehr offen halten konnte.

Als ich wieder wach wurde, lag ich alleine auf dem Sofa, er hatte mich zugedeckt. Ein Blick zur Terrasse bestätigte meine Vermutung – er stand draußen und rauchte. Seine Haare bewegten sich leicht im Wind und er schien in den mittlerweile nahezu schwarzen Nachthimmel zu sehen.

Ich versuchte, mich so leise wie möglich in die Küche zu schleichen, um etwas zu trinken zu holen. Als ich zurückkam, lehnte er im Türrahmen und beobachtete mich.
„Du siehst wirklich toll aus in diesem Kleid", stellte er fest.
Nachdem er mir die Wahl des Outfits abgenommen hatte, sah ich keinerlei Veranlassung dazu, mich für irgendetwas zu bedanken oder anderweitig darauf zu reagieren.
„Ahm", stammelte ich, „ich war durstig." Ich tat mein Bestes, um mein kurzzeitiges Verschwinden zu erklären. Es wirkte, als wäre es ihm ohnehin egal. Er sah nur weiter in meine Augen und machte mich damit leicht verlegen. Ich war ratlos, was erwartete er? Hatte ich etwas falsch gemacht? War er wütend? Oder wollte er wieder eines seiner Spiele mit mir spielen? Eigentlich wollte ich mich bewegen, mich wegdrehen, aber ich traute mich nicht.
„Kannst du für mich tanzen?" Er legte die Stirn erst in Falten, dann begann er zu lächeln.
„Tanzen?", wiederholte ich und fühlte sofort, wie sich mein Magen schmerzhaft zusammenzog. „Ich bezweifele, dass ich gut darin bin."
Ich schämte mich, mir war doch irgendwie klar, welche Art

von Tanz er sich vorstellte, und vor ihm zu strippen, war nicht gerade das, was ich tun wollte.

„Schade", seufzte er, „vielleicht denkst du heute Nacht noch einmal darüber nach? Zeit für den Keller."

Sollte ich diskutieren? Es erklären? Vielleicht ihm sogar anbieten, einen Versuch zu starten, aber sein Gesichtsausdruck war alles andere als freundlich und ich entschied, dass ich mich dieser Gefahr nun nicht aussetzen sollte.

Niedergeschlagen trank ich das Glas in meiner Hand leer, brachte es in die Küche und blieb dann vor ihm stehen. Er packte mich fest am Handgelenk und brachte mich nach unten. Ohne weitere Worte stieß er mich in den kleinen Raum und schloss die Tür ab. Nun war ich wieder alleine. Auch wenn er gerade unfreundlich auf mich reagiert hatte, so hatte ich dennoch das Gefühl, dass ich einen kleinen Schritt auf ihn zu gemacht hatte. Mir war klar, dass ich sein Vertrauen keineswegs schnell gewinnen konnte, aber vielleicht hatte ich zumindest die Chance, nicht den Rest meines Lebens in diesem Keller verbringen zu müssen.

Und – was noch weitaus wichtiger und entscheidender war – meiner Familie ging es gut.

***

Erschrocken zuckte ich zusammen. Was war das? Eine Sekunde später flog die Stahltür auf und ich wurde sofort von hellem Licht geblendet. Vorsichtig schützte ich meine Augen, bis ich mich an das grelle Licht gewöhnt hatte. Irgendetwas stimmte hier nicht. Es war mitten in der Nacht und mit Ryan und diesem Lärm hatte ich nicht gerechnet.

Er stand mitten im Raum, komplett in Schwarz gekleidet, seine Augen waren mit dunklem Eyeliner umrandet, seine Haare aufwendig gestylt. Ich tippte darauf, dass er unterwegs gewesen war, sein Blick war müde.

„Dein Meister ist zu Hause", seine Stimme war eine Mischung aus Verachtung, Spott und purer Gefahr. Er war ohnehin unberechenbar, und wenn er getrunken hatte, umso mehr.

Langsam setzte ich mich auf, behielt ihn dabei im Auge.

„Was will ich wohl von dir?", provozierend grinste er mich an.

„Ist das nicht letztendlich egal? Du nimmst es dir doch sowieso." Ich rieb mir die Augen und strich mir verlegen durch die Haare.

„Das klingt ja fast so, als hättest du begriffen, wer hier die Anweisungen gibt." Er legte den Kopf leicht zur Seite und mir fiel auf, dass er wohl Mühe hatte, sich gerade auf den Beinen zu halten.

„Also?" Ich zuckte mit den Schultern: „Dann bringen wir es besser hinter uns, sonst schläfst du vorher ein."

Ganz ehrlich, ich wusste nicht, was da in mich gefahren war. Wieso hatte ich solch einen Kommentar abgegeben? Er hatte es sowieso auf mich abgesehen, und wenn ich seine Absichten dann auch noch lächerlich machte, könnte das wirklich schlimme Folgen haben. Ich hatte mich ihm nicht nur angeboten, sondern ihn des Weiteren darauf hingewiesen, dass er sowieso schon zu lahm dafür war, seinen Plan umzusetzen. Ich musste lebensmüde sein.

Er triumphierte: „Ich kann deinen Mut aus dir herausprügeln!" Unerwartet schnell hatte er mein Bett erreicht. Zwar stand er immer noch davor, hatte es aber einmal mehr geschafft, mich mit einer Hand am Hals zu fassen. Er zog mich auf diese Art und Weise so weit nach oben, bis er mir ohne Mühe einen Kuss auf die Lippen pressen konnte. Ich tat mein Möglichstes, um mit meinen Knien etwas Balance und Halt auf der Matratze zu finden, schließlich wollte ich auch nicht, dass ich sofort nach Luft schnappen musste.

Er wartete einen Moment, sah mir in die Augen und freute sich sichtlich darüber, meine Atmung mit nur einer Hand kontrollieren zu können.

Meine Lektion diesbezüglich hatte ich sehr früh gelernt. Flaches Atmen und Ruhe behalten. Nebenbei natürlich darauf hoffen, dass ihm bald die Lust vergehen würde. Ich konnte nichts dagegen tun, es brachte mich um den Verstand, wenn ich sah, wie schnell er mich mit seinen bloßen Händen hätte umbringen können. Und wie sehr ihm dieses Spiel gefiel. Es machte ihm zu viel Spaß, eines Tages würde er die Kontrolle verlieren. Eines Tages würde er mich sterben sehen wollen.

Er erhöhte den Druck auf meinen Hals, drängte mich mit dem Rücken aufs Bett.

Ich hatte starke Probleme, das Gleichgewicht zu halten, aber es musste irgendwie klappen. Hätte ich mich einfach fallen gelassen, so hätte er mich entweder erwürgt oder – besser noch – mir das Genick gebrochen und das ohne große Anstrengung.

Noch bevor ich auf der Matratze lag, ließ er mich los. Einen Moment später saß er über mir.

„Na, findest du immer noch, dass ich zu betrunken bin?" Er war verärgert, mein Kommentar sollte also doch Folgen haben. Schnell schüttelte ich den Kopf, viel mehr konnte ich zu dem Zeitpunkt sowieso nicht tun.

Meine Gedanken fuhren Achterbahn. Wenn er betrunken war, war er einfach nur brutal. Er hatte schon jegliche Hemmungen verloren, und wenn ich darüber nachdachte, so würde ihm einfach nur Sex nun sicher nicht reichen. Es ging um Macht, darum, Kontrolle zu haben und dies auf alle erdenklichen Arten unter Beweis zu stellen.

\>\>Vielleicht sollte ich mich wehren und dann möglichst schnell nachgeben, um ihm sein Erfolgserlebnis zu gönnen? Vielleicht wäre das aber auch genau das Falsche und er würde daraus nur wieder schließen, dass ich mein Wort nicht halte, weil ich ihm widerspreche.<< Ich musste es über mich ergehen lassen, was auch immer das hieß. Wenn er Sex wollte, dann war das eben so. Es war doch nur Sex. Ich müsste es einfach nur schaffen, meine Gedanken irgendwo anders hinzubringen, mich abzulenken. Ich könnte an meine Familie denken und daran, dass ich sie damit rettete. Es war nur etwas Körperliches, man konnte das aushalten.

Seine Finger vergruben sich in meinen Haaren, grob zog er so meinen Kopf nach hinten, damit ich ihm in die Augen sehen musste.

„Wo zur Hölle bist du mit deinen Gedanken? Wag es ja nicht, dich nicht voll und ganz auf mich zu konzentrieren!", zischte er.

Er hatte mich ertappt.

„Tut mir leid", keuchte ich ängstlich.

Er kam näher, küsste mich auf den Mund. Er war so fordernd, so kompromisslos und ich konnte seine unbändige Lust sofort spüren. Natürlich beunruhigte mich das.

Dennoch musste ich mich hingeben, musste es so aussehen lassen, als wollte ich es auch. Er ließ seine Hände unter mein Kleid wandern, welches ich immer noch vom anhatte. Ein Streichen über meine Wirbelsäule, dann ließ er mich seine Fingernägel auf meiner Haut spüren. Ich seufzte in einer Mischung aus Schmerz und Fassungslosigkeit, sofort küsste er mich wieder. Ich konnte den Alkohol schmecken, realisierte, wie er mir erst über den Bauch fuhr und dann anfing, sich nach oben vorzuarbeiten. Ja, er wollte Sex.

Es war nicht vergleichbar mit der Situation im Hotelzimmer. Natürlich hatte er mich dort vergewaltigt, aber er hatte mir nicht körperlich wehgetan. Er war teilweise regelrecht sanft gewesen, während er jetzt einfach nur jede Möglichkeit nutzte, um seine Macht zu demonstrieren. Er genoss es, mit mir zu spielen.

Fordernd knabberte er an meiner Unterlippe, lächelte und widmete sich meinem Hals. Er küsste meine Haut, dann biss er mich spielerisch und achtete dabei immer wieder auf meine Reaktion. Ich war am Durchdrehen. Mein Kopf wollte das nicht, während mein Körper unweigerlich positiv auf das reagierte, was Ryan tat. Ich bekam Gänsehaut, meine Haut schien so hochsensibel, dass jede Berührung extremer war als die zuvor. Ihm schien es zu gefallen, denn er liebkoste weiterhin abwechselnd alle Stellen meines Körpers, die er trotz des Kleides erreichen konnte.

Mit einer Hand fasste ich an sein Gesicht, fragend blickte er auf.

„Warum tust du das?", flüsterte ich. Es war gar keine böse Absicht in meinen Worten, ich hatte mir nur erhofft, eine wirkliche Gefühlsregung von ihm zu bekommen.

„Warum?", wiederholte er, „weil ich wenigstens etwas von einer so nervigen Geisel wie dir haben will. Außerdem ist es überaus befriedigend, wenn ich dich leiden sehe."

Mir fehlten die Worte. Auch wenn ich nicht hätte sagen können, was eine passende Antwort gewesen wäre – seine war definitiv die falsche. Meine Augen begannen zu brennen, ich würde die Tränen darin nicht mehr lange zurückhalten können.

„Reiß dich zusammen!", befahl er schroff, „wenn du deine Sache nicht gut machst, werde ich dir nur noch mehr wehtun müssen."

Kurz darauf lächelte er unschuldig, fixierte mein Kinn mit seinen Fingern und zwang mich so, seinem Blick standzuhalten. Es half nichts, ich konnte mich nicht konzentrieren, es tat einfach nur weh und ich fühlte mich furchtbar. Er rollte mit den Augen, schlang einen Arm um mich und setzte mir so erst einen kräftigen Ruck zur Seite zu, um mich dann an sich zu ziehen. Ich lag direkt neben ihm, er hatte seinen Arm so um mich gelegt, dass mein Kopf an seiner Schulter ruhte.
Seine Reaktion überraschte mich, schließlich hatte ich seine Stimmung komplett ruiniert und im Normalfall hatte das immer Konsequenzen.
„Ich hoffe, dass das wirklich nur ein kleiner Zwischenfall ist", erklärte er, zwirbelte eine Haarsträhne zwischen seinen Fingern, um sie mir danach hinters Ohr zu legen. „Ich kann und will nämlich nicht damit umgehen, dass du entweder weinst oder Fragen stellst. Ich hatte gehofft, das hätten wir mittlerweile hinter uns. Oder liege ich da falsch?"
Auch wenn er mich gerade wieder gewarnt hatte, so musste ich erneut weinen. Ich presste meinen Körper regelrecht an seinen, hielt ihn mit meinen Armen fest und hoffte, so den Druck etwas abbauen zu können.
„Es tut mir leid", schluchzte ich und fühlte seinen Blick auf mir.

- Ryan -

Wie hatte ich mich nur wieder in diesen Mist hinein katapultiert? Ich wollte Sex, sie provozieren, mit ihr spielen und einfach nur meinen Spaß haben. Und wie endete das Ganze? Mit ihr, weinend in meinen Armen. Und ich fühlte mich absolut unwohl. Ich hätte sie wirklich nicht bedauern sollen. Was hatte sie denn erwartet? Ich hatte meinen guten

Willen ihr gegenüber bereits oft genug gezeigt, gerade nachdem ich ihrer Familie nichts angetan hatte, aber sobald es darum ging, was ich wollte, schaffte sie es immer wieder, der Situation zu entfliehen. Es kotzte mich an. Wie sollte ich mich denn jetzt verhalten? Sollte ich sie noch eine Weile einsperren, in der Hoffnung, dass sie lernen würde, sich selbst unter Kontrolle zu haben? Eigentlich wollte ich schon viel weiter sein mit ihr, aber mir kam es eher so vor, als stünden wir immer noch am Anfang eines wirklich langen Weges. Scheiße war das.
Langsam fragte ich mich, ob Jeff nicht vielleicht doch recht gehabt hatte. Ich hatte keine Ahnung, wie schwer es sein würde, den Willen eines Menschen zu brechen und auch jetzt wusste ich noch nicht einmal, ob es mir jemals gelingen würde. Geschweige denn, ob sie dann das sein würde, was ich wollte.

„Hör auf damit, Mira!" Ich packte ihre Hände und löste mich aus ihrer Umklammerung. Sie ließ es einfach geschehen, aber ich bemerkte die tiefe Traurigkeit in ihren Augen. Kurz blinzelte sie mich an, rollte sich dann neben mir zusammen.
„Oh nein, nein, nein!", warnte ich sie, „du wirst jetzt nicht schlafen! Was, wenn ich dich jetzt haben will?"
Sie schluckte, drehte ihren Kopf und sah mich an.
„Ich gehöre dir, tu, was du willst."
Ich strich mit der Fingerspitze über ihre Wange, beugte mich zu ihr und küsste sie. Es wirkte, als hätte sie wieder etwas Beherrschung zurückerlangt, denn sie erwiderte meine Geste. Zwar nicht annähernd so überzeugend wie vorher, aber immerhin versuchte sie es.
Ich entschloss mich zu einem neuen Versuch, schob ihr Kleid etwas nach oben und fuhr an ihrem Oberschenkel entlang. Die Wärme ihrer Haut, ihr Geruch, alles so intensiv, aber noch bevor ich ihr näherkommen konnte, presste sie ihre Hand an

meine Brust.

„Ich kann das nicht. Mir geht es furchtbar." Ihre Stimme war ganz leise und flehend, während sie mich zurückhielt. Ob sie wirklich daran glaubte, dass ich aufhören würde?

Einen Moment lang sammelte ich meine Kraft, dann packte ich ihren Arm, drehte sie schnell und grob auf die Seite und drückte ihre Arme hinter ihrem Rücken gegen die Matratze.

Sie wimmerte, war sicher überrascht und wirklich angenehm war diese Position für sie auch nicht gerade.

„Wo sind deine Manieren, meine kleine Slavin?", säuselte ich in ihr Ohr.

„Ich ...", sie räusperte sich, aber ich ließ sie nicht ausreden, sondern begann zu schreien.

„Halt deine Klappe!"

Stille. Ich hatte es so satt, dass sie sich dauernd entschuldigte. Sie hatte es noch kein einziges Mal ernst gemeint.

„Du wirst mir nicht noch einmal sagen, was ich tun und lassen soll, verstanden?" Ich drückte ihre Handgelenke fester zusammen und wartete auf ihre Reaktion.

„Okay", murmelte sie.

Ich atmete tief durch, ließ von ihr ab und stand augenblicklich auf, um den Raum zu verlassen.

***

Mitten in der Nacht zu duschen, hatte mir schon immer gefallen. Ich war eine Weile unterwegs gewesen, hatte einiges getrunken, dann dieser Zwischenfall mit Mira. Jetzt wollte ich nur noch abschalten, den Geruch der Nacht von mir waschen und in mein Bett fallen. Leider scheiterte mein Plan, als ich endlich in meinem Schlafzimmer war. Auf einmal war ich wieder hellwach.

Ich konnte sie nicht durchschauen, wieso hatte sie meinen Kuss erwidert? Wieso mich angefasst? Wollte sie das? Wieso hätte sie das tun sollen? Sie hatte doch nur versucht, mir alles recht zu machen, um damit ihren Kopf aus der Schlinge zu ziehen, aber als es dann schließlich ernst wurde, wollte sie doch wieder kneifen und begann zu heulen.
Ihre Gedanken würde ich wirklich gerne lesen können. Natürlich hatte ich sie regelrecht studiert, um sicherer zu werden, um mögliche Fluchtversuche verhindern zu können. Eigentlich hatte ich damit nahezu alle Gefahren ausschließen wollen. Je besser ich sie kannte, umso eher durchschaute ich ihre Pläne. Alle Möglichkeiten hatte ich mit einkalkuliert, aber dass sie sich einfach fügen würde – diese Option hatte ich nicht auf dem Schirm gehabt.
Ich erwischte mich dabei, selig zu lächeln. Ob sie dagegen ankämpfen würde, Spaß bei dem zu empfinden, was ich mit ihr anstellte? Diesen Wettstreit würde ich nur zu gerne aufnehmen. Oh ja, das klang nach einer wirklich guten Idee.

Draußen wurde es viel zu schnell hell, ich hatte keine Lust, aufzustehen, also beschloss ich, noch eine Weile liegen zu bleiben und den Regentropfen zuzusehen, die im Sekundentakt an die Fensterscheibe prasselten. Schien, als hätte das typisch irische Wetter nun doch Einzug gehalten.

Als mir diese etwas eintönige Art der Unterhaltung dann doch zu langweilig geworden war, stand ich auf und dachte darüber nach, sie zu wecken. War es überhaupt eine gute Idee, sie aus dem Keller zu lassen?
Ich entschloss mich erst mal für eine Ladung Kaffee. Ohne den wäre der Tag schon am Morgen gelaufen. Nach der ersten Tasse gönnte ich mir eine Zigarette zum Nachtisch und

schleppte meinen immer noch müden Körper in den Keller.
Sie saß im Bett, trug immer noch das Kleid, die Decke war um sie herumgewickelt.
„Du kannst mit nach oben kommen", sagte ich ihr so, als wäre es mir egal, „zieh dir was an, es ist kalt."
Ob sie es tun würde, wusste ich nicht, da ich mich kommentarlos umgedreht und den Raum verlassen hatte.
Sie hatte sich für etwas Bequemes entschieden, trug Jeans und einen weiten Pulli, als sie in einem Abstand von etwa zwei Metern vor mir stehen blieb und mich fragend ansah.
„Du weißt, dass ich dich gut und gerne eine Weile einfach so hier stehen lassen könnte?", frech visierte ich sie an.
„Dessen bin ich mir bewusst", tapfer hielt sie meinem Blick stand.
„Kaffee steht in der Küche." Ich drehte mich zum Tisch, faltete die Zeitung darauf auseinander und sah sie aus dem Augenwinkel heraus in der Küche verschwinden.
„Danke", kommentierte sie leise, ließ sich auf dem Stuhl mir gegenüber nieder und nippte am Kaffee in ihrer Hand, „auch dafür, dass du mich überhaupt rausgelassen hast."
Auch wenn es komisch klang, so hatte ich das Gefühl, dass die Stimmung heute etwas normaler war. Ich war davon ausgegangen, dass sie zornig sein würde, distanzierter nach dem, was passiert bzw. was nicht passiert war, aber stattdessen wirkte sie gänzlich entspannt. Und sie gab sich Mühe, nichts falsch zu machen. Ich wusste das zu schätzen. Wäre nur schön, wenn es auch mal anhalten würde.

- Mira -

Hätte mich jemand vor dem Beginn meines zum Leben erwachten Albtraumes gefragt, ob ich mir vorstellen könnte, dass sich eine Geisel in ihren Entführer verliebt, so hätte ich mir sicherlich an den Kopf gefasst. Wie sollte so etwas gehen? Dieses Klischee existierte nur in Filmen. Niemand, dem durch einen anderen Leid zugefügt wurde, würde plötzlich Liebe empfinden. Die einzige Möglichkeit, bei der es in so einer Situation zu körperlicher Interaktion kommen könnte, wäre, weil die Geisel damit das Vertrauen des Kidnappers gewinnen könnte. Am Ende wäre der Böse im Gefängnis. So lief das nun mal und es war auch gut so.

Ich war in dieser Situation, es war meine Realität. Ich hatte nie versucht, Ryans Vertrauen zu gewinnen. Das war vergebens. Schon von der ersten Sekunde an schien er mich besser zu kennen als ich mich selbst. Er hatte jeden noch so kleinen Versuch im Keim erstickt, mich schon lange, bevor ich etwas getan hatte, dafür bestraft, den Gedanken im Kopf gehabt zu haben. Von allen Dingen war das einzig wirklich Definitive, dass er es niemals zulassen würde, dass ich ihn besiegen könnte.

Weder mit Kraft oder Waffen noch mit Liebe oder Vertrauen.
Er war Perfektionist – durch und durch. Er überließ nichts dem Zufall, er hatte immer einen Plan B und er war so wahnsinnig schnell im Umdisponieren, dass ich mich immer wieder geschlagen geben musste.
Letzten Endes saß er schließlich am längeren Hebel – in jeder Hinsicht. Er bekam, was er wollte, er nahm es sich einfach nach Lust und Laune. Aber irgendwo musste doch auch er einen wunden Punkt haben, er war doch nicht frei von jeglichen Gefühlsregungen. Ich hatte ihn als warmherzigen Menschen kennengelernt, was war mit dieser Person passiert? Hatte er von Anfang an diesen Plan verfolgt? Unmöglich. Es musste ihm erst später in den Sinn gekommen sein, aber

warum verhielt er sich so, wie er es tat?
Mein imaginäres Kopfschütteln half niemandem, genauso wenig wie die immer wiederkehrenden selben Fragen. Es ging weder um ein Warum noch um die Vergangenheit. Einzig und allein das Hier und Jetzt musste bewältigt werden und das war schon schwer genug.

***

„Mistwetter." Ryan hatte die Türe zum Garten aufgezogen und blinzelte in den trüben Himmel hinauf. „Sehr demotivierend."
Ich ließ meinen Blick auf ihm ruhen, solange er mir den Rücken zugewandt hatte.
„Du warst gestern Abend unterwegs", fast verschluckte ich mich an meinen eigenen Worten. Hatte ich das laut gesagt?
„Und?", prompt wirbelte er herum und visierte mich an.
„Kein und", ich suchte nach einer möglichst passenden Ausrede, „du warst weg, also darfst du heute auch demotiviert sein."
„Ah ja." Er kratzte sich skeptisch an der Stirn, ließ sich dann aufs Sofa fallen. Mir war selbst schleierhaft, was ich mir dabei gedacht hatte und alles in allem hatte ich eher den Eindruck, als würde ich mir selbst zuschauen, anstatt eigenständig zu agieren.
Ich goss mir noch mal Kaffee in meine Tasse, nahm dann seine, die noch vor mir auf dem Tisch stand, füllte sie ebenfalls auf und machte mich auf den Weg zu ihm. Kommentarlos stellte ich das Heißgetränk vor ihn hin, setzte mich mit etwas Sicherheitsabstand ebenfalls nieder.
Er hatte nichts gesagt, mich aber bei jeder Bewegung beobachtet.
„Glaubst du, es könnte irgendwann normaler werden?",

vorsichtig blickte ich ihn an.

„Es? Was ist ES?" Er runzelte die Stirn und mir wurde bewusst, dass es jetzt schon sehr kompliziert war, zu erkennen, wann seine Stimmung kippen und er ausrasten würde.

„Das hier." Ich zuckte mit den Schultern. „Das mit uns."

Er wirkte überrascht. „Es gibt also ein uns?"

Ich dachte kurz nach. „Für mich gibt es nichts anderes. Das ist doch das, was du wolltest, dass ich dein Eigentum bin, oder?"

Er nickte, ich wünschte mir einfach nur, dass er es nicht als Vorwurf sah, sondern als reine Feststellung meinerseits, denn genau das war es.

„Was ich meinte ...", fuhr ich schließlich fort, „... vielleicht könnten wir ja auch einfach mal miteinander reden."

Ich schluckte, hatte ein ungutes Gefühl, Anspannung lag in der Luft. „Nicht jetzt ... und nicht über uns ... aber einfach so, irgendwann. Einfach reden. Wie ganz normale Menschen, meine ich."

„Haha", ironisch lachte er auf, „du hältst mich doch für ein Monster, da wird es mit dem >>wie ganz normale Menschen<< schon eher unmöglich."

„Als ich dich noch für einen Freund hielt, konnten wir uns auch unterhalten." Mein Magen verkrampfte sich, spätestens jetzt war ein Wutausbruch vorprogrammiert.

„Ganz dünnes Eis, Mädchen." Seine Augen funkelten böse, so wie jedes Mal, wenn ich ihn mit der Vergangenheit in Kontakt bringen wollte.

„Ich will dich nicht verärgern", es war höchste Zeit, zurückzurudern, „und ich halte dich nicht für ein Monster – auch wenn ich das vielleicht tun sollte."

Er reagierte nicht, entweder arbeitete er daran, sich zu beruhigen oder er sammelte Kraft für einen Angriff.

Ganz vorsichtig bewegte ich meine Hand auf seine zu, sie zu

ergreifen, traute ich mich nicht und so ließ ich meine Hand erst einmal auf seiner ruhen, während mein Herz vor Angst raste. Er drehte schließlich den Kopf in meine Richtung und blickte mir in die Augen. Er war innerlich mindestens genauso aufgebracht wie ich, wenngleich auch aus anderen Gründen. Dass meine Hand immer noch auf seiner lag, interpretierte ich dennoch als ein gutes Zeichen.

Der unbarmherzige Laut der Türklingel riss uns aus diesem seltenen Moment der Stille. Ich war vor Schreck ein Stück von Ryan weggerutscht, er sogar regelrecht aufgesprungen beim ersten Ton. Ich hörte ihn am Eingang etwas Unverständliches nuscheln, dann tauchte er wieder im Türrahmen auf. Er schaute sich im Wohnzimmer um, als suche er nach etwas, sah dann unverrichteter Dinge zu mir.
„Wenn du auch nur einen winzigen Fehler machst, wird das der letzte deines Lebens sein, verstanden?" Es war ihm ernster denn je, doch nun war ich es, die wütend wurde.
„Hältst du mich für blöd? Ich ...", dann hörte ich, dass sich die Haustüre öffnete. Ich verstummte schlagartig.

„Ryan, mein Lieber", eine Frauenstimme, „lass dich ansehen."
Feste Schritte kamen näher, schon erblickte ich die Dame.
„Puh, mein lieber Schwan, du brauchst dich nicht zu wundern, dass dich keiner besuchen will, so wie es hier nach Kippen stinkt."
Ryan blieb mit ernstem Blick im Türrahmen stehen, während ich – immer noch unentdeckt von der Fremden – ihr dabei zusah, wie sie sich an der Terrassentür zu schaffen machte.
„Was ist das für ein Mist? Ist die Tür kaputt?", sie wollte sich zu Ryan drehen, und da ich nun in ihrem Blickfeld auftauchte, zuckte sie regelrecht zusammen. Dies hielt nicht lange an, sie

schüttelte den Kopf abwertend und zerrte noch einmal an der Tür – wieder ohne Erfolg.

„Deine Groupies sind echt hart im Nehmen, wenn sie hier freiwillig bleiben."

„MUM!" Ryan meldete sich also doch auch endlich mal zu Wort und ich hatte meine missbilligenden Gedanken schon wieder vergessen – das war also seine Mutter? Diese resolute ältere Dame mit den kurzen roten Haaren und diesen viel zu hohen Stiefeln? Wow, darauf war er wahrscheinlich auch kein bisschen vorbereitet gewesen.

Er schlenderte zu seiner Mutter hinüber, schob sie sachte zur Seite und tippte den PIN-Code in die Alarmanlage der Tür. Mit einem kleinen Piepen öffnete sie sich und seine Mutter konnte ihres Amtes walten und die Bude durchlüften.

„Warum hat der Garten eine Alarmanlage?", ungläubig blickte sie ihn an, „und diese ganzen anderen Zahlendinger da an den Türen? Ich hab' ewig unter der Matte nach dem Haustürschlüssel gesucht."

„Genau darum, Mum", antwortete er überzeugt, „ich habe keine Lust auf Einbrecher oder Reporter in meinem Haus."

„Weil du ein so wahnsinnig gefeierter Superstar bist, ja?", es war unüberhörbar, dass die Frau eher wenig Verständnis für Ryans Beruf hatte, „aber diese Flittchen dürfen rein, hm?"

Sie zog eine Augenbraue hoch, als sie unmissverständlich auf mich starrte. „Das wäre übrigens das Stichwort für dich, Mädel – du kannst gehen."

„Sie geht nirgendwo hin!" Ryan protestierte laut – wie erwartet.

„Mum, das ist Mira und Mira, diese überaus freundliche Frau hier ist meine Mutter."

Ich fühlte mich wie in einer Soap, das alles war so skurril, so unwirklich und schon allein die Tatsache, dass mich diese

Dame in meiner Situation zum Gehen aufgefordert hatte – ging es noch ironischer?

„Hallo", sagte ich etwas unbeholfen und winkte ihr leicht zu. Für einen Moment schien die Zeit stillzustehen, Ryans Mutter blickte zwischen mir und ihrem Sohn hin und her, er verzog keine Miene, aber mich machte es wirklich nervös. Ich hatte keine Ahnung, was ich tun sollte und noch weniger wusste ich, was Ryan von mir erwartete.

„Oh", seufzte sie auf einmal, „du meinst …? Du? Ihr?" Ihre Gesichtszüge entspannten sich schlagartig, als sie auf mich zukam und mir die Hand entgegenstreckte.

„Freut mich, ich bin Linda. Du musst entschuldigen, ich weiß gar nicht, ob ich bei meinem Sohn jemals eine Frau gesehen habe, die länger blieb als bis zum Frühstück. Wenn überhaupt." Ich bekam große Augen, doch bevor ich reagieren konnte, plauderte sie weiter. „Nein, eigentlich habe ich seit … na ja, ich meine … überhaupt keine Frau bei ihm gesehen. Und auch keinen Mann. Er ist nicht so der Typ für Beziehungen."

„Schön, Sie kennenzulernen." Der Höflichkeit halber war ich aufgestanden, als ich ihr die Hand reichte, aber Linda hatte die Geste sofort dazu genutzt, um mich an sich heranzuziehen und zu umarmen.

Ich schielte zu Ryan.

„Was machst du eigentlich hier, Mum?"

„Meinen Sohn besuchen?", sie schnalzte mit der Zunge, „ich hab' Tante Mary zum Arzt in der Grafton Street gebracht, nachher hole ich sie wieder ab und wir fahren zurück. Wenn ich natürlich gewusst hätte, dass du nicht alleine bist …"

Ryan unterbrach sie: „Wärst du länger geblieben? Ich mache uns mal frischen Kaffee." Linda setzte sich mir gegenüber hin und musterte mich erneut.

„Machst du auch Musik oder hast du einen richtigen Job?"

„Nein, ich habe einen stinklangweiligen Bürojob."
>>HATTE<<, flüsterte meine innere Stimme,
>>UND DU WIRST NIE WIEDER ARBEITEN<<.
„Er erzählt nie etwas, wir wissen gar nicht, was er so den lieben langen Tag treibt. Er besucht uns auch nie." Ich hatte zwar durchaus vor, freundlich und nett zu sein, aber in diese Familiengeschichten wollte ich definitiv nicht eingeweiht werden. >>Was er den lieben langen Tag trieb? Mich quälen? Ja, Linda, richtig gehört.<< Ich biss mir auf die Zunge, endlich betrat Ryan den Raum wieder und würde mich hoffentlich aus dieser unschönen Lage befreien.
„Du vergraulst sie mir noch", witzelte er, aber die Wahrheit in seiner Aussage war deutlich zu hören. Wir saßen zusammen, tranken Kaffee, schwiegen, versuchten uns in leichtem Small Talk – keiner schien sich wohlzufühlen – und das offensichtlich aus den verschiedensten Gründen. Als Linda ihr Handy zückte und uns wissen ließ, dass ihre Fahrdienste nun gefragt waren, atmeten Ryan und ich nahezu zeitgleich auf.
„Ach, und Ryan?", sie blieb in der Tür stehen, „da du ja nun nicht mehr alleine bist, erwarte ich euch an den Weihnachtstagen bei uns zu Hause, ja?"
„Du weißt doch, wie ich zu Weihnachten stehe ...", er rieb sich verlegen die Stirn.
„Ja, weiß ich, aber jetzt wird es anders sein. Gib Weihnachten eine Chance, deiner Heimat und uns, deiner Familie. Ich bin mir sicher, dass es Mira gefallen wird. Wir sehen uns Heiligabend."

Ein bisschen verloren trottete Ryan zurück ins Wohnzimmer. Ich saß immer noch auf dem Sofa und hatte die letzten Worte seiner Mutter weiterhin im Hinterkopf.
„Das war nicht wirklich angenehm." Er streckte sich und

zündete sich eine Zigarette an. „Lustig, dass meine Mutter mich sogar vor dir bloßstellen kann."

„Darüber musst du dir aber keine Gedanken machen", entgegnete ich.

Er blies den Rauch nach oben und sah ihm nach. Irgendwie schien er deprimiert zu sein, seine Mutter hatte offenbar einen großen Einfluss auf ihn oder war es meine Schuld? Alles zu spontan gewesen? Zu viel Improvisation?

Nachdem er die Zigarette ausgedrückt hatte, setzte er sich neben mich.

„Sie stellt mich hin, als wäre ich der größte Weiberheld unter der Sonne. Ich mit dieser bösen Musik, die ich auch noch als meine Arbeit bezeichne."

„Du bist ein Bilderbuchsohn – da gibt's nichts dran zu rütteln", antwortete ich und ob gewollt oder nicht, wir mussten beide lachen.

„Danke." Seine Gesichtszüge wurden weicher. „Fürs Durchhalten. Ich weiß, dass sie anstrengend ist und wir sollten beide froh sein, dass ihr die Weihnachtssache erst an der Türe eingefallen ist."

„So schlimm?", hakte ich nach.

„Schlimmer. Ich ignoriere Weihnachten seit Jahren erfolgreich." Er wirkte bedrückt, während in meinem Kopf die Gedanken durcheinanderwirbelten. Etwas stimmte nicht bei dem Thema Weihnachten.

„Hattest du nicht erzählt, dass du letzten Heiligabend zu deinen Eltern fahren wolltest?"

„Da hab' ich gelogen." Er zuckte mit den Schultern, als wäre es egal.

„Wieso?", nachdenklich sah ich ihm zu, wie er die Stirn runzelte und ich wusste, dass er das Gespräch vermutlich gleich beenden würde. Es wurde ihm unangenehm.

„Wieso? Weil ich Weihnachten hasse. Was sollen diese Fragen denn?", genervt drehte er den Kopf in meine Richtung.

„Nichts. Ich ... frage mich nur, wieso du mich damals angelogen hast. Klar, es ist egal, aber ich dachte einfach, du sagst die Wahrheit."

„Pfff." Er zog Luft durch seine zusammengebissenen Zähne. „Ich wollte dir die Festtage nicht versauen, also hab' ich gesagt, was alle anderen auch sagen: >>Ich feiere mit meiner Familie.<< ... Blabla – und alle sind happy."

Ich ließ seine Worte kurz auf mich wirken, log er jetzt auch wieder? Das Bild, das ich von ihm damals hatte, eben jenes, das sich in meinem Kopf und vor allem in meinem Herzen gefestigt hatte, schien durch diese Lüge einmal mehr ins Wanken zu geraten und ich wusste selbst nicht, wie das sein konnte. Er hatte mir doch so viel angetan, was eigentlich ohnehin alles Positive hätte zerstören müssen, aber dennoch gab es für mich einen klaren Unterschied zwischen dem Ryan von damals und dem von heute.

„Ich hätte die Wahrheit dennoch vorgezogen", antwortete ich schließlich und verschränkte die Arme vor meiner Brust. Es wirkte, als hätte ich das Gespräch dieses Mal beendet, doch ihm schien das nicht zu gefallen.

„Weil die Wahrheit ja immer so leicht zu ertragen ist?", er hustete, „ich kenne die Menschen, Mira. Niemand kann eine Wahrheit wie diese handlen."

Ich fragte mich, ob er recht hatte, aber ich hätte nur zu gerne mit ihm weiter diskutiert, nur war mir klar, dass es früher oder später eskalieren würde. Eigentlich hatte ich mein Glück schon überstrapaziert.

„Außer ...", ich musste schlucken, „... man hat erst gar keine Wahl."

Verwirrt schüttelte Ryan den Kopf. „Ich habe keinen Schimmer, wovon du redest."

„Ich meine jetzt. Hier. Ich habe keine Wahl, also musst du mich auch nicht mehr anlügen. Richtig? Du könntest einfach ehrlich sein, ohne Angst."

„Ach ja?" Er setzte sich auf, fuhr sich mit der Hand durch die Haare. „Du weißt schon zu viel."

„Selbst wenn – was bringt es mir denn?" Ich konnte nicht verstehen, wo sein Problem lag, aber ich rechnete ihm hoch an, dass er mich bisher nicht zurückgewiesen hatte, denn ein Gespräch mit dieser Tiefe hatten wir unter vier Augen nie zuvor geführt.

„Du redest dich um Kopf und Kragen wegen einem lächerlichen Mist wie Heiligabend?" Er stand auf, ging ein paar Schritte Richtung Fenster.

„Es geht ums Prinzip." Ich presste die Lippen aufeinander, dann brachte ich ein leises „Bitte" heraus.

- Ryan -

Ich konnte mich nicht umdrehen, denn wenn ich sie angesehen hätte, wäre ich entweder komplett ausgetickt und hätte ihr wehgetan, oder? Ich weiß es nicht. Da war es, das Mädchen, das mir so viel bedeutet hatte, auch wenn ich sie gar nicht kannte, ich konnte nur ihre Zeilen auf dem Computer lesen.

Ich hatte ihr damals vertraut und es hatte gutgetan. Doch dann war alles eskaliert, einfach alles. Trotzdem musste ich ihr recht geben – hier und jetzt –, was würde es schon ändern, wenn sie noch mehr wüsste? Sie gehörte mir, so oder so und selbst diese verständnisvollen Züge, die sie präsentierte, würden daran niemals etwas ändern. Ich atmete ein paar Mal tief durch und sah den Regentropfen am Fenster zu.

„Also? Was willst du denn hören? Was interessiert dich so brennend?"

„Vielleicht, was du dann an Weihnachten wirklich gemacht hast?", sie war vorsichtig.

„Das, was ich die vielen Jahre zuvor auch schon getan habe. Ich habe mir die Kante gegeben, versucht, zu überleben und darauf gewartet, dass der Horror vorbei ist." Ich drehte mich um, sah sie auf der Kante des Sofas sitzen und mich beobachten. Ihr Blick war traurig, Mitleid war das Letzte, was ich von ihr wollte. Alles in mir sträubte sich, warum hatte ich mit ihr gesprochen? Wieso musste ich auf sie reinfallen? Schwäche zeigen – ganz großes Kino.

„Du hättest es mir sagen sollen." Ihre Stimme durchbrach die Abwärtsspirale meiner Laune kurzzeitig. „Ich hätte es mir aber auch selbst denken können. Es tut mir leid."

Ich musste ihre Worte ignorieren, das ganze Thema ausblenden. Wie üblich würde es keinen schönen Ausgang nehmen, wenn ich über meine Vergangenheit nachdachte.

Ich zündete mir eine Zigarette an, während ich mich auf den Weg zum Kühlschrank machte. Dort angekommen drehte ich die Flaschen im Fach und inspizierte die Etiketten. Mein guter alter Freund Jack Daniel's bot sich mir förmlich an. „Na, mein Bester? Lust auf einen Filmnachmittag mit mir? Ich könnte ein bisschen Ablenkung gebrauchen", säuselte ich kaum hörbar in den Kühlschrank. Einen Wimpernschlag später wurde mir bewusst, wie erbärmlich das ganze Szenario war. Es wurde kompliziert, es wurde stressig, emotional – immer her mit dem Alkohol. Über die Jahre war das zum Allheilmittel für mich geworden und das war alles andere als gut. Nicht zuletzt, weil ich dadurch völlig hemmungslos wurde, keine Grenzen mehr kannte und nicht selten aggressiv auf alles und jeden reagierte.

Ich war wütend – auf mich selbst. In all der Zeit hatte mich die blöde Sauferei abgestumpft, meine Wahrnehmung verändert. Mit ordentlichem Schwung schlug ich die Kühlschranktüre zu, stapfte zurück zu Mira. Sie hatte sich wieder etwas entspannt, wie es schien, aber die Sorge in ihrem Blick war mehr als deutlich.
„Komm." Ich brauchte eine andere Strategie, um mich abzulenken. „Wie wäre es mit Fast Food im Auto? So ganz ordinär den Porsche einsauen und ungesundes Zeugs in uns reinstopfen?"
„Klingt nach einem guten Plan." Sie zwang sich zu einem Lächeln, das sollte mir für den Augenblick reichen.

- Mira -

Ich war überrascht. Im positiven Sinne. Die letzten Stunden waren einfach anders gelaufen. Wir konnten uns unterhalten, ich hatte zum ersten Mal, seit er mich entführt hatte, das Gefühl, dass da irgendwo noch ein Mensch hinter seiner Fassade verborgen war.
Zwar traute ich der Sache kein bisschen, dazu hatte ich zu viel mit ihm erlebt, aber ich wusste den Frieden, der zwischen uns herrschte, zu schätzen – selbst wenn es sich nur um 20 Minuten handelte.

***

Ryan belud den Porsche wie geplant mit allem, was das Fast-Food-Restaurant zu bieten hatte, fragte mich nach Sonderwünschen, und während ich die Getränke auf meinem Schoß balancierte, fuhr er stadtauswärts. Glücklicherweise dauerte es nicht lange, bis er auf einen menschenleeren

Parkplatz mit Blick auf Strand und Meer einbog.

„Jammerschade, dieses Wetter", beschwerte er sich und holte nach und nach die Essenstüten von der Rückbank nach vorne. Gemächlich packte er aus, verteilte Pommes und Burger auf dem Armaturenbrett. Auf mich machte er einen weitgehend zufriedenen Eindruck, auch wenn ich nicht nachvollziehen konnte, wie man auf jeden Burger noch mal extra Ketchup schmieren musste, aber ich fand solche kleinen Eigenheiten unterm Strich irgendwie doch sympathisch. Menschlich.

Als ich so ziemlich komplett überfressen aufgegeben hatte, setzte ich mich etwas bequemer hin und ließ meinen Blick in die Ferne schweifen. Das Wetter war für mein Empfinden typisch irisch – es regnete, war trüb und die Wellen wurden durch den Wind ungleichmäßig und stark an den Strand getrieben. Selbst bei geschlossenen Fenstern konnte ich das Meersalz in der Luft riechen.

„Malahide", er biss in seinen Burger, „bei schönem Wetter ist hier die Hölle los und dort auf der anderen Seite wohnt so ziemlich alles, was in Irland Rang und Namen und vor allem Geld hat."

„Wieso du nicht?", hakte ich wie automatisch nach.

„Weiß nicht. Ist so ein Familiending hier, da passe ich nicht rein."

Wir saßen noch eine Weile schweigend nebeneinander und starrten einfach aufs Meer. Ich konnte mein Glück kaum fassen, hatte ich vor wenigen Stunden doch mit nur geringer Hoffnung gefragt, ob es jemals irgendwie ansatzweise normal werden könnte ... Und Ryan? Er hatte reagiert, wie Ryan eben immer reagierte – mit Angriff. Und dann hatte er doch eingelenkt, kommentarlos ein kleines bisschen Normalität zugelassen. Ein flaues Gefühl breitete sich in meiner

Magengegend aus, als ich den Weg zurück zu seinem Haus erkannte.

„Es war schön", gab ich zu, er sah zu mir herüber, lächelte kurz.

„Fand ich auch."
Nachdem er sämtliche Türen gesichert hatte, blieb er an der Treppe stehen und sah mich an. Dass ich irgendwie etwas planlos wirkte, war mir klar, aber Fakt war eben auch, dass ich nicht viel mit mir anzufangen wusste, geschweige denn durfte.

„Hör zu", er streckte seine Arme etwas nach oben, „ich muss mich ein Weilchen hinlegen, bin müde. Keine Dummheiten, ja?"

Ich nickte, weiter darauf eingehen wollte ich nicht.

Die Stille, die auf einmal im Haus herrschte, irritierte mich. Normalerweise hatte er immer den Fernseher oder irgendwelche Musik an, absolute Ruhe kannte ich nur vom Keller und das waren wahrlich keine guten Erinnerungen.

Ich setzte mich aufs Sofa, wickelte eine der Wolldecken, die danebenlagen, um mich und lehnte den Kopf nach hinten.

>>Das, was ich die vielen Jahre zuvor auch schon gemacht habe. Ich habe mir die Kante gegeben, versucht, zu überleben und darauf gewartet, dass der Horror vorbei ist.<< Seine Worte kamen mir plötzlich wieder in den Sinn, diese Ernüchterung in seiner Stimme. Mir dämmerte, dass es ihm vielleicht gar nicht darum gegangen war, mir das Weihnachtsfest nicht zu vermiesen, sondern er sich vielmehr dafür geschämt hatte, wie er das seine verbringen würde. Aber warum? Ich wollte ihm nie das Gefühl geben, dass er mir irgendetwas nicht sagen könnte – ganz im Gegenteil.

Krampfhaft suchte ich in meinem Gedächtnis nach dem Chat

von damals, es war ein für mich wichtiger und intensiver Abend gewesen, sehr wahrscheinlich konnte ich mich an nahezu jedes Wort erinnern. Schlagartig wurde mir bewusst, dass sich der Abend jenes Gespräches nun schon bald jähren würde. Es war irgendwann kurz vor Heiligabend gewesen, im Jahr zuvor.

Ich freute mich über seine Anwesenheit im Chat, so wie ich es immer tat. Mir fiel wieder ein, dass mein Schlafzimmer nur durch die Lichterkette am Fenster erhellt wurde, mein einziger Beitrag zur Vorweihnachtsstimmung wohlgemerkt. Ich hatte mit Weihnachten nicht viel am Hut, es waren unter anderem die vielen Erwartungen, die es Jahr für Jahr zunichtemachten. Weltfrieden und Ähnliches waren gänzlich out, jeder kümmerte sich primär um die eigenen Bedürfnisse, in den Läden herrschte schon Wochen vor Heiligabend Ausnahmezustand und alleine zu sein, fiel einem in dieser Zeit noch schwerer. Ich glaube, durch das Chaos und die Hektik in den Städten und dem krassen Gegenteil dazu zu Hause – Ruhe und alleine sein –, fühlte ich mich förmlich dazu gezwungen, über Verlorenes nachzudenken, zu trauern, schwermütig zu werden. Aber irgendwo in mir war Hoffnung, ein kleines Flämmchen, welches durch seine Anwesenheit – wenn auch nur online – gleich ein bisschen heller aufflackerte.
„Wie geht's, Mylady? Wünsche, erfolgreich geshoppt zu haben", begrüßte er mich. Ich konnte die Zeilen sofort wieder vor meinem geistigen Auge sehen. Oft genug hatte ich sie im Nachhinein noch einmal durchgelesen.
„Vor dem Ansturm des Fußvolkes musste ich kapitulieren, mich deuchte, es handele sich gar um einen Aufstand."
„Nun, mein Fräulein, da hätte ich Sie aber in Windeseile retten müssen."

„Hoch zu Ross?", mein Kopfkino lief auf Hochtouren.

„Hoch zu Helikopter – Pferde sind im Allgemeinen keine Langstreckenschwimmer und das Meer, welches es vermag, uns bisweilen zu trennen, Mylady ..."

Es fühlte sich so unheimlich gut an, mit ihm irgendwelche Geschichten zu erfinden, abzudriften, irgendwohin, wo es nur den Moment an sich gab. Ja, ich weiß heute, dass ich mich viel zu schnell in die ganze Sache hineingesteigert hatte, dass ich einen Fremden in mein Herz und mein Leben gelassen hatte und welche Konsequenzen das mit sich bringen konnte, durfte ich ja seit geraumer Zeit am eigenen Leib erfahren. Puh, mich schüttelte es bei meinen eigenen Gedanken. Sie waren zu real, ich wäre so gerne im „Damals" geblieben.

Es waren aber nicht seine Späße, die diesen Abend besonders machten, sondern seine Ehrlichkeit. Wir hatten schon eine Spielfilmlänge über gechattet, ich war müde, aber nicht gewillt, mich von ihm zu verabschieden.

„Weihnachten ist doof." Ich stellte den Satz einfach so in den Raum.

„Ist es", kam es zurück, „was ist für dich das Schlimmste daran?"

„Das Alleinsein. Ich habe diese Idealvorstellung im Kopf. Weißt du, mit dem Menschen, den man liebt. Diese Liebe, die man doch eigentlich an Weihnachten fühlen muss – wie soll das gehen, wenn man nicht mit diesem einen Menschen zusammen ist?" Ich fürchtete, dass er die Lust an dieser Kommunikation verlieren würde, sobald es in Jammern ausarten könnte, aber die Zeilen waren schon abgeschickt.

„Oder ihn verloren hat", antwortete Ryan. Ich musste schlucken, ahnte etwas, das mich nicht kaltlassen würde.

„Du vermisst jemanden sehr?" Ich tastete mich vorsichtig vor.

„Ja."

„Willst du es mir erzählen?"

„Es ist keine schöne Geschichte."

„Davon bin ich auch nicht ausgegangen. Ich würde sie trotzdem gerne hören."

Pause. Dann sah ich, dass er tippte – und das eine ganze Weile über.

„Ist lange her. Meine Freundin, wir waren bei ein paar Kumpels eingeladen. Eine Art Vor-Weihnachtsfeier, dann wurde es aber wie so üblich bei diesen Dorfveranstaltungen eher ein großes Saufgelage. Ich hatte Grund zum Feiern, hatte den Führerschein bestanden, das Auto meiner Eltern ausleihen dürfen. Was war ich stolz, als ich damit bei Susannas Haus vorfuhr, ihrem Vater meinen Führerschein zeigte und ganz andächtig versprach, ihr kleines Mädchen heil wieder nach Hause zu bringen. Tja." Ich hatte den Text mehrmals gelesen, wie war die Geschichte ausgegangen? Es konnte nicht positiv enden.

„Und dann? Was ist passiert?", fragte ich, als er ein paar Minuten nicht geschrieben hatte.

„Dann habe ich mich von meiner besten Seite gezeigt, alle Versprechen über den Haufen geworfen und mit meinen Kumpels getrunken. Susanna war total angenervt, sie hatte mich auf der Hinfahrt gefragt, ob wir von dort nicht wieder früher loswollten, um dann noch ein bisschen Zeit alleine verbringen zu können. Wurde nichts draus, ich habe sie immer vertröstet. Irgendwann war sie so wütend, dass sie mir androhte, sie würde dann eben alleine nach Hause gehen. Mir Idiot war das in dem Moment schnuppe, mehr als das – um vor den Jungs möglichst cool zu wirken, wünschte ich ihr noch einen angenehmen Nachhauseweg und eine gute Nacht."

Mein Herz klopfte wie verrückt, wollte ich das Ende hören?

Kopfschüttelnd beruhigte ich mich. Vermutlich hatte sie dann eben Schluss mit ihm gemacht, ihm das Herz damit gebrochen oder vielleicht hatte auch sein bester Kumpel sie heimgebracht oder so.

„Es war ihre Letzte." Diese vier Worte im Chatfenster ließen mir das Blut in den Adern gefrieren.

„Oh nein", tippte ich, während mir eine Träne über die Wange lief.

„Weißt du, sie ist die Landstraße entlanggelaufen, mitten in der Nacht, weil ich sie weggeschickt habe. Scheißegal, ob das andere Auto zu schnell war oder nicht, ICH habe sie laufen lassen. Sie hatte keine Chance, wurde meterweit durch die Luft geschleudert und ist in der Nacht gestorben. Mit ihr unser Baby – von dessen Existenz sie mir höchstwahrscheinlich an diesem Abend erst erzählen wollte."

Ich konnte den Schmerz, die Trauer so deutlich empfinden, als wären es meine eigenen Gefühle. Ich weinte mit ihm, über die Dramatik des Ganzen, über das arme Mädchen, ihre Familie, und weil Ryan mir so unendlich leidtat. Er gab sich die Schuld daran. Ich wusste nicht, was ich sagen sollte, denn keine Worte hätten irgendetwas geändert, nichts konnte es ungeschehen machen und wahrscheinlich würde er auch nie aufhören, sich Vorwürfe zu machen.

„Es muss furchtbar sein für dich." Ich schluchzte und verdrängte die Vorstellung, wie erbärmlich er sich wohl jetzt wieder fühlen musste, wie es ihm zusetzte, alte Gefühle hervorzuholen.

„Ich? Ich bin nicht das Problem, ich habe sie auf dem Gewissen. Ihre Familie, ihre Freunde, ich habe so viele Leben zerstört in dieser Nacht."

„Du hast sie doch nicht überfahren! Ihr habt gestritten, sie hat entschieden, zu Fuß aufzubrechen. Natürlich hätte alles anders ausgehen können, aber du musst dir dafür doch nicht auf ewig die Schuld geben!" Ich konnte ihn nur zu gut verstehen, aber genauso fühlte ich, dass es nicht richtig sein konnte, dass er die Verantwortung übernahm.

„Ihre Familie hat das anders gesehen. Klar, ich hatte ja hoch und heilig versprochen, dass ich auf sie aufpasse. Ich bin in der Nacht nicht mehr nach Hause gefahren, ich war zu betrunken. Geweckt wurde ich durch die Polizei, und bevor ich realisieren konnte, was da gerade abging, war ich mitten in meiner Aussage."

„Die Polizei wird dir aber doch auch gesagt haben, dass du keine Schuld trägst, oder?"

„Ich war volljährig, im Gegensatz zu Susanna, ich hätte sie beschützen müssen."

Mir fehlten die Worte, was hätte ich groß sagen können? Ja, es war schlicht und ergreifend scheiße, was er erlebt hatte und ja, ich verstand ihn.

„Irgendwann standen ihre Eltern vor unserer Tür, beschimpften meinen Vater und meine Mutter dafür, dass sie mir noch Unterschlupf gaben – einem Mörder. Ich versuchte alles, um ihnen zu zeigen, wie leid es mir tat und wie sehr ich selbst damit zu kämpfen hatte, aber das Einzige, was sie darauf sagten, war, dass ich elender Bastard ihr Mädchen erst geschwängert und anschließend umgebracht hatte. Und genau so hatte ich dann also erfahren, dass ich auch noch mein ungeborenes Kind verloren hatte. Frohe Weihnachten allerseits."

„Oh nein", ich zitterte am ganzen Körper, wie muss es ihm ergangen sein?

„Sie hatten recht, es waren Tatsachen." Er machte eine kurze

Pause. „Ich habe alles getan, um es ihnen leichter zu machen. Sie sollten nie mehr an mich erinnert werden, und wenn Susanna hatte sterben müssen, dann wäre es das einzig Richtige, ihr zu folgen. Ich habe diesen Scheiß-Schmerz nicht mehr ertragen, diese Leere und die Schuld. Meine Alten sind Heiligabend schön in die Kirche gelaufen, beten für den missratenen Sohn oder so. Ich hatte alles vorbereitet, mir Mut angetrunken, Susannas Lieblingsmusik angemacht und mir die Pulsadern mit einer Rasierklinge aufgeschnitten. Endlich das Richtige, ich hatte keine Angst. Es würde aufhören, alles. Aber weißt du was, Mira? Das Schicksal hat mir den Mittelfinger gezeigt. Meine Familie wurde schon vor der Kirche mit bösen Blicken und missbilligenden Aussagen attackiert, also sind sie früher nach Hause gegangen. Um ein Haar wäre ich jetzt nicht mehr hier."

„Sie haben dich gefunden." Immer noch weinte ich still vor mich hin, tiefe Traurigkeit hatte sich wie eine Decke um mich gelegt. „Ich bin froh, dass du es nicht geschafft hast, auch wenn das von meiner Seite aus purer Egoismus ist."

„Passt schon", schrieb er, „es ist einiges an Zeit vergangen, ich habe viel gelitten, viel gelernt und ich denke, auch die Gemüter im Dorf haben sich wieder beruhigt. Zurückgehen werde ich dennoch nicht."

„Bist du damals abgehauen?"

„Nach dem Suizidversuch fand ich mich in einer Psychiatrie wieder, habe eine Weile gebraucht, bis ich da rauskonnte, aber für mich war ab dem ersten Moment klar, dass ich nicht wieder nach Hause zurückkehren werde. Schon allein meiner Familie zuliebe. Ich bin nach Dublin gegangen, wie du weißt, habe eine Weile wirklich übel gehaust, aber mittlerweile denke ich, bin ich auf einem halbwegs guten Weg."

„Und deine Familie? Vermissen sie dich nicht?"

„Glaub mir, es ist für alle besser so. Es ist extrem dörflich dort, jeder kennt jeden, und auch wenn da mittlerweile kein böses Blut mehr zwischen Susannas Familie und meiner herrscht, so will ich weder bei ihnen noch bei mir alte Wunden aufreißen. Mir reichen meine Albträume vollkommen aus."

Das glaubte ich ihm sofort, ich wollte mir gar nicht vorstellen, wie oft und vor allem grausam er von den Dämonen seiner Vergangenheit verfolgt wurde.

„Mira?", ich zuckte zusammen.

„Ja?"

„Ich habe seit der Zeit damals nie wieder mit jemandem darüber geredet. Niemand aus meinem jetzigen Leben außer dir kennt die Geschichte."

„Ich bin froh, dass du sie mir erzählt hast."

„Versprichst du mir, dass es unser Geheimnis bleibt?"

„Meine Lippen sind versiegelt", antwortete ich, ohne zu zögern. Auch wenn mir nicht wirklich nach Schlafen zumute war, wusste ich, dass ich mit dem Ganzen nun erst einmal alleine fertigwerden musste. Ich brauchte Zeit, um es sacken zu lassen und etwas gefasster zu werden, sonst wäre ich für Ryan sicherlich keinerlei Hilfe gewesen.

Ich erinnere mich daran, dass er am nächsten Abend schon online war, als ich den Laptop einschaltete. Normalerweise schrieb er mich sofort an, an diesem Abend nicht. Ich wollte ihm ein paar Minuten Zeit lassen, dann meldete ich mich aber doch als Erste bei ihm. Er schien irgendwie wortkarg, vielleicht bildete ich mir das auch nur ein. Kurze Antworten, keine Fragen von ihm, möglicherweise war er auch nur beschäftigt. Ich wollte ihn nicht bedrängen, zwang mich, nicht zu fragen, ob irgendwas nicht stimmte.

Leider war meine Geduld sehr begrenzt und so hakte ich

früher oder später doch nach und wollte wissen, was er machte, außer mit mir zu chatten. „Nichts", schrieb er nur, ich glaubte ihm kein Wort.
„Ryan, irgendwas ist doch. Hab' ich dir was getan?"
„Nein, alles bestens."
„Wenn du meinst … Ich denke, ich log' mich dann mal wieder aus." Mir war klar, dass er das durchschaute und genau das war meine Absicht. Ich wollte wirklich wissen, was los war.
„Mira …" Ich konnte mir sein Aufstöhnen vorstellen. „Ich möchte mit dir reden, glaub mir."
„Dann tu es aber bitte auch. Du bist gar nicht wirklich anwesend."
„Sorry", er wartete kurz, „ich hätte dir nichts erzählen sollen."
„Wieso?" Wut machte sich in mir breit.
„Es steht zwischen uns."
„Bitte? Wenn, dann ist es für dich ein Problem. Für mich ist es keines", rechtfertigte ich mich. Seine Aussage war komplett aus der Luft gegriffen.
„Glaube ich dir nicht."
„Woher willst du es wissen?" Langsam zweifelte ich an seinem Verstand.
„Weil ich es weiß."
„Ich bin nicht >>die anderen<<, du weißt es also nicht."
„Ich habe dich angelogen, Mira." Nur ein paar Worte und mich traf ein regelrechter Schlag. Angelogen? In welcher Angelegenheit? Und was für mich noch viel bedeutungsvoller war – warum?
„Es ist jetzt ohnehin zu spät, jetzt macht es keinen Unterschied mehr." Ich schüttelte den Kopf, hatte sicher einen mehr als irritierten Ausdruck in meinem Gesicht.
„Was ist zu spät? Wovon sprichst du?", hakte ich vorsichtig nach, unsicher, ob ich seine Antwort überhaupt wissen wollte.

„Ich habe dir gestern Abend die offizielle Version der Geschichte erzählt."
„Das heißt, es gibt noch eine andere?"
„Ja, und die trage ich alleine mit und in mir, ich hätte dir gar nichts davon sagen sollen. Jetzt fühle ich mich wie ein erbärmlicher Lügner."
„Ich dachte, du vertraust mir. Wenn du dich schlecht fühlst deshalb, dann erzähl mir die Wahrheit. Ich bin hier, ich höre dir zu und teile deine Geheimnisse gerne mit dir, aber wenn es dir zu schwerfällt, dann werde ich das auch akzeptieren. Nur behandle mich bitte nicht so, als hätte ich ein Problem, welches lediglich in deinem Kopf existiert."
„Du musst mir versprechen, dass du niemals jemandem davon etwas sagen wirst. Es wäre mein Todesurteil."
Zwar konnte ich mir beim besten Willen nicht vorstellen, was denn so schlimm sein sollte, aber ich gab ihm mein Wort – und dann wartete ich eine gefühlte Ewigkeit.

„Nachdem Susanna die Party verlassen hatte, machte ich mir irgendwann doch Sorgen. Um weiterhin vor meinen Saufkumpels cool dazustehen, erklärte ich, dass ich nur mal schnell zum nächsten Zigarettenautomaten müsste, um Nachschub zu holen. Ich betonte dann auch noch mal, dass ich zum Autofahren zu betrunken war und es also etwas dauern könnte zu Fuß. Ich hab' mich in den Wagen gesetzt, bin losgefahren, ohne nachzudenken. Es war so dunkel und die Lichter der Straße blendeten mich ganz schlimm. Dazu konnte ich wohl wegen dem vielen Bier nicht gut erkennen, wo ich genau fuhr, also entschied ich mich, die Mitte der Fahrbahn anzupeilen. Ich war also ein Stück außerhalb auf der Landstraße unterwegs, auf einmal sehe ich etwas von der Seite her auf die Straße rennen. Mir ist das Herz stehen geblieben,

Fahrschulwissen nicht mehr greifbar – ich hab' den Lenker rumgerissen, das Reh ist längst weg gewesen, auf einmal ein Aufschlag. Ich schwöre, ich war mir sicher, dass es ein weiteres Tier war. Schlagartig fühlte ich mich klar im Kopf, leider zu klar. Ich konnte unmöglich stehen bleiben und die Polizei rufen. Ich hatte gerade erst den Führerschein bekommen und bin besoffen gefahren. Den hätte ich gleich abgeben können auf dem Weg in den Knast.
Ich hab' den Wagen gewendet, hab' auch nichts auf der Straße oder so gesehen, bin einfach zurückgefahren. Habe das Auto wieder so geparkt wie zuvor, bin es abgelaufen mit einer Taschenlampe. Vorne waren Blutspritzer zu sehen, das war so irre. Ich bin einfach mit einem alten Lappen aus dem Kofferraum dran und hab' die weggeputzt. Hat mir keine Ruhe gelassen, ich bin zur nächsten Telefonzelle gelaufen und hab' die Bullen angerufen, habe einen Wildunfall gemeldet – anonym. Dann bin ich mit beruhigtem Gewissen zu meinen Freunden und habe weiter gefeiert. Den Rest der Geschichte kennst du."
Mir wurde schwindelig, regelrecht übel. Ich konnte nicht denken, wollte es nicht und fühlen erst recht nicht.
„Du meinst", meine Finger zitterten, „du denkst, dass du es warst, der Susanna angefahren hat?"
„Du weißt genauso gut wie ich, dass es weitaus mehr als eine Vermutung ist. Ich habe sie und unser Baby umgebracht. Hätte ich in der Nacht keine Spuren beseitigt oder hätte auch nur einer meiner Freunde mitbekommen, dass ich gefahren bin … es war blanke Willkür des Schicksals, dass ich nicht im Gefängnis sitze. Und dass sie mich nicht haben sterben lassen. Verdient hätte ich es."
„Sag so was nicht. Du hast das doch nicht absichtlich getan, du dachtest, es wäre ein Reh."

„Ich bin betrunken gefahren, Fahrerflucht, Mord. Gibt es etwas, das ich vergessen habe?"

- Ryan -

Als ich aufwachte, war es schon stockdunkel. Ich suchte vorsichtig auf dem Nachttisch nach meinem Handy, kurz nach 22.00 Uhr. Ein paar Stündchen Schlaf waren bei meiner Spontanaktion also herausgekommen, erholsam konnte ich es dennoch nicht nennen. Bedächtig nahm ich die Treppen nach unten. Mira schlief auf dem Sofa, kein Licht, kein Fernseher an. Wirkte irgendwie friedlich, ganz im Gegensatz zu meinem Kopf. Darin herrschte Chaos, meine Gefühle hatten mich im Schlaf nicht verschont, ich merkte es daran, dass ich mich einfach müde und ausgelaugt fühlte und alles in allem richtig mies drauf war. Meine Stimmung wäre perfekt für einen Boxkampf gewesen, einfach drauf, Energie loswerden und ganz nebenbei die alten Schuldgefühle und Erinnerungen raushauen. Na ja, ich musste zugeben, in der Theorie mochte das gehen – in der Realität hingegen hatte noch nie etwas wirklich dagegen geholfen. Selbst der Alkohol war quasi nur ein Aufschieben auf einen späteren Zeitpunkt. Mit diesen Dämonen würde ich auf ewig leben müssen.

Beim Blick in den Kühlschrank blinzelte mir Jack Daniel's zu – >>Jetzt vielleicht? Nur so zum Runterkommen?<< Ich griff zur Flasche Wasser, die danebenstand, lehnte mich so an den Türrahmen, dass ich Mira zusehen konnte, und nahm ein paar Schlucke. Sollte ich sie wecken? Sie mit nach oben nehmen? Oder schlafen lassen und Jack als Gesellschaft wählen? Eigentlich war es ja egal, ich müsste ja nicht so viel trinken, dass ich die Kontrolle über mein Handeln verlieren würde.

„Hey!" Ihre Stimme riss mich aus meiner fiktiven Diskussion.
„Ich wollte dich eigentlich nicht wecken", kommentierte ich.
„Und ich wollte gar nicht hier schlafen." Sie setzte sich auf und drückte auf den Lichtschalter. Ziemlich zeitgleich kniffen wir beide die Augen zusammen, die Helligkeit war schon eine Zumutung. Irgendwie fühlte ich mich fehl am Platz – in meinem eigenen Haus – mit meiner Gefangenen. Es hatte sich nichts geändert, unterm Strich hatten wir schlicht und ergreifend einen friedlichen Tag verbracht. Trotz oder auch mit dem Besuch meiner Mutter. Mira hatte sich angebracht verhalten, einmal keinen Ärger gemacht, ich hatte es geschafft, nicht sofort aus der Haut zu fahren, nur weil sie Fragen gestellt hatte.
Gänzlich unentspannt starrte ich ihr in die Augen.
„Und was machen wir jetzt mit der angebrochenen Nacht?"
„Was auch immer du willst", antwortete sie, ohne zu zögern. Ich war mir unsicher, ob sie das ernst meinte oder damit eher ihre Resignation verdeutlichen wollte.
„Sicher?", streng wartete ich auf eine Reaktion, sie nickte aber nur, „nun gut, wenn das so ist, will ich mal nicht so sein. Ich lasse dir die Wahl zwischen gleich mit mir ins Bett zu gehen oder vorher einen Wein zu trinken."
Sie hielt meinem Blick stand, dachte sie nach? Vermutlich.
„Ein Bier vielleicht?" Sie zuckte etwas unbeholfen mit den Schultern, was mir ein gespielt empörtes Seufzen entlockte. Ich drehte mich um, zog den Kühlschrank auf und nahm zwei Dosen Guinness heraus.

- Mira -

„Ein Bier, die Dame." Ryan hielt mir die Dose entgegen.

Eigentlich wäre ich über seine Kompromissbereitschaft sehr überrascht gewesen, hätte einen kleinen Erfolg auf meinem nahezu leeren Konto dafür verbucht und mich im Geheimen darüber gefreut, dass ich ihm vielleicht doch nicht ganz egal war. Aber in diesem Moment? Ich wollte gar nicht so denken, nicht mehr analysieren und grübeln und noch mehr analysieren. Ich wollte Antworten. Seit der ersten Minute dieses Wahnsinns wollte ich einzig und allein das – Antworten.

Mir kam es so vor, als wäre ich in irgendeinem Paralleluniversum gelandet, als hätte ich die ganze Geschichte mit ihm noch einmal auf Anfang gespult, sie mir ein weiteres Mal angesehen und dann irgendwann erkannt, dass auch ich Fehler gemacht hatte. Mein wohl größtes Vergehen war, dass ich ihm vertraut hatte. Damals ahnte ich nichts dergleichen. Auch nicht, als er mir von jener denkwürdigen Nacht vor Weihnachten berichtet hatte. Ich war im Mark erschüttert darüber, wie sehr er gelitten haben musste. Darüber, dass er sie verloren hatte, und weil er mit sich selbst ausmachen musste, was wohl wirklich passiert war. Vielleicht hatte er sie auch bewusst angefahren? Oder waren die Dinge ganz anders gelaufen? Ich zweifelte nicht an seinen Aussagen, nicht, weil ich wusste, dass er nicht log, sondern weil ich nicht daran zweifeln wollte.

Einzig wichtig war mir, dass er da war. Dass es irgendwie funktionierte zwischen uns und ich hätte wahrlich nahezu alles dafür gegeben. Fakt war allerdings, dass es nicht in meiner Macht lag – er hatte die Entscheidung getroffen. Mich schon verlassen, bevor er überhaupt erst bei mir gewesen war. Sein Leben. Seine Entscheidungen. Keine Kompromisse. Keine andere Meinung, die zählen könnte, die er sich auch nur anhören würde.

Im Grunde genommen hatte er damals schon die

Charakterzüge gezeigt, die ich heute so sehr an ihm hasste. Das wusste ich nicht und wollte es auch nicht wissen. Ich wollte ihn, ganz und gar, selbst wenn er ein Mörder war.

„Mira!" Ich zuckte erschrocken zusammen, als er mich tadelte. „Träumst du?" Rasch schüttelte ich den Kopf, nahm ihm die Dose endlich aus der Hand und öffnete sie. Er machte ein paar Schritte um den Tisch herum zum freien Ende des Sofas und setzte sich, während er den ersten Schluck nahm.
„Nicht dass wir uns missverstehen", er grinste frech, „ins Bett gehst du dann trotzdem mit mir."
Möglicherweise müsste ich nur fest genug daran glauben, dass er immer noch der Typ war, in den ich mich damals verliebt hatte? Wäre es möglich, mir immer wieder zu suggerieren, dass meine Wahrnehmung falsch war? Immerhin wollte ich bei ihm sein, also wo war nun das Problem? Es schien auch in seinem Interesse, sonst würde er mich nicht hier festhalten. Vielleicht könnte man sich so arrangieren, dass es eine Art Zweckgemeinschaft wäre?

Ich trank einen großen Schluck Bier, fühlte mich, als wäre ich längst betrunken und meine Gedanken gaben mir recht.
Was war denn nun anders als ein paar Stunden zuvor? Ich hätte mich nicht getraut, ihn wirklich ernsthaft etwas zu fragen – schon alleine deshalb, weil er mich bisher immer dafür bestraft hatte, wenn ich es auch nur versuchen wollte. Eine beantwortete Frage später und ich zweifelte an meiner Einstellung zu dieser Entführung? Ich musste mich dringend zusammenreißen, sonst hätte ich dieses winzige bisschen Vertrauen, welches er mir am Nachmittag entgegengebracht hatte, sofort wieder verspielt.

Er drehte seine Bierdose auf den Kopf, blickte dann zu mir.
„Nix mehr drin. Bettzeit."
Ich musste schlucken. Meinte er es so, wie ich befürchtete? Dann würde er jetzt tun, woran er beim letzten Mal gescheitert war und ich sollte versuchen, mitzuspielen. Auf dem Weg nach oben bemerkte ich das Kribbeln in meinem Bauch, mir war warm, der Alkohol – wenn es auch verhältnismäßig wenig davon war – breitete sich in meinem Körper aus, löste meine innere Angespanntheit allerdings nur minimalst.
„Ich geh' mal schnell ins Bad, bin gleich wieder da. Und du ziehst dich inzwischen aus, würde ich sagen, Unterwäsche kannst du anlassen." Er wirkte ganz normal auf mich, weder schien er sonderlich kämpferisch noch nutzte er seine eindeutige Führungsposition übermäßig aus. Seine Ansage klang wie ein gewöhnlicher Vorschlag.
Da ich ohnehin keine Wahl hatte, zog ich mich wunschgemäß aus, legte mich ins Bett und deckte mich zu. Beim Betreten des Zimmers knipste Ryan das Licht aus. Dass er nur Shorts anhatte, war mir allerdings in diesem kurzen Moment schon aufgefallen. Er kam langsam auf mich zu, war mit einer gekonnten Bewegung unter die Decke geschlüpft und rutschte näher. Die kühle Haut seines Armes streifte mich am Bauch, sofort zuckte ich zusammen.

„Ich weiß, es klingt absolut blöd, aber ich möchte dich spüren. Deine Haut an meiner, deinen Geruch, deinen Atem auf meiner Haut, deinen Herzschlag." Er flüsterte mir die Worte ins Ohr, ein Prickeln zog sich über meine Wirbelsäule. Was sollte das? Er hob die Decke etwas an und wartete auf mich. Vorsichtig kam ich näher, aber er hatte seinen Arm so schnell um mich gelegt, dass ich kaum mehr etwas tun konnte. Ich war nervös, wusste nicht, ob ich das wollte oder zulassen sollte. Ich

musste mit ihm reden, er müsste zuhören, nur einmal wirklich zuhören. Noch bevor ich das erste Wort ausgesprochen hatte, waren Ryan meine Absichten bewusst und er stoppte mich abrupt.
„Shhh. Bitte red' es nicht kaputt", murmelte er, während er mir durch die Haare strich und meinen Kopf dann vorsichtig, aber zielstrebig in seine Armbeuge drückte. Seine Finger streichelten meinen Rücken, mein Körper war so unvorbereitet darauf, dass ich seufzen musste. Mit der anderen Hand hatte er bald um mich herum gegriffen, mich gepackt und so auf die Seite gerollt, dass ich mich mehr oder weniger an ihn schmiegen musste. Meine Oberschenkel berührten seine, mein Bauch, meine Brust, alles so nah an ihm. Fast als wäre es gewollt, als würden wir uns beide danach sehnen. Er drehte den Kopf ein wenig und seine Haare kitzelten mein Gesicht.
Wie lange würde das noch reichen? Wann würde er angreifen? Sich mit Gewalt das nehmen, das ihm seiner Meinung nach zustand?

***

Erschrocken riss ich die Augen auf. Es war hell – was war passiert? Wann war ich eingeschlafen und wieso hatte er mich nicht davon abgehalten? Vorsichtig drehte ich mich um, er war schon aufgestanden. Erleichtert ließ ich mich zurück in die Kissen fallen, sah aus dem Fenster. Ein paar Minuten könnte ich mir noch gönnen, bevor ich mich wieder in den Wahnsinn stürzen würde.

Ryan saß am Esstisch und blickte von der Zeitung auf, als ich mich zu ihm gesellte. Seinen Gesichtszügen konnte ich nicht entnehmen, wie seine Stimmung einzuschätzen war. Riskieren wollte ich so oder so nichts, aber ich hatte das feste Vorhaben, ihn in ein ernsthaftes Gespräch zu verwickeln – wenn auch nicht gleich zum Frühstück.

„Was?", blaffte er mich wie aus dem Nichts heraus an, während er diesmal den Blick nicht von der Zeitung löste.
„Nichts?" Ich räusperte mich, nahm mir Kaffee und setzte mich schließlich hin.
„Ich sehe doch, dass du irgendwas von mir willst." Jetzt schielte er hoch. Seine Tonlage war freundlicher geworden, wenn ich es richtig erkannte, deuteten seine Mundwinkel sogar ein Lächeln an.
„Nicht wirklich. Ich ...", kurz überlegte ich, entschied mich aber spontan für die Wahrheit, „... bin mir nicht ganz sicher, ob wir immer noch einfach reden können und ob ich das darf und so."
„Wie wäre es, wenn ich heute die Verhörfragen stelle? Ich frage, du antwortest. Keine Lügen."
„Wenn du das willst, sicher." Ich schluckte, was hatte er denn davon? Ich konnte ihm so oder so nichts vormachen, er hat mich schon lange durchschaut gehabt, bevor ich den ersten Schritt gemacht hatte.
„Also!" Er schob die Zeitung beiseite, stand auf und stellte sich mit verschränkten Armen mir gegenüber auf. „Wie war die letzte Nacht für dich?"
Ich dachte nach, nein, einen Filmriss hatte ich keinesfalls – wovon auch?
„Dunkel?", fragte ich zurück.
„Ah ja. Verstehe. Und die äußeren Umstände dieser – ich nenne es jetzt mal >>Dunkelheit<<?" Er stützte sich auf der Lehne des Stuhls vor ihm ab und bemühte sich, einen möglichst ernsten Gesichtsausdruck beizubehalten.

„Herr Richter, ich würde die Aussage gerne verweigern." Theatralisch fasste ich mir über die Augen. „Wissen Sie, ich wollte nie, dass es rauskommt, aber jetzt, da Sie mich so gezielt nach den äußeren Umständen der Dunkelheit befragen … kann ich wohl nicht mehr anders. Herr Richter, ich kann im Dunkeln nichts sehen! Ferner also auch keine Aussage machen."
Ryan kratzte sich an der Stirn und nickte leicht dabei. „Das sind natürlich komplett neue Voraussetzungen. Interessant."

Er vollführte ein paar Schritte Richtung Fenster und blickte hinaus in den Garten. Ich hatte mich umgedreht und beobachtete ihn dabei.
„Wie oft denkst du an Flucht, Mira?" Ich erschrak bei seinen Worten, es hatte doch eigentlich gut angefangen.
„Du hast doch alles so arrangiert, dass ich mir selbst das Nachdenken darüber schon sparen kann."
„Und doch tust du es." Noch immer sah er in den Garten hinaus, aber ich hatte längst erkannt, dass seine Laune sich schlagartig geändert hatte, noch bevor er die Frage ausgesprochen hatte.
„Und dann stelle ich fest, dass es sinnlos ist."
„Das ist es." Nachdenklich wendete er sich mir zu. „Aber solange du an Flucht denkst, kann ich dir kein bisschen vertrauen."
„Ich werde aber bei dir bleiben", versuchte ich zu erklären. Natürlich war mir klar, dass sich meine Meinung diesbezüglich sofort bei der erstbesten Fluchtmöglichkeit ändern würde, aber ich wusste auch, dass ich keine Fehler machen durfte, sonst wären meine Familienmitglieder die, die es ausbaden müssten.

„Mein Leben spielt sich zu einem großen Teil in der

Öffentlichkeit ab, wie du ja weißt. Bald sind wir wieder auf Tour, ich frage mich, was ich in dieser Zeit mit dir machen soll." Er hatte durchaus berechtigte Zweifel, schließlich war der letzte Versuch dieser Art gründlich in die Hose gegangen. Für uns beide. „Ich sollte jemanden engagieren, der dich bewacht, während ich weg bin, aber es können auch gut und gerne ein paar Monate am Stück sein."

„Tu das nicht, lass mich nicht allein!" Meine Vorstellungskraft diesbezüglich war zu realistisch. Ich wusste, dass mich ein paar Tage schon innerlich brechen würden, wie sollte das nach Wochen oder Monaten sein? Ich würde das nicht überleben. „Bitte. Ich enttäusche dich nicht, ich halte mich wirklich an alles, was du sagst."

„Spiel meine Freundin! Und zwar in allen Situationen und Belangen." Ich konnte nicht deuten, wie ernst ihm seine Worte waren.

„Deine Freundin spielen? In der Öffentlichkeit?", verwirrt musterte ich ihn.

„Okay, nicht wirklich spielen – entweder bist du genau das, was ich will oder du bist es nicht. Wenn du exakt die Art Spielzeug für mich sein kannst, die ich will, dann wird das für dich definitiv positive Aspekte nach sich ziehen. Du könntest in die Öffentlichkeit, irgendwann an meinem Leben teilhaben mit all seinen Vorteilen – vorausgesetzt, du machst deinen Job gut. Dennoch will ich in erster Linie, dass du ehrlich bist! Wenn du es nicht willst oder befürchtest, dass du unser kleines Spiel nicht hinbekommst, dann werde ich einen anderen Weg finden. Also?"

„Wenn es das ist, was du willst, dann werde ich das schon hinkriegen." Mehr brachte ich nicht über meine Lippen. Ich musste nachdenken, aber mit jedem einzelnen Gedanken wurde ich zuversichtlicher. Ich müsste es schaffen, das zu sein,

was er will. Sonst hätte ich keine Chance, mein Leben zu überstehen.
„Wie soll ich dir denn vertrauen können? Das Risiko ist viel zu groß, für uns beide. Ich will dir doch nicht dauernd wehtun müssen, Mira. Aber genau so wird es aussehen, weil du eben Fehler machst."

Auch wenn seine Stimme normal klang und er sich meiner Meinung nach Mühe gab, nicht zu aggressiv zu wirken, so konnte ich seine dunkle, durch und durch böse Seite deutlich erkennen. Die Gefahr, die von ihm ausging, war allgegenwärtig.
„Lass es mich beweisen, ich tue, was ich kann", flüsterte ich, schlagartig füllten sich meine Augen mit Tränen. Ich fühlte mich so hilflos, als würde sich mein Schicksal in dieser Misere noch einmal gegen mich entscheiden. Ich hatte verloren, bevor der Kampf begonnen hatte. Das war mir klar.
„Die Zeit läuft uns leider davon, also benimm dich lieber."
Ich verstand nur zu gut, was er damit meinte. Er würde keine weiteren Fehler vergeben, das hatte er mir die letzten Tage über deutlich gezeigt. Unabhängig davon, wie schwerwiegend mein Scheitern sein würde, er würde die Idee, mich mit auf Tour zu nehmen, sofort wieder vergessen. Ich wäre genau da, wo ich als Allerletztes sein wollte – im Keller, wartend auf mein Ende.
„Apropos", er sah auf seine Uhr, „ich muss los, habe gleich ein Meeting. Nimm dir was zu trinken mit in den Keller."

- Ryan -

„Heeeeey!" Mike begrüßte mich mit Shakehands. Daniel schloss sich unmittelbar an und unser vierter Mann, Brian, bastelte an der riesigen Kaffeemaschine herum.

Unser restliches Team sortierte Blätter – vermutlich auch, um ihrem Klischee gerecht zu werden. Ich ging zu ihnen hinüber, sagte Hallo und nahm schließlich an dem großen Tisch Platz, an dem schon ein paar Leute unserer Plattenfirma saßen.

„Hier." Daniel stellte mir eine Tasse Kaffee vor die Nase, setzte sich neben mich. „Du siehst aus, als könntest du den jetzt gebrauchen."

„Danke, Mann." Ich zwang mich zu einem Lächeln, versuchte dann, den Gesprächen der anderen irgendwie zu folgen.

„Wie geht es Mira?" Daniel pikste mir mit dem Finger in die Seite.

„Gut", erklärte ich, „sie ist zu Hause."

„Aha." Er seufzte und blickte zu Mike und Brian, die sich nun auch endlich an den Tisch gesellten. „Ich hab' euch noch gar nicht gesagt, dass Ryans deutsches Mädchen scheinbar bei ihm eingezogen ist."

„Ohhhh, wird das etwa was Ernstes?" Mike lachte provozierend.

„Wirkt so. Bleibt sie für immer?", mischte sich Brian ein.

„Wir werden sehen", antwortete ich, dann begann die Konferenz und rettete mich aus der Fragerunde. Es ging um jede Menge Statistiken, die aktuellen Marktzahlen, die Auswertungen verschiedener Radiostationen und dann kamen wir endlich zum Wichtigsten: der Zukunft der Band.

Wir hatten die letzten zwei Wochen über ein paar neue Songs eingespielt, Lieder, die wir vor Jahren schon geschrieben hatten, die aber bisher noch nie auf CD erschienen waren. Nun war die richtige Zeit dafür. Der Plan der Plattenfirma war es, eine Live-CD mit DVD und ein paar neuen Songs zu veröffentlichen. Die Aufnahmen waren fertig, die CD wurde gerade produziert und nun ging es darum, diese auch zu promoten. Das wiederum bedeutete, wir mussten hinaus in die

Welt gehen und möglichst viele Leute dazu animieren, unsere Sachen zu kaufen. Wir müssten Fans treffen, für Interviews parat stehen und das ein oder andere Mal live spielen.

„Die CD wird in circa einem Monat auf den Markt kommen, was heißt, wir müssen sehr bald mit der Promotion anfangen, um die besten Erfolge damit zu erzielen." Einer unserer Manager namens Simon hatte das Wort ergriffen, unterlegte seine Aussagen mit bunten Grafiken auf einem Bildschirm.
„Hier habt ihr den genauen Plan, wir fangen in Südeuropa an. Italien, Spanien, Frankreich. Dann über die Niederlande, Belgien und dien Länder, die dazwischenliegen, bis wir dann am Ende in England und Irland die Promotour ausklingen lassen." Seine Finger fuhren über die Darstellung, aber ich konnte mich gar nicht mehr konzentrieren. Alles, was ich erkannte, war, dass es eine ziemlich ausgiebige Reise werden würde.
„Wie lange?" Mike fragte genau das, was mir durch den Kopf ging.
„Kommt darauf an, wie viele Interviews wir machen und wie gut wir es arrangieren können. Um die vier Wochen, denke ich." James, unser anderer Manager, klärte uns auf.
„Krieg' ich den genauen Terminplan?", bat ich, zeichnete mit dem Finger den Rand meiner Kaffeetasse nach.
„Natürlich, wir wollten die Termine heute noch fixieren. Allerdings wollten wir erst alles mit euch abklären." Ich nickte, trank einen Schluck und versank in meinen Gedanken. Das würde kompliziert werden. Wo hatte ich die Telefonnummer von diesen Headhuntern hin? Die, für die Jeff auch arbeitete. Die müssten mir jemand anderen schicken.

„Ich würde sagen …", fuhr James fort, „ich sehe euch morgen

und dann bekommt ihr die genauen Abläufe. Richtet euch nur schon mal darauf ein, dass es bald losgeht."
„Was ist los?" Daniel tippte mir auf die Schulter: „Du wirkst besorgt."
„Nein, alles super." Ich zwang mich, zu lächeln. „Einfach nicht mein Tag."
„Du machst dir Sorgen wegen ihr, oder?" Er ließ nicht locker.
„Mhm." Ich hoffte, dass er damit aufhören würde.
„Es sind doch nur ein paar Wochen und du könntest sie ja eigentlich auch mitnehmen. Sprich halt mal mit dem Management."
„Ich weiß", stimmte ich zu, obwohl ich noch gar nicht darüber nachgedacht hatte, dass das Management nicht zwangsläufig zustimmen MUSSTE und es eigentlich gegen die Regeln war, die Partnerin auf Tour dabeizuhaben.
In Belfast war das kein Problem gewesen, weil ich sowieso alleine unterwegs war.
Die meisten Anwesenden sahen sich wieder irgendwelche Papiere an, die Konferenz war zu Ende und ich saß immer noch auf meinem Stuhl. Immer noch am Grübeln.
„Gehen wir was trinken?" Daniel riss mich aus meinen Gedanken.
„Was?", ich blinzelte ihn irritiert an, „jetzt?"
„Ja, wir sind doch fertig hier, also warum nicht einen Absacker?"
„Bin dabei." Mike hielt den Daumen nach oben und auch Brian fand die Idee toll, was bedeutete, dass ich wenig Chance zu widersprechen hatte.

Das Pub an der Straßenecke zum Büro war einmal unser zweites Zuhause gewesen. Wir hatten so viel Zeit dort verbracht, nach jedem Tag im Studio ging es zum Ausklang

dorthin und ich hatte jeden einzelnen Tag davon genossen.
Nun hockten wir wieder hier, ich orderte Guinness und rauchte.
„Also, Ry", Brain prostete mir zu, „erzähl uns mal von dir und dem Mädchen. Die ganze Geschichte, bitte. Wann findet die Hochzeit statt?"
Ich runzelte die Stirn. „Gibt keine große Geschichte. Sie wohnt bei mir."
Ich hatte schon zu viel gesagt.
„Wohnt bei dir? Ist sie für dich schon nach Irland gezogen? Wow. Du musst sie schwer beeindruckt haben für so einen Schritt." Mike nickte anerkennend. „Und warum haben wir sie dann erst einmal getroffen?"
„Ja, du versteckst sie regelrecht vor uns", stimmte Brian sofort zu.
„Ach, es gab ein paar Schwierigkeiten mit ihren Sachen und so. Wir mussten da einiges klären. Und jetzt wisst ihr es ja, oder?" Ich hoffte sehr, dass ich keine Zweifel in ihre Köpfe gelegt hatte.
„Gut, gut." Daniel lächelte gewohnt freundlich. „Wir sollten was zusammen unternehmen. Wir alle, meine ich."
„Du und dein Ausgehen dauernd", ich seufzte gespielt empört.

- Mira -

Seine Abwesenheit nutzte ich vergeblich dazu, etwas Ordnung in meine Gedanken zu bringen. Das Ergebnis: Es ist unmöglich. Das Letzte, worüber ich grübeln wollte, war, was ich für Ryan empfand. Warum? Weil ich nichts fühlen WOLLTE. Er war ein Krimineller, er tat mir weh, vergewaltigte mich und noch einiges mehr. Ich konnte nichts Positives für ihn empfinden. Allerdings wusste ich auch, dass es keinen Sinn machte, gegen ihn anzukämpfen. Ich musste mich mit der Situation arrangieren, mit ihm. Er wollte, dass ich seine Freundin spielte, also musste ich dazu fähig sein, eben dies zu tun.

Als er zurückkam, war es bereits Abend geworden. Er hatte mich viele Stunden lang alleine gelassen und seine Stimmung war miserabel. Das erkannte ich sofort.
„Du kannst hochkommen." Ich hörte heraus, dass es ihm gleichgültig war. Er drehte sich sofort wieder um und ging wortlos aus dem Raum. Mit etwas Abstand folgte ich ihm, fand ihn rauchend auf der Terrasse, wie so oft.
„Kein guter Tag gewesen?" Im Türrahmen blieb ich stehen, um ihn nicht mit meiner Anwesenheit zu belästigen.
„Mhm." Er drehte sich zu mir. „Ich habe zu viel getrunken, jetzt ist mir schlecht."
„Vielleicht solltest du ein Glas Wasser trinken?" Ich wollte nur helfen.
Er zuckte mit den Schultern, schnippte die Zigarette auf die Wiese und ließ sich aufs Sofa fallen. Seine Augen waren kalt und ich fühlte mich sichtlich unwohl. Er war besoffen, ganz tolle Voraussetzungen also. Was würde folgen? Ich setzte mich mit etwas Sicherheitsabstand zu ihm. Es gab ja ohnehin keine Möglichkeit, ihm zu entkommen. Da brauchte ich es auch gar nicht erst zu versuchen. Ganz im Gegenteil – Augen zu und durch. Je schneller, desto besser.
„Die Tour steht unmittelbar bevor." Er gähnte. „Was mache ich nur mit dir?"
„Ich verspreche dir, ich mache keine Probleme."
„Deiner Familie zuliebe?"
„Dir zuliebe – damit meine Familie in Sicherheit ist", erklärte ich und hoffte, dass es nicht das Falsche gewesen war.

„Schwörst du das? Auf ihr Leben?"
„Du hältst mein Leben in deiner Hand – was willst du denn noch?" Es war einfach falsch und ich so hilflos.
„Das ist wirklich eine gute Frage. Würdest du das in einem Vertrag unterschreiben? Dass du alles tust, was ich von dir verlange und so weiter? Wie klingt das für dich?"

Ich konnte sehen, wie gut ihm diese abartige Idee zusagte und mir fehlten die Worte. Es war krank. Aber wo war eigentlich der Unterschied zu jetzt? Er würde so oder so genau das tun, was er wollte. Ob meine Familie dabei sterben würde oder ich – ich konnte es so oder so nicht beeinflussen und er hatte leider alle Macht dazu.
„Du besitzt mich, Ryan. Ganz und gar." Langsam schüttelte ich den Kopf, aber ich merkte, dass es zu spät war. Er hatte sich seinen Plan schon ausgedacht.
Er stand auf, ging zum Wohnzimmerschrank und suchte in einer Schublade nach Papier und Stift und deponierte beides auf dem Esstisch.
„Komm her", forderte er, winkte mich zu sich. Ich stand auf, ließ ihn nicht aus den Augen.
„Und jetzt wirst du genau das schreiben, was ich dir sage!" Er zog den Stuhl direkt vor sich zurück, damit ich mich hinsetzen konnte. Tatsache war, dass ich mich fühlte, als würde ich meinen Letzten Willen vor meinem Tod zu Papier bringen. Es war nicht gut, ganz und gar nicht. Ich kämpfte gegen meine Tränen an.

Er legte ein Blatt Papier vor mich hin und drückte mir den Kugelschreiber in die Hand.
„Bereit?", fragte er, griff mir in den Nacken und begann damit, mich zu massieren.

„Es fühlt sich falsch an", entschieden schüttelte ich den Kopf, er festigte seinen Griff sofort, sodass ich mich kaum mehr bewegen konnte.
„Du willst mir doch nicht widersprechen, oder?", flüsterte er mir ins Ohr.
„Nein", seufzte ich, „tut mir leid."
„Gut." Er ging wieder zum Massieren über und vergewisserte sich, dass ich bereit war, bevor er anfing, mir seine Ideen zu diktieren.

„Vertrag - mit meiner Unterschrift stimme ich den Bedingungen dieses Vertrages unwiderruflich zu." Ryan schielte auf das Blatt Papier, um sicherzugehen, dass ich auch etwas geschrieben hatte.
„Ich werde weder Befehle ablehnen noch werde ich versuchen, zu flüchten oder eigenständige Entscheidungen zu treffen. Des Weiteren werde ich weder Telefonanrufe tätigen, Briefe oder E-Mails schreiben. Ich werde mit niemandem über mein Leben, diesen Vertrag oder Ryan sprechen. Ich lege mein Leben hiermit komplett in die Hände von Ryan McGraph, übertrage ihm volle Kontrolle über mich und versichere, seinen Wünschen und Forderungen stets nachzukommen, unabhängig davon, wie schwer sich das für mich gestaltet. Ich schenke ihm mein Leben, meine Existenz, aus freien Stücken und unwiderruflich. Im Falle eines Regelverstoßes steht es Ryan McGraph frei, entweder mich oder meine Familie dafür zu bestrafen. Im Falle eines Fluchtversuches oder eines anderen schwerwiegenden Fehlers bemächtige ich ihn dazu, meine Familie umzubringen."

Meine Hände zitterten, während ich schrieb. Nie hatte ich etwas Grausameres erlebt oder gar getan. Ich verstand nicht, wie ich fähig sein konnte, so etwas aufzusetzen, wie er von mir verlangen konnte, es zu signieren. Es zu bestätigen.
Dennoch – auch wenn es mich innerlich zerriss, ich vor Schmerz kaum atmen konnte und ich wusste, dass es ein Todesurteil war – am Ende des Blattes stand mein Name.

Ich selbst hatte ihn dort hingeschrieben. Es war ein Vertrag und ich hatte zugestimmt. Ich gehörte nun offiziell ihm. Natürlich war mir klar, dass er diesen Vertrag niemals jemandem zeigen könnte und er somit öffentlich nutzlos war, aber das änderte nichts daran, dass es absolut krank war, was er da von mir verlangt hatte.
Dass er mich dazu gebracht hatte, zeigte, wie viel Macht er über mich hatte und genau das war wohl sein Ziel gewesen.
Ich hatte mich selbst im Tausch für das Leben meiner Familie gegeben. Selbst wenn ich dieses Papier nie mehr zu sehen bekommen würde, ich wusste, dass es existierte und dass ich unterschrieben hatte. Allein die Tatsache, dass ich ihn dazu bevollmächtigt hatte, im Zweifelsfall meine Familie zu töten, bedeutete, dass ich mit extrem hoher Wahrscheinlichkeit nie mehr von ihm wegkommen würde.
Die wenigen Momente, in denen ich Hoffnung hatte, dass es vielleicht etwas normaler werden würde, dass wir möglicherweise wie früher reden könnten, waren wie ausgelöscht. Überschrieben von dem, was er mir gerade abverlangt hatte.

„Braves Mädchen." Er lächelte triumphierend. „Ich hoffe, du weißt jetzt, nachdem du es mit deinen eigenen Händen geschrieben hast und es quasi schwarz auf weiß erkennen

kannst, wie ernst es mir damit ist."
Ich fühlte mich unfähig, etwas dazu zu sagen. Schließlich kämpfte ich mit den Tränen. Mit zwei Fingern hob er den Zettel auf und hielt ihn mir direkt vors Gesicht.
„Willst du es noch mal sehen oder soll ich ihn an einem sicheren Ort für uns beide aufheben?"
„Wieso musst du mir das antun?" Ich wimmerte, verdeckte dann meine Augen mit meinen Händen.
Kopfschüttelnd drehte er sich um und verschwand durch die Türe. Es überforderte mich, ich merkte, wie ich gegen die Tränen nicht mehr ankam, sie mir über die Wangen liefen. Jeder Versuch, mich zu beruhigen, scheiterte, die ganzen angestauten Gefühle brachen regelrecht aus mir heraus.
Wenige Minuten später hörte ich seine Schritte.
„Hör auf, dich zu bemitleiden!" Er hatte seinen Befehlston drauf, was mich noch mehr zum Weinen brachte. Ich hatte meinen Kopf mittlerweile auf dem Tisch abgestützt und tat alles, um meine Gefühle irgendwie halbwegs gut vor ihm zu verstecken, aber mir war bewusst, dass er zumindest mein Schluchzen hören konnte.
Ohne jegliche Vorwarnung packte er mich an den Haaren und zog meinen Kopf unsanft nach hinten.
„Ich sagte, du sollst damit aufhören!" Drohend wisperte er mir ins Ohr, während er meinen Kopf nach wie vor so fest hielt, dass ich mich nicht bewegen konnte.
„Warum?", jammerte ich. „Warum quälst du mich so? Was habe ich dir getan?"
Er lachte gekünstelt auf, packte mich dann am Hals und drückte mich so an sich.
„Du weißt genau, was du getan hast und ich diskutiere nicht mit dir! Genauso wenig wie ich deine Heulerei auch nur eine Minute länger tolerieren werde."

„Aber ..." Ich rang nach Luft, der Druck auf meinen Hals war kaum auszuhalten: „Siehst du nicht, was du mir antust?"
„Hör auf, Mira! Du hast gar keine Ahnung, wie dünn das Eis unter deinen Füßen ist." Seine Warnung war nicht einfach nur dahingesagt, er meinte es ernst und ich wusste, wie gerne er bis zum Äußersten gehen wollte. Verstehen konnte ich es nicht im Entferntesten, aber es schien ihn regelrecht zu beflügeln.

Ich antwortete nicht mehr, schluchzte nur relativ lautlos – soweit das unter diesen Umständen überhaupt möglich war. Ich wollte schreien, ihm wehtun, vielleicht dachte ich sogar daran, ihn umzubringen, aber ich konnte nichts tun. Er würde mich in seiner Hand sterben lassen, wenn ihm der Sinn danach stand.
Von einer Sekunde auf die nächste ließ er mich los und verschwand aus dem Raum. Ich nahm an, dass ich jetzt erst recht zusammenbrechen würde, aber ich hatte keine Kraft mehr. Ich legte meinen Kopf auf die Tischplatte und starrte ins Nichts. Ich war am Ende, konnte nichts mehr fühlen oder gar denken. Wenn ich sterben musste, um dies alles zu beenden, dann war ich bereit dazu. Jetzt und hier. Es war mir egal, ich wollte nur, dass es aufhört. Alles war besser, als bei ihm zu sein – auch wenn ich das vor ein paar Stunden noch anders gesehen hatte. Konnte es wirklich sein, dass er sich so schnell in ein regelrechtes Monster verwandelte? Und warum? Der Alkohol alleine konnte doch nicht dafür verantwortlich sein. Klar war jedenfalls, dass ich mich einmal mehr in ihm getäuscht hatte. Das, was er wirklich wollte, war, mich zu zerstören. Auf jede Art und Weise, die ihm in den Sinn kam.

***

Der Dunkelheit nach zu urteilen war es irgendwann mitten in der Nacht, als er zurückkam. Ich lag immer noch halb auf dem Tisch, aber etwas in mir hatte sich verändert. Nach dem wirklich heftigen Zusammenbruch, den ich durchlebt hatte, konnte ich rein gar nichts mehr empfinden. Nur noch Leere. Ich war nicht mehr wirklich anwesend, schlief mit offenen Augen.

Wieder packte er mich an meinen Haaren und zwang meinen Kopf grob nach oben.

„Du solltest dich mal ansehen, wie erbärmlich du dich aufführst." Er war verärgert und seine Stimme zeigte, dass er regelrecht angewidert von mir war. „Du wirst jetzt duschen und danach will ich dich in einem normalen Zustand in meinem Bett haben."

Ich antwortete nicht, gab mir auch keine Mühe, um passende Worte zu finden.

„Ich rede mit dir, verdammt noch mal!" Er zog mich weiter zurück, sodass mein Kopf an seinem Bauch lehnte und ich ihn ansehen musste. Ich wollte nicht reden.

„Muss ich dir immer erst wehtun, um eine Reaktion zu bekommen?", zischte er und ich erkannte, dass es nur noch wenige Sekunden dauern würde, bis er mir seine Gewaltbereitschaft demonstrieren würde.

„Tu's doch." Zwar hatten meine Lippen die Worte gesprochen, aber ich zweifelte daran, dass er mich überhaupt verstanden hatte.

„Was tun?", schoss er mich an.

„Bring mich um." Ich sprach leise und plötzlich klang es ganz einfach, regelrecht positiv. „Das ist es doch, was du willst. Spar uns die Zeit und tu es einfach."

„Keine Chance." Entschieden schüttelte er den Kopf. „So leicht kommst du aus der Nummer nicht raus. Ganz im

Gegenteil. Und eines sag' ich dir. Wenn du dich nicht absolut genau an diesen wunderschönen Vertrag, den du unterschrieben hast, hältst, werde ich dir mehr Leid zufügen, als du dir jemals vorstellen kannst. Vollkommen egal, ob ich dich körperlich so lange fertigmache, bis du es nicht mehr ertragen kannst oder ob ich einen nach dem anderen deiner Familie umbringen lassen muss – du wirst genau das tun, was ich will. Früher oder später wirst du dich fügen. Es liegt nur an dir, wie hart und steinig der Weg bis dorthin werden wird und wie viele Opfer er fordert."

Er zwang mich noch immer, in seine Augen zu sehen, er hatte keine Gefühle, nichts, was menschlich wirkte. Das Schlimmste allerdings war, dass er zu hundert Prozent hinter seinen Worten stand. Das war von Anfang an so gewesen und war auch jetzt noch so.
„Hast du mich jetzt verstanden?" Immer noch lag die Gefahr, die von ihm ausging, in der Luft.
Auch wenn ich nahezu bewegungsunfähig war, versuchte ich, ein Nicken anzudeuten. Ganz langsam lockerte er seinen Griff und ich setzte mich wieder aufrecht hin.
„Aufstehen", befahl er. Ich atmete tief durch und tat, was er wollte, um direkt vor ihm stehen zu bleiben.
Unerwartet sanft strich er mir über die Wange.
„Es ist nicht so, als wollte ich dir andauernd wehtun, aber du lässt mir keine Wahl. Benimm dich, Mira! Du machst es dir selbst nur unnötig schwer, indem du mir dauernd Paroli bietest."
„Ich versuche es ja", erklärte ich vorsichtig, „das tue ich wirklich, aber ich bin eben nur ich selbst. Sieh es mir nach, wenn ich weine, ich kann es nicht verhindern. Bitte."

***

Die Dusche tat ihr Bestes, um mich wieder etwas klarer im Kopf werden zu lassen. Besser fühlte ich mich dadurch natürlich auch nicht, aber ich sah jetzt zumindest eine realistische Chance, mich halbwegs normal verhalten zu können. Leider kam ich zu der Einsicht, dass ich mein Glück in Bezug darauf, ein Teil seines Alltags zu werden, sicherlich verspielt hatte. Es würde definitiv darauf hinauslaufen, dass er jemanden anheuern würde, der während seiner Abwesenheit auf mich aufpassen würde. Ich wäre für Wochen eingesperrt.

Hatte ich diesen Scheiß-Vertrag schon allein durch mein Weinen gebrochen? Hielt ich mich nicht an die Regeln, weil ich Gefühle hatte? Ja, ich hatte meine Tränen nicht auf Kommando stoppen können, aber war das nicht auch eine wirklich unrealistische Forderung? Musste ich nun mit einer Strafe rechnen?

Er war nicht mehr im Wohnzimmer, sondern lag bereits im Bett. Mir war schleierhaft, wie er mich neben sich ertragen konnte nach dieser doch unschönen Auseinandersetzung. Sicher tobte er innerlich noch und im Normalfall ging er mir dann aus dem Weg oder tat mir weh. Ich wartete, bis er mich zum Hinlegen aufforderte, sofort löschte er das Licht, seine Hände suchten mich im Dunkeln. Er zog mich zu sich heran und schloss mich in seine Arme. Bald wurde seine Atmung ruhiger, was darauf schließen ließ, dass er eingeschlafen war. Ich brauchte sehr lange, um mich irgendwie zu entspannen.

Der kommende Morgen begann ohne weitere Vorkommnisse. Sein Handywecker riss diesmal uns beide aus dem Schlaf, ich folgte ihm kommentarlos nach unten, wartete darauf, dass er irgendetwas sagen würde, aber er schwieg und tat, als wäre ich nicht da. Während er duschen ging, machte ich Kaffee.

Ohne mich eines Blickes zu würdigen, schenkte er sich eine Tasse ein, setzte sich damit vor die Tageszeitung und blätterte darin. Ich goss mir ebenfalls ein, folgte ihm ins Wohnzimmer und blieb vor dem Sessel stehen.
„Bist du noch böse auf mich?", hörte ich vorsichtig nach.
„Ich bin nicht böse." Er nippte am Kaffee. „Ich versuche nur, dir nicht mehr wehtun zu müssen."
„Kannst du mich nicht wenigstens ein bisschen verstehen? Für mich ist das harte Arbeit, ich kann nicht immer genügend Selbstkontrolle bewahren, auch wenn ich es gerne täte." Ich setzte alles auf Schadensbegrenzung.
„Ich will nicht diskutieren, tu einfach, was ich sage." Offensichtlich war er gelangweilt, weil wir dasselbe Thema schon wieder durchsprechen mussten.
Ich nickte, wohl das Sinnvollste in diesem Moment. Ich setzte mich in etwas Abstand zu ihm hin und versuchte, so wenig Aufmerksamkeit wie möglich zu erregen.

- Ryan -

Exakt nach Zeitplan klingelte es an der Türe. Erleichtert atmete ich durch und machte mich auf den Weg. Ein Mann, etwas größer als ich und ziemlich durchtrainiert, stand vor mir, strahlte mich mit seinen hellen Augen und den blonden Haaren an.
„Mister McGraph, guten Tag!" Er reichte mir die Hand. „Ich bin Jason Smith."
Ich ließ ihn herein, eigentlich sollten mir solche Treffen nicht

unangenehm sein, mit Jeff damals war es schließlich genauso. Dieser Mann hier kam von derselben Agentur, einer für professionelle Kopfgeldjäger, Mörder, Kidnapper.
Wie erbärmlich war es, dass ich mit solchen Leuten zusammenarbeiten musste? Andererseits – wie sonst sollte ich mich schützen?
„Möchten Sie auch einen Kaffee?", fragte ich, tippte etwas unruhig von einem Fuß auf den anderen, während der Fremde sich in meinem Wohnzimmer umschaute.
„Kaffee wäre nett", lächelte er.
„Also, Mister McGraph, wie ich gesehen habe, haben Sie bereits mit unserer Agentur zusammengearbeitet, also gehe ich davon aus, dass ich Ihnen nicht erklären muss, wie wir arbeiten, worauf wir Wert legen und welche Prinzipien wir haben?"
„Ich denke, ich weiß das alles. Dennoch hatte ich ziemliche Probleme mit Ihrem Vorgänger und meine oberste Priorität ist somit, dass ich mich zu hundert Prozent auf Sie verlassen können muss." Ernst wartete ich auf seine Reaktion.
„Das versteht sich von selbst und ich bedaure zutiefst, dass Sie Probleme mit unserer Firma hatten. Ich würde Sie nun bitten, mir Ihren Fall einmal zu schildern, ich mache mir ein paar Notizen, damit ich den passenden Plan erarbeiten kann."

Er zog ein schweres Lederbuch aus seiner Tasche und nahm einen Kugelschreiber in die Hand. Dann blickte er mich auffordernd an.
„Okay", begann ich, fühlte mich unwohl und wusste nicht so recht, was er hören wollte. „Sie ist gerade im Keller. Ich habe so eine Art Panicroom für sie da unten hergerichtet. Keine Fluchtmöglichkeit und sie kann gut und gerne über längere Zeit dort eingesperrt bleiben."
„Mhm." Er nickte gänzlich unbeeindruckt. „Aber soweit ich

mich erinnere, geht es nicht im Wesentlichen um das Haus. Sie sagten, Sie bräuchten jemanden, der Sie begleitet und ein Auge auf sie hat."

„Genau das", stimmte ich zu. „Ich gehe mit meiner Band in zwei Tagen auf Tour und die Frage ist nun, ob ich sie hierlasse mit jemandem, der auf sie aufpasst, oder sie mitnehme, wobei es dabei ausschlaggebend ist, dass ständig jemand bei ihr sein kann, um sicherzustellen, dass sie keinen Unsinn anstellt. Das beinhaltet beispielsweise auch, dass sie mit niemandem sprechen darf. Sie sollte überhaupt keine Aufmerksamkeit erregen und dennoch dabei sein – wenn Sie wissen, was ich meine."

„Und was wollen Sie?" Er legte die Stirn in Falten und sah mich an.

„Wie meinen Sie das?", hakte ich nach.

„Wollen Sie sie hierlassen oder mitnehmen? Ganz unabhängig davon, was mehr Arbeit darstellt, was wollen SIE?"

„Je näher ich sie bei mir habe, umso sicherer fühle ich mich." Ich schluckte.

„Verstehe." Er kritzelte etwas in sein Buch. „Sie wollten sie eigentlich komplett aus dem Weg räumen, wenn ich die Akte richtig in Erinnerung habe, oder? Darf ich fragen, was den Plan geändert hat?"

„Ich weiß, es klingt verrückt, aber ich habe festgestellt, dass es mir gefällt. Der Gedanke, sie zu dem zu machen, was ich will, sie immer bei mir zu haben, ohne dass sie eine Gefahr darstellt."

„Sagen Sie nicht, es wäre verrückt. Was ist dann mit meinem Job? Sie genießen es also, sie als Gefangene zu haben, ihren Willen zu brechen, um irgendwann den perfekten Menschen an Ihrer Seite zu haben. Ich vermute, Sie sind davon zwar noch Welten entfernt, sonst bräuchten Sie mich ja nicht, aber entspricht das in etwa Ihren Vorstellungen?"

„Ja." Ich seufzte. „Es ist nur so, dass niemand von ihrer Existenz weiß. Meine Freunde sind einmal förmlich in sie hineingerauscht und glücklicherweise hat sie sich da auch ganz gut verhalten, aber nun denken alle, dass wir ein Paar sind, was ich an sich auch wirklich gut fände, wäre da nicht die permanente Angst davor, dass sie alles auffliegen lässt. Ich kann ihr nicht vertrauen."

„Das ist normal." Zustimmend nickte er. „Sie müssen sich das Chaos in ihr vorstellen. Sie fechtet jedes Mal einen riesigen Kampf gegen sich selbst aus, wenn sie darüber nachdenkt, das zu tun, was Sie von ihr verlangen. Es ist ebenso für sie ein hartes Stück Arbeit, bis sie sich nicht mehr gegen Sie auflehnt, bis sie kapituliert. Aber wissen Sie, bis es so weit ist, kann ich an Ihrer Seite sein und entsprechend eingreifen."

„Was ich zu schätzen wüsste. Können Sie mir sagen, wie Sie das anstellen wollen? Wie soll sie dabei sein unter diesen Umständen? Wie wollen Sie das unter Kontrolle haben?"

„Machen Sie sich keine Sorgen. Normalerweise reicht es aus, wenn ich einfach nur im selben Raum bin, und selbst wenn es in diesem Fall anders wäre, so werde ich nicht zulassen, dass sie wegrennt oder irgendeinen anderen Fehler macht. Sie werden Ihre Tour ohne Probleme bewältigen können. Ich kümmere mich um den Rest."

„Verstehen Sie mich nicht falsch." Ich räusperte mich. „Aber Ihr Vorgänger hat sie sehr unschön behandelt, sie ohne meine Zustimmung lange Zeit gefesselt und ich habe ihn dabei erwischt, wie er sie geschlagen hat. Ich verlange, dass niemand außer mir sie anfasst."

„Mister McGraph, ich versichere Ihnen, dass es keinen Grund zur Sorge gibt. Ich bin ein Profi. Das Einzige, was ich im Vorfeld wissen muss, ist, welche Rolle ich für Ihre Kollegen spiele. Bin ich ein professioneller Bodyguard, ein Freund der Familie vielleicht? Sieht man von der Sache ab, wird es keine Probleme geben. Vielleicht könnten Sie Ihre Gefangene noch von meiner Existenz in Kenntnis setzen, aber meine Regeln kann ich ihr auch gerne selbst erklären."

Ich dachte einen Moment nach, klang alles schon ganz gut und schließlich brauchte ich jemanden, der auf sie aufpassen würde. Er schien absolut geeignet. Auch wenn ich Zweifel gehegt hätte, eine andere Alternative wäre mir sowieso nicht geblieben. Ich musste die Bedenken über Bord werfen und ihm vertrauen.

Schließlich reichte ich ihm die Hand.
„Ich bin Ryan, diese Förmlichkeit können wir uns sparen."
Er lächelte. „Jason – wie gesagt."
„Willst du sie jetzt schon kennenlernen?", fragte ich, als ich bemerkte, dass er das Lederbuch wieder in seiner Tasche verschwinden ließ.
„Das liegt an dir. Ich für meinen Teil bin natürlich schon neugierig."
Ich kramte in meiner Hosentasche, drückte ihm den Schlüssel für den Keller in die Hand.

„Erste Tür rechts. Geh einfach und lern sie kennen."
Jasons Lippen formten ein Lächeln, es schien, als hätte er nicht damit gerechnet, dass ich ihm gleich so viel Verantwortung übertragen würde.
Ich war sichtlich erleichtert, das lief gut. Wenn es auf Tour nun auch noch so hervorragend klappen würde, wäre ich mehr als zufrieden.

Nachdem er sie getroffen hatte, erzählte ich ihm von dem

Vertrag, den ich Mira hatte unterschreiben lassen und vor allem berichtete ich von all den Dingen, die die letzten Wochen über schiefgelaufen waren. Ich gestand auch, dass ich ihr oft wehgetan hatte. Jason war weder überrascht noch verhielt er sich so, als wäre ihm etwas in dieser Art neu. Er war sehr interessiert und vor allem komplett euphorisch in Bezug darauf, seinen neuen Job anzutreten. Seine Versuche, mir die Angst und Sorgen zu nehmen, überzeugten mich zwar nicht komplett, beruhigten mich aber doch ungemein. Er würde es gut machen, davon wollte ich einfach ausgehen.

- Mira -

Als ich den Schlüssel im Schloss hörte, war mir gerade bewusst geworden, dass ich mich furchtbar langweilte. Würde ich mich lediglich im Wohnzimmer weiter langweilen oder hatte er einen Plan? So lange war ich schließlich noch gar nicht hier eingesperrt.
Ein blonder Mann stand plötzlich vor mir. Sofort setzte ich mich erschrocken auf.
War das nun die Person, die er dafür bezahlen wollte, um auf mich aufzupassen, während er drei Wochen durch Europa tingeln würde?
Der Fremde machte einen Schritt herein und schloss die Tür hinter sich. Mein Herz begann augenblicklich zu rasen, wo war Ryan? Und wieso war ich mit diesem Kerl alleine? Warum schloss er die Tür? Ich hätte sowieso nicht wegrennen können.
„Stehst du für mich auf?", fragte er schließlich, blickte mich durchdringend an.
Zwar musste ich schlucken, beschloss aber, seiner Bitte besser nachzukommen und blieb am Bett angelehnt stehen. Er kam näher, musterte mich.

„Mein Name ist Jason und wir zwei werden die nächste Zeit richtig gut miteinander klarkommen, nicht wahr?" Sein Gesicht zeigte keinerlei Regung, egal wie sehr ich auch versuchte, es zu analysieren. Er war ziemlich groß, sah stark aus und ich hatte keine Ahnung, was er vorhatte. Ich wünschte, ich hätte es in seinen Augen sehen können, aber es gelang mir nicht.
„Ich bin Mira." Ich versuchte, nicht zu panisch zu erscheinen. „Wo ist Ryan?"
„Ich bin hier, reicht das nicht?", sein Grinsen wirkte aufgesetzt. „Ich mache es kurz. Es ist ganz normal, dass du darüber nachdenkst, wie du mir am besten entkommen könntest. Du rechnest deine Chancen aus, kannst du mich überwältigen? Wir wissen beide, dass du genau das früher oder später sowieso versuchen wirst. Dann ist es allerdings so, dass deine Versuche Konsequenzen haben werden. Ich habe mir also eine recht gute Strategie überlegt, wie wir das überspringen können und du dir zudem den Ärger ersparen kannst. Du kannst mich jetzt und hier einfach angreifen, kämpfe gegen mich, tu, was auch immer dir einfällt – alles ohne Folgen. Ich werde es nicht als Angriff werten und auch nicht als Fluchtversuch. Es geht um nichts – außer um deine Erfahrung in Bezug darauf, ob du eine realistische Chance gegen mich hättest. Ich würde sagen – los geht's."
Skeptisch blickte ich ihn an und zweifelte daran, dass ich ihn richtig verstanden hatte. Er wollte, dass ich ihn angriff?
„Ich ..." Während ich mir auf die Lippen biss, verlagerte ich mein Gewicht von einem Bein aufs andere. „... ich will nicht kämpfen."
„Entweder du greifst mich an oder ich tue es, so lange, bis du dich wehrst." Lässig zuckte er mit den Schultern.
„Ich will das wirklich nicht. Ich ..." Ich wich seinem Arm aus, als er versuchte, mich zu packen. Leider war er dennoch

schneller und hielt mich mühelos am Oberarm fest.
„Mach etwas!", befahl er schroff, aber allein der Gedanke daran bereitete mir Schmerzen.
Vorsichtig versuchte ich, seine Hand von meinem Arm zu lösen, indem ich mich etwas hin und her drehte. Die Konsequenz daraus war nur, dass er noch fester zupackte. Ohne dass ich damit gerechnet hatte, ließ er auf einmal los. Ich sprang zur Seite und verschränkte meine Arme schützend vor meinem Körper.
„Ich sagte, du sollst mich angreifen!", wiederholte er. „Muss ich dir erst wehtun?"

Mir reichte es, ich konnte mir nicht vorstellen, dass Ryan damit einverstanden war, und selbst wenn, dann sollte er schon derjenige sein, der mich anfasste und nicht sein Handlanger. Ich würde dieses blöde Spiel nicht weiter mitmachen, ich musste raus aus dem Keller und zwar schnell. Ganz langsam machte ich einen winzigen Schritt in Richtung Wand, blickte zu dem kleinen Lichtschacht hinauf, nur um dann so schnell ich konnte zur Tür zu rennen. Ich hatte nicht einmal die Hälfte des Weges geschafft, als er mich am Handgelenk zu fassen bekam. In Sekundenschnelle wirbelte er mich herum, drehte mir die Arme auf den Rücken und presste mein Gesicht gegen die nächste Wand.
„Lief nicht so gut, würde ich sagen." Seine Stimme war ruhig und gelassen. Dann ließ er mich los. Sofort wandte ich mich ihm zu und versuchte, nicht zu zeigen, wie geschockt ich war.
„Ich will Ryan sehen", forderte ich, in der Hoffnung, dass er das nun auch einsehen und mich nach oben gehen lassen würde.
Dem war nicht so – nach wenigen Schritten fühlte ich seine Hand in meinem Genick, zudem einen fast unerträglichen,

stechenden Schmerz. Langsam ließ ich mich zu Boden sinken und mir war nach wie vor nicht klar, was so furchtbar wehtun konnte, da er doch lediglich eine Hand in meinem Nacken hatte. Ich war wie gelähmt, als ich auf dem kalten Fußboden lag.
„Scheint, als hättest du schon wieder verloren." Erneut ließ er mich los, packte mich an den Schultern und half mir, mich erst umzudrehen, dann zog er mich an den Armen nach oben.
„Was willst du von mir?" Ängstlich sah ich zu ihm auf.
„Dass du selbst herausfindest, ob du gegen mich ankommen kannst oder nicht. Das sagte ich dir doch bereits." Er grinste.
„Okay, dann habe ich eben keine Chance und jetzt will ich zu Ryan." Warum ich es wieder versucht hatte, wusste ich nicht. Allerdings kam ich ein paar Schritte weiter, bevor er mich am Arm packte. Verärgert fuhr ich herum und stieß ihn mit meiner anderen Hand von mir weg. Irgendwie hatte er es geschafft, meine Handgelenke in seinen Händen zu halten und drückte mir ohne große Mühe seinerseits die Hände vor meinem Körper aneinander.
Ich stöhnte auf und versuchte, so viel Gegenwehr wie möglich zu bieten. Bevor ich mich versah, landete ich mit dem Gesicht einmal mehr an der Wand. Meine Arme schmerzten, weil er sie mir wie vorher schon fest auf den Rücken gedreht hatte.

„Ich habe so ziemlich alle Kampftechniken drauf. Es ist somit wirklich egal, was du dir ausdenkst oder versuchst, du hast nicht die geringste Chance. Vergiss das nie und verhalte dich dementsprechend – dann werden wir auch keine Probleme miteinander haben. Verstanden, Mira?" Er flüsterte mir ins Ohr, während ich vor Schmerz und außer Atem keuchte.
„Ich habe nicht die Absicht, gegen dich zu kämpfen", antwortete ich.

Er ließ von mir ab und ich konnte mich wieder zu ihm umdrehen.
„Ich denke, wir werden gut klarkommen, richtig?" Er wirkte total entspannt, so als wäre alles völlig normal zwischen uns. „Und für den Fall, dass du meinst, du könntest Ryan davon abbringen, mit mir zusammenzuarbeiten – vergiss es lieber! Egal wen er sonst auswählen würde für diesen Job, es wäre für dich weitaus schlimmer als mit mir. Wenn du kooperativ bist, werden wir keinerlei Schwierigkeiten haben. Kapiert?"
„Ich will weder kämpfen noch Probleme haben", stotterte ich unsicher. Wann war dieser unangenehme Moment endlich vorbei?
„Ich auch nicht." Seine Augen wirkten fast freundlich, als er mich mit einem Arm um mich gelegt zur Tür schob. Er schloss auf und folgte mir nach oben.
Ich fühlte mich ziemlich verloren, sah zu Ryan, der mit seinem Laptop beschäftigt war.
„Ihr habt euch mittlerweile schon bekannt gemacht, wie ich sehe", sagte er, ohne überhaupt einen Blick auf mich zu werfen.
„Absolut." Jason grinste. „Und wenn es dir nichts ausmacht, würde ich jetzt gehen und mich für meinen Job hier in zwei Tagen vorbereiten."

Sofort stand Ryan auf, um ihn zur Türe zu bringen. Sie unterhielten sich noch etwas, aber ich konnte nichts verstehen. Ich war immer noch schockiert darüber, dass Ryan einen solch durchgeknallten Typen engagiert hatte und diesen auch noch mit mir alleine lassen wollte. Es konnte einfach nicht gut gehen.

Ich ließ mich auf dem Sessel nieder und versuchte, die Achterbahnfahrt in meinem Kopf zu stoppen.

Er kam alleine zurück ins Wohnzimmer, und auch wenn ich ihn nicht sah, so wusste ich, dass er direkt hinter mir stand. Er begann, sanft meinen Nacken zu massieren.
„Ich habe Angst", gestand ich völlig ungeplant.
„Wovor?" Seine Neugierde war nicht zu überhören.
„Davor, mit diesem Typen drei Wochen alleine zu sein", erklärte ich.
„Wieso willst du denn mit ihm so lange alleine sein?"
„Ist das nicht der Grund für seine Anwesenheit?" Ich verstand gar nichts mehr.
„Nicht ganz. Er wird mit auf Tour kommen und auf dich aufpassen, während ich arbeite."
„Oh …" Ich atmete auf. „Ich dachte … ich meine … Ich hoffte, du würdest …"
„Es ist ein enormes Risiko für mich, das ist genau der Grund, weshalb ich den besten Mann dafür brauche. Wir wollen ja nicht, dass du dazu verführt wirst, einen Fehler zu begehen, habe ich recht?"
„Ich laufe nicht weg." Ich versuchte, meinen Kopf zurückzulehnen, sodass ich ihn anschauen konnte.
„Das hoffe ich für dich, dennoch setze ich auf Sicherheit. Ich will auch nicht, dass du mit jemandem redest oder Ähnliches und er wird seine Arbeit gut machen", erklärte er, während er mich weiter massierte.
„Wird er so tun, als wäre er ein Bodyguard?" Ich dachte nach.
„Ich habe noch zu gut in Erinnerung, was dieser Jeff mir angetan hat. Ich habe Angst."
„Er wird genau das tun, wofür ich ihn bezahle und Gewalt wird es nur dann geben, wenn du einen Anlass dazu bietest. Ende der Fragerunde." Er ließ von mir ab und lief durchs Zimmer.
„Ich denke, wir sollten einkaufen gehen." Er rieb sich über die

Schläfe. „Zieh dich an und behalte bitte im Hinterkopf, dass du bei dem kleinsten Fehler einfach nicht mit auf Tour kommst."

***

Eine Stunde später saßen wir in seinem Auto und fuhren durch die Straßen Dublins.
Mir kamen weder die Gebäude noch die Straßen bekannt vor, alles wirkte kleiner, als ich es in Erinnerung hatte. Vor einer Garage parkte er den Wagen.
„Das ist einer der exklusivsten Läden der Stadt, also benimm dich."
„Sicher." Ich stieg aus dem Fahrzeug, nachdem er mir die Tür aufgehalten hatte. Er klingelte an einer Eisentür.
„Hintereingang", ließ er mich wissen, dann öffnete sie sich auch schon und wir betraten einen doch recht großen Laden über einen hell beleuchteten Gang. Er ging vor mir, hielt mich an der Hand.
„Mister McGraph!" Eine Frau in den mittleren Vierzigern hieß uns willkommen. „Ich bin immer froh, Sie hier begrüßen zu dürfen und kann es kaum erwarten, Ihnen die neue Kollektion vorzustellen."
„Ganz meinerseits", lächelte er selbstgefällig, „meine Freundin und ich suchen ein paar neue Outfits, und wie Sie sich sicher denken können, vertrauen wir hier auf Ihre Diskretion."
„Aber selbstverständlich", stimmte die Dame zu, „darf ich Ihnen etwas zeigen oder möchten Sie sich selbst erst einmal umsehen?"
Ich schielte zu Ryan, ließ meine Augen dann über die vielen Regale des Geschäfts wandern.
„Wir sehen uns erst mal um und ich lasse es Sie wissen, wenn wir Hilfe brauchen", erklärte Ryan und zog mich möglichst

unauffällig zu den ersten Regalen mit Kleidung.
Ich griff nach einem T-Shirt und sah das Preisschild daran.
„Mein Gott." Ich war sichtlich erschüttert, Ryan blieb sofort stehen und sah mich fragend an.
„Was ist?" Sein Murmeln klang ernst.
„Dieses Ding kann doch nicht wirklich fast 200 Euro kosten, oder?" Ich zeigte es ihm.
„Gefällt's dir?", erkundigte er sich nur knapp. „Ich sagte, es ist ein exklusiver Laden und die Dinge hier sind eben teuer. Scher dich nicht darum und kauf ein. Am wichtigsten ist es, dass wir Sachen für dich finden."

Nach einer Weile hatte er seinen ganzen Arm mit Kleidung voll gestapelt – alles Sachen, die er an mir sehen wollte. Ich probierte an, zeigte es ihm. Am Schluss hatte er sich für zwei Abendkleider entschieden, außerdem einige Hosen, Shirts, eine Lederjacke und zwei Paar Schuhe. Ich hatte nichts davon selbst gewählt, aber es war mir egal. Schließlich sollte ich ja seinem Ideal entsprechen und nicht meinem.
Nach einer weiteren Runde durch den Shop hatte er auch für sich einiges gefunden. Das Ambiente des Ladens gefiel mir. Zwar war alles sehr teuer, aber der Stil der Klamotten erinnerte doch eher an Streetwear. Eben nur viel exquisiter.

Auf dem Weg nach Hause hatte Ryan an einem chinesischen Restaurant angehalten. Mir war bewusst, dass er mich testen wollte – so wie er es in diesem Laden auch schon getan hatte. Schließlich hätte er auch einfach online Klamotten bestellen können und Essen liefern lassen, aber er vertraute mir nicht, ob mit oder ohne Vertrag, also blieb nur die Variante, es in halbwegs sicherem Rahmen auszuprobieren.

Wir saßen nahezu alleine in der Gaststätte, was mir persönlich besser gefiel, da ich ohnehin noch keine wirkliche Ahnung davon hatte, wie ich mich neben ihm in der Öffentlichkeit verhalten sollte. Er war ein Rockstar, jeder kannte ihn und ich würde für einige Gerüchte sorgen.

Während ich im Essen herumstocherte, erkannte ich, dass ihm sein Hähnchenfilet wenigstens schmeckte. Er wirkte entspannt, seine Haare fielen ihm etwas ins Gesicht, und auch wenn er sich einmal mehr nicht viel Mühe mit seinem Styling gegeben hatte, so wirkte er schon allein äußerlich wie ein richtiger Star.

„Was bereitet dir Kopfzerbrechen?" Ich hatte nicht damit gerechnet, dass ihm auffiel, wie ich ihn anstarrte.

„Ich bin unsicher", antwortete ich. Er hörte auf zu essen, blickte in meine Augen und wartete darauf, dass ich es ihm erklärte.

„Du sagtest, dass ich deine Freundin spielen soll, aber die Leute werden doch darüber reden und ich weiß gar nicht, wie ich mich verhalten soll, wenn ich auf Menschen treffe."

„Mhm." Er steckte eine Gabel voller Nudeln in seinen Mund. „Nicht reden und dich an mich dranhängen. Selbst wenn jemand seine Chance wittert, um mit dir zu sprechen, ignorier es. Immer glücklich und entspannt wirken. Unsicherheit ist das Schlimmste."

„Und du bist dir sicher, dass ich deine Freundin spielen soll – mit allen Konsequenzen?"

„Die einzige Konsequenz, die das Ganze nach sich zieht, ist, dass du nun einen Job zu erfüllen hast, wenn du dich an den Vertrag halten willst." Er zuckte mit den Schultern.

„Okay", sagte ich, meine Gedanken wollten erst einmal zur Ruhe kommen.

Der darauffolgende Tag beinhaltete keinerlei erwähnenswerte Vorkommnisse. Ryan verbrachte die meiste Zeit am Telefon oder vor dem Computer, laut seiner Aussage kümmerte er sich um die ganzen organisatorischen Dinge, die so eine Tour mit sich brachte. Ich hatte eigentlich nur im Wohnzimmer gesessen und abwechselnd aus dem Fenster oder zum Fernseher geschaut. Hin und wieder lief er an mir vorbei, berührte mich zwar manchmal kurz, aber er schien irgendwie gar nicht bei der Sache zu sein. Ich fühlte mich fehl am Platz, so als wäre ich nicht erwünscht, sondern nur geduldet. Nichts davon entsprach der Realität, das war mir auch klar.

Seltsamerweise hielt er sich allerdings sehr stur daran, mich in gewissen Abständen anzufassen, als wolle er mich daran erinnern, dass er ein Anrecht darauf hatte und ich das bloß nicht vergessen sollte. Ob es mir nun momentan in den Kram passte oder nicht, oder ob einer von uns beiden überhaupt Lust darauf hatte – das war nebensächlich.

Am Abend hatte er mich aufgefordert, die Sachen für die Tour zu packen. Ich sah zu, wie er seinen Koffer füllte, und schloss mich an. Als wir fertig waren, wollte er, dass ich im Bett auf ihn warte, aber als ich mitten in der Nacht wach wurde, fehlte jede Spur von ihm. Ich überlegte kurz, ob ich ihn suchen sollte, aber meine Müdigkeit beantwortete die Frage dann damit, dass ich wieder einschlief.

***

Etwas berührte mich, ich war immer noch so erschöpft. „Hey?" Eine unbekannte Stimme. „Die Nacht ist vorbei!" Das war nicht Ryan. Sofort riss ich meine Augen auf, um den Fremden, den Ryan angeheuert hatte, um auf mich aufzupassen, vor mir stehen zu sehen. Ich runzelte die Stirn.

„Du solltest jetzt wirklich aufstehen." Er seufzte: „Andernfalls komme ich mit einem Eimer Eiswasser zurück."
„Ich habe nichts gehört", verteidigte ich mich, „wo ist Ryan?"
„Du fragst ständig nach ihm, ist dir das schon mal aufgefallen?" Sein Gesicht zeigte eine Mischung aus Verwunderung und Belustigung.
„Er hat nicht hier geschlafen, ich habe mir Sorgen gemacht." Das klang nun wirklich durchgeknallt.
Er lachte. „Da ich ohne ihn nicht hier drinnen wäre, kannst du ganz unbesorgt sein."
„Okay", nickte ich, und da er immer noch hin und her trippelte und auf die Uhr sah, wusste ich, dass ich nun endlich aufstehen sollte. Als ich gerade die Decke umschlagen wollte, fiel mir auf, dass ich nur Unterwäsche anhatte.
„Was ist denn jetzt schon wieder?", er rollte mit den Augen, „wir kriegen beide Ärger, wenn du so weitermachst."
Ich überlegte kurz – was wäre das Sinnvollste?
„Ich stehe ja auf, aber nicht, wenn du mir dabei zusiehst."
„Ich weiß, ich wiederhole mich, aber ich soll dafür sorgen, dass du fertig wirst." Langsam wurde er ärgerlich.
„Ja, aber ich bin nahezu nackt." Auch mir reichte es langsam, also musste ich eben die Wahrheit sagen.
„Oh Mann." Er schüttelte den Kopf. „Seit wann stellen die Geiseln eigentlich die Forderungen?"
Trotz seines Gemeckers drehte er sich um und schlenderte hinaus in den Flur.

So schnell ich konnte, sprang ich aus dem Bett, zog die Sporthose an, die über dem Stuhl hing, einen Pullover drüber und eilte ihm hinterher.
Skeptisch sah er mich an, folgte mir nach unten.
Ryan verstaute gerade den Laptop in seiner Tasche und hatte

sich dabei halb übers Sofa gebeugt.

„Morgen", murmelte er, ich blickte mich um. Die gepackten Koffer standen schon an der Türe bereit und Jason versperrte hinter mir den Weg zurück in den Gang.

Endlich blickte Ryan auf und musterte mich.

„Definitives Nein." Entschieden schüttelte er den Kopf. „Zieh dir etwas an, bei dem ich mich nicht schämen muss, dich dabeizuhaben."

„Ich wusste nicht, dass wir schon gehen", versuchte ich mich unsinnigerweise zu rechtfertigen.

„Wir haben ja noch Zeit, aber auch nicht so viel, dass du immer weiter hättest schlafen können." Er machte den Reißverschluss zu und stellte die Tasche mit dem Laptop auf die Seite.

„Genug Zeit, damit ich duschen kann?" Ich fragte zaghaft.

„Aber ganz schnell!", befahl er, nahm sich eine Zigarette und ich konnte mir vorstellen, wie amüsiert er mir dabei zusah, wie ich aus dem Zimmer nach oben rannte, um mir andere Kleidung zu holen und zu duschen.

- Ryan -

„Du rauchst nicht, oder?" Jason stand immer noch ein paar Schritte hinter mir im Türrahmen.

„Nein", antwortete er. „Soll ich ihr folgen und nach ihr schauen?"

„Nein." Ich lächelte. „Ich gehe davon aus, dass sie auch dieses Mal allein duschen kann, deine Anwesenheit würde sie nur noch nervöser und damit langsamer machen."

„Ein bisschen anspruchsvoll ist der Job hier zugegebenermaßen ja schon." Er räusperte sich. „Da fehlt eine klare Struktur in ihrem Handeln und in deinem auch. Und du bist viel zu nett."

„Na komm." Ich klopfte ihm auf den Rücken. „Wenn du auch nur annähernd so gut bist, wie du gesagt hast, wird das doch wohl kein Problem für dich sein, oder?"

„Ich tue mein Bestes. Anfangs bin ich meist übervorsichtig, vor allem so lange, bis ich genau weiß, wo ihre Schwächen liegen und inwiefern ich ihr vertrauen kann."

„Das klingt nach einem vernünftigen Plan", stimmte ich zu, bot ihm einen Kaffee an und holte mir selbst auch gleich einen. Hätte ich Jason nicht rechtzeitig aufgetrieben, wäre die ganze Aktion ziemlich schwierig umzusetzen gewesen, wenn nicht sogar unmöglich.

Und heute hatte er mir auch förmlich den Arsch gerettet. Ohne seine frühe Ankunft würde ich vermutlich immer noch im Wohnzimmer auf dem Sofa schlafen.

Ich hatte so lange über den Unterlagen gesessen, verschiedene Lagepläne der Hotels gecheckt, Routen berechnet und mir überlegt, was ich in Interviewfragen am besten sagen könnte, dass ich irgendwann einfach darüber eingeschlafen war.

Nachdem mich sein Klingeln dann geweckt hatte, hatte ich ihm noch einmal erklärt, was genau ich erwartete.

Er musste immer in ihrer Nähe sein, lieber eine Bedrohung für sie darstellen, als sie aus dem Auge zu lassen. Freiraum brauchte sie schließlich nicht. Ihr sollte rund um die Uhr, in jeder einzelnen Sekunde, bewusst sein, dass sie keine Chance hätte, zu fliehen. Dass sie nicht einmal jemanden anblicken könnte, ohne dabei beobachtet und später mit den Konsequenzen konfrontiert zu werden.

Ich hatte der Band und dem Management am Tag zuvor Bescheid gesagt, ihnen erklärt, dass ich ohne Mira nicht weg möchte, dass ich sie brauchte und ich extra für sie einen eigenen Bodyguard organisiert hätte. Wieso? Ganz einfach. Weil ich wollte, dass es perfekt würde. Niemand durfte meiner Freundin zu nahe kommen oder gar ihr wehtun können. Und schon gar nicht sollte sie jemand fragen können, wer sie überhaupt war. Dazu noch die schöne Geschichte darüber, dass Mira ziemlich paranoid war und ihr Sicherheit über alles ginge. Sie wollte nicht in die Öffentlichkeit gezogen werden, schon gar nicht Mittelpunkt sein, und da ich ja ein wirklich lieber und fürsorglicher Partner war, ermöglichte ich ihr das natürlich. Schließlich hatte ich selbst wahnsinnige Angst davor, dass ihr etwas passieren könnte. Was, wenn ein kranker Stalker sie beispielsweise kidnappen würde?

Nach dem Gespräch mit meinen Leuten hatte ich echt einen Oscar verdient. Ich war so gut. Sie hatten mir einfach geglaubt und es akzeptiert. Ich konnte Mira ohne Einwände mit auf Tour nehmen und der eigene Bodyguard war auch kein Problem, solange er sich nicht in die Arbeit des Teams einmischte.
Einzig mein Gewissen mischte sich auf unschöne Art und Weise ein. Ich belog immerhin meine Freunde, meine Band. Es konnte sich einfach nicht richtig anfühlen, so ein Mensch war ich nicht. Ich schätzte die Jungs über alles, sie waren eine Familie für mich und ich vertraute ihnen blind. Ob es für sie genauso war, konnte ich zwar nur erahnen, aber ich ging davon aus und genau deshalb hasste ich die Tatsache, sie wegen Mira anlügen zu müssen. Nichtsdestotrotz hatte ich keine Wahl. Ich konnte, wollte und würde sie da nicht mit hineinziehen. Sie kannten meine Vergangenheit nicht und sie würden sie höchstwahrscheinlich auch nicht verstehen. Von dem, was ich mit Mira tat und noch vorhatte, wollte ich erst gar nicht

sprechen. Selbstredend würden sie das nicht gutheißen.

- Mira -

Als ich nach rekordverdächtigen 30 Minuten aus dem Badezimmer kam, waren Ryan und Jason natürlich schon startklar. Kleidungstechnisch gesehen hatte ich mich für eine schwarze, enge Jeans und ein türkisfarbenes Top entschieden, darüber die Lederjacke. Ryan sah mich zufrieden an.
„Na, siehst du, das ist doch schon was ganz anderes. So sollte meine Freundin aussehen."
Er blieb vor mir stehen und durchbohrte mich mit seinem Blick.
„Wir fahren jetzt zum Flughafen und ich will dich noch mal daran erinnern, dass du dich an die Regeln zu halten hast."
„Ich weiß." Ich versuchte, mich zu einem Lächeln zu zwingen. „Ich bleibe an deiner Seite."
„Richtig." Er nahm uns die letzte kleine Distanz und fasste mir mit der Hand am Hinterkopf in die Haare, um mich so festzuhalten. „Benimm dich unauffällig, mit den Jungs kannst du natürlich reden, aber halte dich zurück. Sonst wirst du mit niemandem Kontakt aufnehmen. Keinen Blödsinn machen."
„Okay." Ich versuchte, zu nicken, was in der Position etwas schwierig war.

Ich hörte das Klingeln an der Türe.
„Gut, los geht's." Er winkte mich durch in den Flur, griff nach einem der Koffer.
„Lass doch, ich mach das", erklärte Jason freundlich und nahm Ryan den Koffer aus der Hand, meinen packte er ebenfalls und positionierte sich an der Haustüre. Ryan wagte einen letzten Blick ins Haus, kam dann zurück und schloss die Tür auf. Draußen wartete das Taxi, das uns zum Flughafen bringen

sollte.

Während der Fahrt saß ich zwischen den beiden, die Stille beunruhigte mich, denn sie zeigte, dass Ryan sich seiner Sache nicht wirklich sicher war. Der ganze Plan, mich mitzunehmen, schien auf wackeligen Beinen zu stehen. Möglicherweise vertraute er diesem Jason auch nicht wirklich oder er vermutete schlicht und ergreifend, dass ich die erstbeste Gelegenheit zur Flucht nutzen würde.

In meinem Kopf herrschte Chaos – wie immer eigentlich. Wie immer seit ich bei ihm war. Ich dachte an diesen blöden Vertrag, an meine Familie, an den einzigen guten Tag, den wir zusammen verbracht hatten, seit meiner Entführung. Daran, dass wir uns wie normale Menschen unterhalten hatten und dann vermischte sich alles mit seinen Drohungen. Schwache Erinnerungen an die Vergewaltigung blitzten in mir auf. Ich fühlte mich wie betäubt und ich hatte Angst, große Angst.
Ich erkannte den Flughafen von Dublin schon aus einiger Entfernung, schließlich war ich hier schon ein paar Mal gewesen. Wie ich vermutet hatte, wurden wir zu einem separaten Eingang gebracht. Jason griff sich wieder die Koffer und Ryan nahm meine Hand, dann ging es durch eine schwere, gesicherte Türe ins Innere des Flughafens. Ich sah Menschen mit ihrem Gepäck durch die Gänge laufen, ein Mädchen wurde regelrecht hysterisch, zog ihre Freundin am Arm und deutete auf uns. Unvermittelt fing diese an zu schreien, was ich lediglich erahnen, aber nicht hören konnte. Wir waren durch eine dicke Glaswand von den anderen Reisenden getrennt, liefen im Gegensatz zu ihnen über Teppiche und Gedrängel gab es auf dieser Seite auch nicht. Ein Angestellter des Flughafens führte uns an, ich hatte Mühe, Schritt zu halten.

Schließlich erreichten wir einen einzelnen Schalter, an dem uns eine freundliche Dame der Aer-Lingus-Gesellschaft begrüßte.
Ein anderer Mitarbeiter nahm uns das Gepäck ab und verschwand damit. Ryan kramte in seiner Tasche und legte sowohl seinen als auch meinen Ausweis auf den Tresen.
Es gab keine Sicherheitskontrollen für uns und bald befand ich mich auf direktem Weg ins Flugzeug.

Ich erblickte die anderen Jungs der Band, sie standen zwischen den Sitzen im Flieger und diskutierten angeregt. Jason blieb die ganze Zeit dicht hinter mir und ich fragte mich, ob er immer noch davon ausging, dass ich jede Chance nutzen würde.
„Heeeeeey!" Daniel kam freudestrahlend auf uns zu, umarmte Ryan und im Anschluss daran mich, was mich zwar etwas verwunderte, mir aber nicht unangenehm war.
Die anderen beiden begrüßten mich freundlich. Zumindest musste ich mir so keine Gedanken darüber machen, dass mich hier keiner haben wollte. Selbst wenn – meine Entscheidung war es ja nicht gewesen. Während Ryan den anderen Jason vorstellte, fiel mein Blick auf die Gruppe Männer, die schon Platz genommen hatten. Drei davon waren eindeutig Bodyguards, sie entsprachen exakt jedem Klischee. Groß, muskulös und ein Gesichtsausdruck, der einem das Fürchten lehrte. Die anderen drei Herren schienen irgendwelche Manager zu sein, sie wirkten eher ruhig und zurückhaltend, aber dass sie zur Band gehörten, erkannte ich schon daran, dass sie über die Tour sprachen und ob denn alles geregelt wäre.

„Die Herrschaften? Wir würden demnächst gerne mit dem Boarding beginnen." Eine Frauenstimme ließ die gesamte Mannschaft Richtung Cockpit blicken.

„Setz dich ans Fenster", befahl Ryan, während er mich bereits in diese Richtung drängte. Ich ließ mich auf dem recht bequem aussehenden Erste-Klasse-Sessel nieder und lugte durch das kleine Fenster hinaus auf das Rollfeld. Es regnete, der Himmel war einfach nur trüb und grau, ein kleiner Gepäckwagen sauste an der Maschine vorbei.

Die Sitze in der ersten Klasse waren anders angeordnet, als ich es erwartet hatte, denn die Sitzreihen lagen nicht hintereinander, sondern immer in Vierer-Sitzgruppen mit einem kleinen Tischchen in der Mitte. Jason setzte sich mir gegenüber hin.

„Bin gleich wieder da." Ryan lief Reihe um Reihe nach hinten. Nun erst fiel mir auf, dass mich Jason schon die ganze Zeit über intensiv anstarrte. Ich drehte mich wieder zum Fenster.

„Mache ich etwas falsch?", fragte ich beiläufig leise, wenn er mich beobachtete, würde er mich schließlich auch hören.

„Nein, wieso?", antwortete er sofort.

„Weil du mich so ansiehst."

Er räusperte sich. „Ich versuche, dich etwas besser kennenzulernen."

„Da gibt es nichts kennenzulernen, ich tue das, was er will. Das lässt wenig Raum für eine eigene Persönlichkeit." Ich wusste nicht, wieso ich so ins Detail gegangen war, meine Absicht war es jedenfalls nicht gewesen.

„Das sehe ich anders, und wenn er mitbekommt, wie du hier offen darüber redest, wirst du ziemlichen Ärger bekommen." Er lächelte, als ich zu ihm aufsah, und verschränkte mahnend die Arme vor seinem Körper. In dem Bewusstsein, dass er recht hatte und ich mich falsch verhielt, atmete ich tief durch und hoffte, dass sich das unschöne Gefühl in meinem Magen damit etwas kontrollieren lassen würde. Ich lehnte den Kopf an die Innenwand des Flugzeuges und hielt Jasons Blick stand.

Ryan tauchte wieder auf, ließ sich auf seinen Platz fallen und inspizierte mein Verhalten.

„Die lassen die Leute hinten einsteigen, dann muss hier keiner durchlaufen. Alles in Ordnung?", fragte er locker.

„Alles bestens", beruhigte ihn Jason sofort.

Es dauerte noch eine Weile, bis die Maschine in der Luft war, aber glücklicherweise hatte Jason irgendwann ein Buch aus seiner Tasche geholt und mich somit nicht mehr permanent im Visier. Ich war mir sicher, dass Ryan diese Erste-Klasse-Flüge liebte, man hatte genügend Platz, eine eigene Stewardess, die nur dafür da war, einem jeden Wunsch von den Augen abzulesen und es gab Getränke ohne Ende. Gleich zu Beginn hatte er sich Bier bestellt, gefolgt von einem Jack Daniel's, was mir persönlich sehr missfiel, da ich ihn unter Alkoholeinfluss ja bereits bestens kannte.

Ich nippte an meiner Cola und beobachtete ihn dabei, wie er seinen nächsten Becher Whiskey orderte.

„Ryan?", begann ich vorsichtig.

„Hm?" Er drehte seinen Kopf in meine Richtung.

„Ich will dir wirklich nicht zu nahe treten, aber du trinkst in einem ziemlichen Tempo und es ist noch früh am Tag." Ich biss mir vor lauter Aufregung leicht in die Unterlippe, hoffte, dass er nicht sofort ausrasten würde. Er sah mich einen Moment lang wie versteinert an. Dann sprang er auf und hastete nach vorne.

Ein paar Sekunden später kam er mit einer kleinen Flasche Wasser in der Hand zurück.

„Zufrieden?", schon ließ er sich wieder neben mir nieder.

Ich nickte und überlegte, ob ich mich nun darüber freuen, dass er auf mich gehört hatte oder ob ich mich auf seinen

Gegenschlag bei nächster Gelegenheit vorbereiten sollte.
Einer der Manager reichte Ryan einen Zettel, er widmete sich diesem sofort interessiert.

Nach einer Weile lehnte er sich halb über den Tisch zu Jason.
„Ich gehe mal davon aus, dass am Flughafen dort einiges los sein wird. Wir gehen zusammen raus, aber für den Fall, dass es irgendwo Schwierigkeiten gibt, der Tourbus sollte direkt vor dem Hauptausgang stehen. Unser Logo kennst du?"
Jason nickte. „Kein Problem, bin immer in direkter Nähe und bringe sie sicher in den Bus."
Ich wartete schon auf die Moralpredigt, die er mir halten würde, aber nichts dergleichen passierte. Verließ sich Ryan so auf seinen Handlanger, dass er mich nicht mal mehr warnen würde?

„Wohin fliegen wir eigentlich?" Ich sah zu Ryan, der die Wasserflasche in seinen Händen hin und her drehte.
„Madrid", antwortete er kurz und knapp, starrte weiterhin ins Nichts. Es war schwer, zu beurteilen, ob er schlecht gelaunt war oder sich Sorgen machte. Sein Gesicht war regelrecht ausdruckslos. Auch hatte er mich schon seit der Abfahrt zu Hause kein einziges Mal mehr wirklich berührt, was ebenso mehrere Ursachen haben konnte. Es war nicht so, als würden mir seine Versuche fehlen, aber es beunruhigte mich, weil etwas nicht nach Plan lief, nicht so, wie ich es normalerweise von ihm gewohnt war. Ich freute mich, als die Maschine in leichte Schieflage ging und wir somit mehr oder weniger zur Landung ansetzten.

***

Der erste Eindruck, den ich von Madrid bekam, war, dass

Madrid nicht Dublin war und die Menschen hier anders mit Rockstars umgingen. Wir konnten zwar vor den anderen Passagieren aus der Maschine und um das Gepäck mussten wir uns auch nicht kümmern, aber wir hatten denselben Weg wie alle anderen Flugreisenden.

Ryan hatte sich im Moment des Aussteigens meine Hand gegriffen und diese auch nicht mehr losgelassen. Einer der Bodyguards führte die Truppe an, dahinter Manager und die Band. Den Abschluss bildete wieder ein Bodyguard, der dritte Mann ging irgendwo in der Mitte, um alles im Auge behalten zu können. Ich fragte mich, wie Ryan darauf gekommen war, dass er Jason brauchte, denn wirklich entkommen konnte ich auch so nicht. Zum einen hielt er mich ja fest und zum anderen bezweifelte ich, dass ich mich getraut hätte, einen Schritt aus der Gruppe zu machen, solange diese drei riesigen Männer anwesend waren.

Jason lief hinter mir, zumindest ging ich davon aus, ich hatte meinen Blick nach vorne gerichtet und versuchte, möglichst nicht mit jemandem zusammenzustoßen. Menschen blieben stehen, gafften uns an, deuteten auf uns. Auch hier wurde die Band erkannt, allerdings traute sich niemand so wirklich an sie heran. Wir kamen an den Gepäckbändern vorbei und gingen geradewegs auf den Ausgang zum normalen Flughafen zu.
Ryan sah sich schnell nach hinten um und schon öffnete sich die große Tür aus Milchglas. Schreie schallten durch die Wartehalle.
„Ryaaaaaaan!", „Hier, hier ... ein Foto ... bitte!", „Daniel, Daniel!"
Das Stimmengewirr war wie ein Migräneanfall für mich, die vielen Mädchen, die hinter einer Absperrung standen, es waren

mit Sicherheit über hundert. Ryan drehte sich noch einmal um, blickte an mir vorbei und nickte. Dann ließ er mich sofort los und ging mit großen Schritten auf die Menschenmasse zu. Ich wollte wie automatisch folgen, als mich Jason am Arm packte.
„Los, komm. Weg hier." Seine Stimme war ruhig und keineswegs angespannt. Wenn mich dieses Durcheinander schon verrückt machte, wie konnte es ihn dann kaltlassen? Er drängte mich ein Stück zurück, wartete kurz und zog mich dann mit sich weiter. Wir liefen direkt neben ein paar Touristen, die mit bunten Hüten ausgestattet gerade in die Wartehalle stolzierten und ihren Gepäckwagen vor sich her schoben. Daher wehte also der Wind, er setzte auf Tarnung. Als wir ein paar Schritte gegangen waren, blieb ich stehen.
„Was? Weiter." Er hatte sofort auf mich reagiert. Ich drehte mich zu Ryan und seinen Bandkollegen. Alle gaben Autogramme, posierten für Fotos mit Fans. Ryan wirkte fröhlich, lächelte und unterhielt sich angeregt mit den Menschen. Mir und Jason schenkte niemand mehr Beachtung.
„Mira!" Er riss mich förmlich aus meinen Gedanken.
„Was denn? Die sind beschäftigt, also können wir doch auch aufhören zu rennen, oder?" Ich schaute ihn fragend und bittend zugleich an.
„Dass wir nicht zum Spaß hier sind, ist dir aber auch klar, richtig?" Er hatte mein Handgelenk losgelassen und stattdessen an meinen Oberarm gefasst, um mich zum Weitergehen zu zwingen. Ich seufzte und gab nach, fragte mich, wie wir beide wohl auf die Menschen wirkten – ob nicht jemandem auffallen müsste, dass ich hier nicht freiwillig unterwegs war?

Wir hatten die Absperrungen schließlich hinter uns gelassen und befanden uns mitten in der Wartehalle. Er sah nach oben auf die Schilder.

„Das scheint der einzige Ausgang zu sein, also los, suchen wir den Bus", forderte er.

„Ohhh." Ich bekam große Augen. „Da ist ein Starbucks. Lass mich einen Kaffee holen, ja?"

„Nein", konterte er schroff und zog mich weiter.

„Komm, bitte. Wo ist das Problem? Es ist nur ein Kaffee." Ich versuchte mich aus seinem Griff zu lösen, allzu grob konnte er in der Öffentlichkeit nicht sein, das musste ich ausnutzen.

„Ich sagte Nein." Mit den Augen suchte er nach Ryan, ich drehte mich um. Alles wie gehabt, die Jungs waren immer noch mit den Fans beschäftigt.

„Jason, bitte kauf mir einen Kaffee." Ich sprach langsam, aber nicht weniger bettelnd. Er rollte mit den Augen.

„Was soll diese Nerverei? Du kennst doch die Spielregeln."

„Ich nerve nicht, ich möchte lediglich einen Kaffee, und soweit ich weiß, steht Kaffee auch auf keiner No-go-Liste." Ich suchte Blickkontakt und versuchte, möglichst traurig aufzutreten. „Bitte."

„Herrgott!", fluchte er, packte meinen Arm fester und zog mich rücksichtslos weiter. Allerdings hatte er nun die Richtung geändert – wir gingen auf Starbucks zu. Zwar freute ich mich wie ein kleines Kind über meinen Erfolg, aber zeigen wollte ich das natürlich nicht. Nicht dass er es sich noch anders überlegt hätte. Rechtzeitig vor Betreten des Ladens ließ er mich los und deutete auf die zwei Leute, die anstanden. Ich stellte mich dahinter und musterte die Tafel mit den Getränken.

Ich entschied mich für einen großen Milchkaffee, Jason wollte nichts, bezahlte nur stumm und ich vermutete, dass ihm die Lust auf etwas zu trinken schlicht und ergreifend vergangen war.

Ich blieb sofort nach Verlassen des Shops stehen, blickte ihm in die Augen und säuselte ein gelogenes „Danke".

Unruhig observierte er wieder den nun etwa dreißig Meter entfernten Haufen Fans. Da sie noch ausharrten und redeten, schien auch die Band immer noch dort zu sein.

„Jetzt gehen wir endlich zum Bus", kommentierte er, es wirkte eher so, als würde er sich selbst ermahnen statt mich. Ich beeilte mich nicht wirklich, kam aber ohne weiteren Protest mit, und wie Ryan es im Flugzeug schon angekündigt hatte, war der Bus direkt am Ausgang zu sehen. Die Türe war offen, der Fahrer saß Cola trinkend am Steuer und wartete.

„Guten Tag", nickte Jason ihm zu. „Der Rest sollte auch demnächst kommen."

„Fans, hm?", brummte der Fahrer, „die sind überall."

„Ja, scheint so." Er zwang sich, zu lächeln. Ich nahm einen Schluck aus dem Pappbecher und drängte mich dann an Jason vorbei in den Bus. Meinetwegen konnte er Small Talk führen, ich hatte kein Interesse daran.

Unser Gefährt gefiel mir auf Anhieb – so hatte ich mir einen Tourbus immer vorgestellt, auch wenn ich noch nie einen von innen gesehen hatte. Er war zweistöckig, vorne unten befanden sich ein paar Tische, die eine angenehme Baratmosphäre vermittelten, so etwas wie eine Miniküche gab es auch. Dahinter vermutete ich Schlafkabinen, jedenfalls war dieser Teil mit Vorhängen abgetrennt. Eine Toilette war natürlich auch vorhanden und dann die sehr winzig wirkende Wendeltreppe nach oben. Ich dachte gerade darüber nach, ob ich mir das andere Stockwerk ansehen sollte, als ich Jason im Bus erblickte.

„Na, Madame, schon etwas Interessantes gefunden?" Er kam auf mich zu und blieb einen Meter vor mir stehen.

„Mein erster Tourbus", versuchte ich zu erklären. „Wohin soll ich deiner Meinung nach gehen?"

„Oben gibt es ein kleines Extrazimmer." Er deutete mit einer Kopfbewegung zur Treppe, was ich zum Anlass nahm, hinaufzugehen. Diese Etage bestand aus ein paar normalen Sitzreihen und dem abgeteilten Raum, den er erwähnt hatte. Da die entsprechende Tür geschlossen war, zögerte ich.
„Setz dich, wir warten sowieso auf Ryan, ist sein Zimmer und nicht meins."
Etwas verwirrt zuckte ich mit den Schultern und ließ mich dann auf einer der Bänke nieder und blickte mich im Fahrzeug um. Alles war mit rotem Teppich verkleidet, was zwar nicht sonderlich nach Rockband aussah, aber dem Bus etwas sehr Gemütliches gab. Ich lehnte mich zur Scheibe und behielt den Ausgang des Flughafens im Blick. Das Glas war sicher dunkel genug, dass man von draußen rein gar nichts erkennen konnte. Jason lehnte ein paar Reihen weiter vorne, hatte die Arme verschränkt und wirkte abwesend. Was auch immer er dachte, ich hoffte, es hatte nichts mit mir zu tun.

Dann hörte ich Geräusche, vermutlich waren die Jungs nun endlich fertig mit ihrer Fan-Aktion. Es dauerte eine Weile, bis ich die gedämpften Schritte auf der Treppe hörte und Ryan in meinem Sichtfeld auftauchte. Er schien müde, setzte sich in die Reihe vor mir, mit dem Rücken ans Fenster und stellte die Füße auf den Platz neben sich.
„Was ist denn das?" Mit großen Augen starrte er auf den Kaffeebecher in meiner Hand. Noch bevor ich etwas antworten konnte, hatte er nach hinten gegriffen und ihn sich geschnappt. Er nahm einen großen Schluck und begutachtete den Becher.
„Habe gar nicht gesehen, dass da ein Starbucks war", stellte er fest und hielt ihn mir dann wieder entgegen. Mein Blick schweifte zu Jason, der immer noch an der Bank lehnte.

„Ich habe ihn verärgert", erklärte ich, während ich mich über die Rückenlehne nach vorne beugte, um näher bei Ryan zu sein. „Er wollte mir den Kaffee nicht kaufen."
Langsam hob er seine Hand und strich mir über die Wange, dann sah er zu Jason.
„Und du hast ihn so lange genervt, bis er es trotzdem getan hat? Ganz egal, ob du ihm oder mir Ärger machst – ich schicke euch beide nach Hause. Und das sofort. Ich hoffe, das ist dir klar." Was anfangs noch gelassen klang, war nun zu einer Drohung geworden.
„Es tut mir leid", flüsterte ich, ließ mein Gesicht so nahe es ging bei ihm ruhen und hoffte, er würde es mir nachsehen und mich nicht sofort bestrafen.

Ich hörte, wie sich der Bus in Bewegung setzte. Ryan hatte nicht auf meine Entschuldigung reagiert, was mir ganz und gar nicht gefiel, aber was sollte ich tun? Ich wusste ja, dass ich mich ziemlich weit aus dem Fenster gelehnt hatte, aber Tatsache war, dass ich mit der Situation eben immer noch nicht wirklich klarkam.
Ich schlang die Arme so weit wie möglich um meinen Körper und blickte aus dem Fenster. Viele Menschen, Autos, später die Lichter der Stadt.

- Ryan -

Ich fühlte mich innerlich zerrissen. Vielleicht kann man sich das wie zwei Felsen vorstellen, die durch eine morsche Brücke verbunden sind. Auf der einen Seite war mein Leben als Musiker, als Star. Hier war ich umringt von Fans, ich wurde beachtet, geliebt und verehrt und war in ihren Augen perfekt. Auf der anderen Seite stand das, was ich die letzten Wochen über aufgebaut hatte, dieses kranke und dennoch so reizvolle Leben mit Mira. Sie verachtete mich, wollte nur weg von mir und ich kämpfte darum, sie dazu zu zwingen, zu bleiben, mein zu sein. Tja und ich? Ich stand in der Mitte, auf dieser Scheiß-Brücke, die jeden Augenblick einbrechen könnte, und dann würde ich fallen, ins Bodenlose. Ich war vielleicht in diesem Moment halbwegs sicher, aber egal, in welche Richtung ich mich bewegen würde, das Resultat wäre immer das Gleiche – ich würde abstürzen.

Nicht nachdenken, weitermachen. Sicher war es ein Fehler gewesen, sie mitzunehmen. Sie machte jetzt schon Probleme, dabei hatte die Tour noch gar nicht angefangen. Wie sollte ich gute Arbeit leisten, wenn ich mir dauernd Sorgen machen musste? Wenigstens war das am Flughafen einigermaßen reibungslos abgelaufen und niemand hatte Notiz von ihr genommen. Das hätte mir auch gerade noch gefehlt.

Wir fuhren erst einmal ins Hotel. Dann würden noch ein paar Interviews folgen und sie müsste solange mit Jason im Zimmer bleiben. Ich sollte ihm sagen, dass er mehr aufpassen müsste. Wenn er es schon nicht schaffte, ihr einen Kaffee auszuschlagen – wohin sollte das dann führen? Und wie zur Hölle sollte ich mich so auf die Promotion konzentrieren können?

- Mira -

Der Bus hielt vor einem riesigen Hotelkomplex in der Innenstadt von Madrid. Wie gewünscht blieb ich die ganze Zeit dicht bei Ryan, lächelte oder stimmte zu, wenn mich einer der Jungs ansprach, und bemühte mich, sonst nicht aufzufallen. Unser Gepäck hatte auf wundersame Weise auch schon ins Hotel gefunden und befand sich in dem Zimmer, das für mich und Ryan gebucht war. Zu meiner Überraschung handelte es sich nicht um eine Suite, sondern um ein relativ normales Doppelzimmer.

Ryan verstaute die Koffer, verschwand kurz im Bad, lief dann den Raum einmal komplett von einer Ecke zur anderen ab und blickte aus dem Fenster.
„Ich habe noch Termine und ich erwarte, dass es hier keine Probleme gibt." Er drehte sich, sah erst mich, dann Jason an. „Kein Schritt vor die Tür und mir wäre es lieber, wenn du sie gleich fesselst."
„Aye, aye, Sir, wir werden uns schon einig." Jason grinste. Ich hatte mich mittlerweile auf eines der Betten gesetzt und versuchte, zu ignorieren, was er vorhatte.
„Einig werden reicht mir nicht, ich will absolute Sicherheit", erklärte Ryan. Er stellte sich vor mich hin, fasste mit einem Finger unter mein Kinn und sorgte so dafür, dass ich ihn ansah. Er strich mir durch die Haare, nahm dann meinen Kopf in seine Hände und küsste mich für einen langen Moment auf den Mund. Ich strengte mich nicht gerade an, um es zu erwidern, vielmehr ließ ich es einfach über mich ergehen.
„Kann ich mich auf dich verlassen?" Eindringlich wendete er sich erneut an Jason.
„Hundert Prozent, und wenn du dich dann besser fühlst, werde ich sie auch hier irgendwo anketten, okay?" Er wirkte entspannt. Wieso auch nicht? Um ihn ging es ja schließlich nur indirekt. Er setzte sich auf den Stuhl, der am Schreibtisch neben dem Bett stand. Jason öffnete die kofferartige Tasche, die er schon den ganzen Tag mit sich herumgetragen hatte, und holte ein paar Handschellen heraus, die er provokativ vor Ryan hin und her baumeln ließ. „Sind die recht?"
„Gefällt mir", nickte Ryan und ließ mich schließlich mit Jason

alleine. Das mulmige Gefühl im Magen war wieder da, auch wenn Jason immer noch auf dem Stuhl saß und ich auf der Bettkante – gute drei Meter entfernt von ihm und sogar näher an der Türe als er.

„So", er rieb sich die Hände und richtete seinen Blick auf mich, „und was machen wir zwei Hübschen jetzt? Lust auf ein paar ... Fesselspielchen?" Er hatte diesen schelmischen Gesichtsausdruck, der mir, in Verbindung mit seinen Worten, fast Angst machte.

„Na komm, schau nicht so ernst", zog er mich auf. „Wird doch nicht das erste Mal sein, dass jemand auf diese Idee kommt, oder?"

Ich entschied, den Provokationen keine Aufmerksamkeit zu schenken, auch wenn es schier unmöglich war. Wieso musste das so laufen? Ich war doch kein Spielzeug für alles und jeden, der daherkam.

Er drehte die Handschellen in seinen Händen hin und her, spähte dabei immer zu mir und beobachtete, ob, und wenn ja, wie ich darauf reagierte, aber ich hielt mich an mein Vorhaben. Darauf würde ich nicht eingehen. Nach ein paar Minuten zog er die Mundwinkel gespielt nach unten.

„Dann eben nicht", schnaufte er und ließ die Handschellen mit einer gekonnten Bewegung wieder in seiner Tasche verschwinden. Er kramte stattdessen das Buch heraus, das er im Flugzeug schon gelesen hatte. Dann stand er auf, griff sich den Stuhl und stellte ihn in den kleinen Durchgang zwischen Bett und Tür. Damit versperrte er mir nun den einzigen Fluchtweg. Er streckte sich erst, setzte sich dann auf den Sessel, legte die Beine aufs Bett und schlug das Buch auf.

Ich sah ihm ein paar Minuten zu, aber nachdem ich mich vergewissert hatte, dass er wirklich lesen wollte, räusperte ich mich kurz.

„Kann ich mich hinlegen? Ich bin müde." Ich war vorsichtig.
„Meinetwegen." Er blickte nicht einmal auf, aber es war okay. Ich erhob mich, zerrte die Tagesdecke vom Bett herunter, zog meine Schuhe aus und legte mich dann hin.

Ich hatte mich mit dem Rücken zu ihm platziert und konnte so wenigstens sichergehen, dass er mein Gesicht nicht sah und somit auch nicht wusste, ob ich schlief oder wach war. Was man nicht alles für ein bisschen Privatsphäre tat. Ich starrte zum Fenster, auf die beigefarbenen Gardinen, die den Blick nach draußen verhinderten. Wahrscheinlich hätte ich auch ohne Vorhänge nicht viel gesehen. Das Hotel lag schließlich im Stadtzentrum, weite Felder oder Meer gab es hier sicher nicht. Ab und an hörte ich, wie er eine Seite umblätterte, sonst drang kein Geräusch von Leben zu mir durch.

***

„Wieso ist sie nicht gefesselt?", als ich den Satz hörte, zuckte ich zusammen.
„Es ist doch alles in Ordnung, kein Grund zur Sorge."
Vorsichtig öffnete ich die Augen. Ryan war wieder da und Jason stand ihm gegenüber.
„Mann, wenn ich dir nicht vertrauen kann ..." Ryan warf einen Blick auf mich, starrte dann wieder ernst zu Jason.
„Du kannst mir aber vertrauen, also entspann dich und mach dir keinen unnötigen Stress, ja? Ist nicht gut für die Nerven." Jason klopfte ihm freundschaftlich auf die Schulter. Wenn ich eine Antwort in diesem Stil gegeben hätte, wäre Ryan komplett ausgerastet. Er hätte mich angeschrien, mir wehgetan und wäre sicher eine Weile sauer gewesen. Nun war es anders, er hielt kurz inne und gab schließlich nach. Wie konnte es sein, dass er sich von seinem Angestellten zurechtweisen ließ? Und vor

allem, wie schaffte dieser das?

Kurz überlegte ich, mich aufzusetzen, entschied mich aber dann dafür, einfach noch eine Weile liegen zu bleiben, um nicht seine Laune abzubekommen. Meiner Meinung nach hatte er sich unmöglich so schnell beruhigen können. Ich erkannte, wie er zum Fenster ging, es aufmachte und hinaus in die Dunkelheit sah.
„Du kannst dann Schluss machen für heute."
Jason näherte sich ihm bis auf ein paar Schritte.
„Ich kann auch hierbleiben, ist ja nicht so, als hätte ich andere Pläne."
„Schon gut." Ryan drehte sich um und lehnte sich an die Fensterbank. „Ich muss mir nur noch überlegen, was ich heute Nacht mit ihr anstelle."
Jason grinste. „Nichts leichter als das. Entweder du fesselst sie oder stellst sie mit Medikamenten ruhig."
„Ich habe gerade kein Valium parat, Kumpel." Ryan rieb sich die Stirn, während mir langsam das Blut in den Adern gefror. Das Letzte, was ich wollte, war, so einer Diskussion zuzuhören.
„Du vielleicht nicht, ich allerdings habe eine schöne Hausapotheke." Schnell griff Jason nach seiner Tasche, stellte sie vor Ryan auf den Tisch und ließ die Schnallen aufschnappen. „Was hätten wir denn gerne?"
„Du meine Güte!" Aus dem Augenwinkel realisierte ich, wie Ryans Augen sich weiteten. „Das ist ja ein Riesen-Arsenal! Was ist das alles?"
„Von allem ein bisschen. Beruhigungsmittel, Schlafmittel, diverse Drogen, Vitamine, Antidepressiva, Antihistaminika ..."
„Und woher hast du das Zeug? Kennst du dich damit überhaupt aus?"
„Ich bin gelernter Rettungsassistent, auch wenn man's kaum

glauben mag." Jason lächelte.

Langsam setzte ich mich auf, irgendwie musste ich eingreifen.

„Ryan?" Ich räusperte mich, er richtete seinen Blick sofort fragend auf mich.

„Ich tue doch gar nichts, ich habe es versprochen."

„Du hast mir genügend Beweise dafür geliefert, dass ich dir nicht vertrauen kann, so einfach ist das." Schnell konzentrierte er sich wieder auf die ominöse Tasche. „Und du kannst ihr was geben, damit sie heute Nacht keine Dummheiten macht?"

„Technisch gesehen könnte ich sie auch für eine ganze Weile willen- und machtlos machen, oder wie du sagtest – ich kann sie zum Schlafen bringen."

„Eine ganze Weile? Wie lange?" Auch wenn ich sein Lächeln nicht sehen konnte ich wusste, dass es seine Fantasie beflügelte.

„Stunden ... oder Tage. Vielleicht auch Wochen, wenn man ausreichend dosiert. Man kann sehr viel mit den richtigen Medikamenten machen. Dachte ich mir doch, dass dir das gefallen wird." Wieder tätschelte Jason Ryans Schulter, während es mir immer schlechter ging. Ich wollte das nicht, konnte ahnen, wohin es führen würde und Opfer für Experimente wollte ich schon zweimal nicht sein.

„Klingt auf jeden Fall vielversprechend." Ryan sah zu mir. „Findest du nicht, Mira?"

Ich räusperte mich. „Nein, ganz und gar nicht."

„Und wenn ich es trotzdem oder gerade deshalb will?" Sein Gesicht zeigte ein Grinsen, das hinterlistiger nicht hätte sein können. Ich wusste, dass er es sowieso nur darauf anlegte, seine Macht mir gegenüber zu demonstrieren.

„Dann ist es eben so." Ich musste stark sein, Mitgefühl suchte ich bei ihm seit jeher vergebens.

Interessiert lehnte er sich über Jason, der vor seiner Tasche saß.

Er nahm irgendetwas heraus, Plastik raschelte, dann erkannte ich, dass er eine Spritze mit irgendeiner Substanz aus einem Glasfläschchen aufzog. Wieso hätte es mir auch erspart bleiben sollen? Jede Möglichkeit, mir wehzutun, wurde sofort genutzt, auch wenn mir der Gedanke an diese Injektion schon mehr zusetzte, als er sich vorstellen konnte.

„So", murmelte Jason, stellte das Fläschchen ab, erhob sich und blickte zu Ryan. „Willst du es ihr selbst geben?" Ryan zog die Augenbrauen nach oben.

„Ich hab' das noch nie gemacht."

„Na, dann wird es Zeit."

Ich hatte mich mittlerweile auf dem Bett aufgesetzt und mit dem Rücken an die Wand gelehnt. Was sich hier abspielte, gefiel mir nicht. Ich wusste ja nicht einmal, was die beiden mir da verabreichen wollten, aber egal, was es war, ich war dagegen und doch durfte ich es nicht sein.

Ryan hockte sich neben mir aufs Bett und beobachtete, wie sich Jason kurz darauf mit der Spritze und ein paar Tüchern zum Desinfizieren zu uns gesellte.

„Bereit?", frech grinste Ryan mich an.

„Sicher", antwortete ich gespielt gleichgültig. Es hatte doch keinen Zweck, er würde seinen Willen durchsetzen – koste es, was es wolle.

Jason ließ sich direkt neben Ryan nieder und war mir somit noch näher und gegenüber von meinem eigentlichen Entführer. Ohne Vorankündigung packte er meinen linken Arm und zerrte ihn in seine Richtung.

„Eigentlich ist es egal, wohin du stichst. Muskelgewebe ist am effektivsten, Venen zu finden, lassen wir mal weg, das ist für den Anfang zu schwierig." Jason krempelte mein Shirt etwas nach oben, um an meinen Oberarm zu kommen. Dann riss er eines von den Tüchern auf und strich mir damit über die Haut, um zu desinfizieren. Er stand auf, ging vor dem Bett auf die Knie und fixierte meinen Arm am Handgelenk mit seinem Griff. Mit der anderen Hand reichte er Ryan die fertige Spritze.

„So, jetzt ziehst du die Haut etwas nach oben, setzt die Nadel an und stichst sie gut zwei Drittel in den Arm." Bei seinen Worten musste ich schlucken, ich hatte immer noch keine Ahnung davon, was für eine Substanz es war und eigentlich wollte ich es auch gar nicht wissen. Ryan hatte die Spritze ein paar Mal in seinen Fingern hin und her gedreht und sich nun meinem Oberarm zugewandt.
Ich hatte meinen Kopf zur Seite gedreht, der Stich tat einfach nur weh und meine Haut begann zu brennen, noch bevor er überhaupt angefangen hatte, darauf zu drücken.
„Sehr schön", lobte ihn Jason. „Nun gleichmäßig pressen, je schneller du drückst, umso mehr tut es weh."
„Ist recht", nickte Ryan und blickte interessiert auf meinen Arm, während ich immer noch versuchte, möglichst nichts davon mitzubekommen.
„Und jetzt vorsichtig rausziehen und desinfizieren." Jason hielt ihm den Tupfer hin. „Das sieht doch schon sehr professionell aus."
„Dein Vorgänger hatte mir zumindest mal erklärt, wie Betäubungsmittel verabreicht werden", berichtete Ryan, blickte mir in die Augen und strich mir dann sanft über die Wange.
„Braves Mädchen", kommentierte er.

Mein Herz raste immer noch und ich fühlte, wie das Adrenalin durch meinen Körper schoss. Würde ich einfach einschlafen? Das wäre immerhin das Beste, das mir passieren könnte. Nichts mitzubekommen und friedlich zu schlummern.

Vielleicht hatten die beiden mir aber auch irgendein Gift gespritzt und ich würde gleich sterben? Kannte ich Ryan denn überhaupt? Er hatte sicher jetzt Gefallen an den Injektionen gefunden und würde das weiterhin in seine Spielchen mit einbauen.
Ich atmete tief durch und versuchte, meine Gedanken etwas unter Kontrolle zu bekommen. Jason kramte wieder in seinem Gepäck, Ryan war aufgestanden und lehnte erneut am Fenster. Sie unterhielten sich, aber irgendwie klangen die Worte zu leise, um zu mir durchzudringen. Auch fehlte mir die Lust, mich anzustrengen, um dem Gespräch folgen zu können. Ich neigte den Kopf an die Wand in meinem Rücken und stellte fest, dass sich meine Arme und Beine viel schwerer als sonst anfühlten. War in der Spritze doch nur ein Schlafmittel gewesen? Mir wurde schwindelig, obwohl ich mich doch gar nicht bewegte. Da ich immer noch keine Aufmerksamkeit von den beiden bekam, breitete ich mich erneut auf der Matratze aus und rollte mich dann regelrecht zusammen, meine Arme schützend vor meinem Körper verschränkt. Ich schloss die Augen nicht, fühlte mich auch nicht wirklich müde, aber meine Arme und Beine waren schwer wie Blei. Das Kissen unter meinem Kopf lag nicht richtig, aber es war die Anstrengung nicht wert.

Ryan setzte sich irgendwann wieder auf die Bettkante neben mich und sah mich an. Ich wollte ihn fragen, ob es Schlafmittel war, aber trotzdem kamen keine Worte über meine Lippen. Zum einen war es mir egal, zum anderen fühlten sich meine Muskeln und Nerven wie blockiert an.
Seine Hand kam auf mich zu, griff nach meinem Arm und zog daran. Ein stechender Schmerz durchfuhr meinen Körper. Meine Finger kribbelten, fast so, als wäre ich Stunden in der Kälte gewesen und befände mich nun in einem sehr heißen

Raum. Die Haut käme auch dann nur sehr langsam mit der Wärme klar, alles würde pulsieren, schmerzen und sich einfach unangenehm anfühlen. So wie es bei mir nun ebenfalls der Fall war. Ich seufzte leise, wollte mich wegdrehen und vor mehr Schmerzen schützen, aber es ging nicht, alles tat einfach nur weh. Ganz egal, wo er mich berührte, ich wusste nicht einmal, woher dieses Gefühl genau kam, aber mir dämmerte langsam, aber sicher, dass dies eine der schlimmsten Nächte meines Lebens werden könnte.

- Ryan -

Beinahe tat sie mir leid, aber nur beinahe. Ich war beeindruckt, wie rasch dieses Nervengift wirkte. Jason hatte mir zwar gesagt, dass es schnell gehen würde, aber so schnell? Sie hatte Schmerzen, sie litt, ich las es in ihren Augen. Sie blickte mich starr an, ich konnte kaum eine Regung darin erkennen. Sie lag einfach nur da, hatte die Augen geöffnet, war aber nicht mehr wirklich anwesend. Eine Gefangene in ihrem eigenen Körper, die Qualen fühlte sie nämlich immer noch, nur konnte sie nicht mehr darauf reagieren. Jason meinte, es wäre so etwas wie ein chemisch hergestelltes Schlangengift. Es brennt in den Venen, in den Muskeln und lähmt alles für eine gewisse Zeit.
Sicherheitshalber hatte er mir noch eine Spritze mit einem Schlafmittel dagelassen, für den Fall, dass es mir so zu anstrengend würde, ich ihr immer noch nicht traute oder ganz einfach, wenn ich ihr Schlaf gönnen und sie von den Schmerzen erlösen wollen würde.

Ich hatte sie in die Mitte des Bettes gezogen und mich neben sie gelegt, um sie zu beobachten. Konnte immer noch nicht glauben, wie dieses Zeug wirkte. Ihre Augen blickten ins Leere, ich strich an ihrem Arm entlang, ganz langsam von ihrer Schulter bis zu ihrem Handrücken hinunter. Sie atmete schwer, selbst eine sanfte Berührung tat ihr also weh. Ich hatte die einmalige Chance, sie für das zu bestrafen, was sie bisher verbockt hatte und das alles, ohne wirklich handgreiflich werden zu müssen. Das sollte mich doch zufrieden machen, beruhigen und mir ein ziemliches Gefühl von Macht geben, oder?

Ich griff nach ihrer Hand und hob so ihren Arm an, führte ihn in meine Richtung. Sie versuchte, dagegen anzukommen, stöhnte auf und ihr ganzer Körper begann zu zittern. Wie konnte sie keine Kontrolle haben? Beeindruckend.

„Na, wie fühlt sich das an, Mira?"

„Hmm." Sie wimmerte und glotzte weiter zur Decke.

„Ich denke, du solltest dir etwas mehr Mühe mit deiner Antwort geben, sonst muss ich dir weiter wehtun." Spontan ließ ich ihre Hand los und ihr Arm fiel reglos einfach neben ihr aufs Bett. Sie stöhnte auf, schien nicht wirklich ein gutes Gefühl gewesen zu sein.

Einen Augenblick lang dachte ich darüber nach, dass ich sie nun eigentlich einfach nur benutzen sollte. Sie hatte eine Lektion verdient. Ich fasste an ihre Wange und drehte ihren Kopf in meine Richtung, sodass sie mich ansehen musste. Ihre Augen schienen glasig, hatten dunkle Ränder. Sie blickte durch mich hindurch. Immer noch ins Nichts.

„Mira!", ermahnte ich sie, sie reagierte nicht. Nicht einmal ein Blinzeln oder Zucken.

Ich fühlte Panik in mir aufsteigen, mein Magen verkrampfte sich automatisch und ich fühlte mich elend. Schnell drückte ich mit meinen Fingern an ihren Hals, versuchte ihren Puls zu finden. Alles okay, ihr Herz schlug verhältnismäßig schnell.

Sie war wie im Koma, lebendig und doch so tot, dass sie sich nicht bewegen konnte. Ihre Augen waren regungslos. So konnte ich das nicht. Natürlich wollte ich die Kontrolle über sie, sie fesseln, damit sie sich nicht wehren konnte, aber einen toten Körper vor mir? Das überstieg meine Möglichkeiten, die Vorstellung alleine sorgte dafür, dass mir übel wurde. Außerdem – wo blieb der Spaß, wenn sie nichts mitbekam?

Meine Gedanken hatten mir alles versaut, ich konnte ihr so nichts antun, schon gar nicht Sex mit ihr haben. Dabei hatte alles so gut angefangen.
Wütend über mich selbst sprang ich auf und lief ein paar Mal im Zimmer auf und ab. Hatte doch alles so keinen Sinn. Ich beruhigte mich mit ein paar Drinks aus der Minibar, spritzte ihr rechtzeitig, bevor mich der Alkohol zu benommen machte, das Schlafmittel und langweilte mich die halbe Nacht mit dem TV-Programm, bis ich irgendwann auch wegdämmerte.

- Mira -

Ich wusste nicht, wodurch ich aufgewacht war, aber es dauerte eine Weile, bis ich meine Gedanken etwas sortiert hatte und mich mit blankem Entsetzen daran erinnern konnte, wie die letzte Nacht gewesen war. Vorsichtig rollte ich mich auf die Seite und verschränkte die Arme vor meinem Körper. Wenigstens konnte ich mich wieder bewegen, aber es war unangenehm. Arme und Beine fühlten sich immer noch schwer an, das Brennen darin war verschwunden, aber was übrig geblieben war, waren meine gereizten Muskeln und Nerven. Wie nach einer ewig langen Wanderung fühlte ich mich. Rheuma war bestimmt ähnlich, dachte ich mir.
Ich fragte mich, ob er wusste, was er mir mit dieser Spritze

angetan hatte. Die Antwort kannte ich längst. Natürlich, Jason war ein Profi, der wusste alles diesbezüglich und sie hatten sich sicher schon im Vorfeld darüber amüsiert, wie übel sie mir mit der Injektion zusetzen würden. Das Schlimmste daran war allerdings die Tatsache, dass mir das nun immer wieder blühen konnte. Dass ich immer damit rechnen musste, dass er diese neue Methode wählen würde, um mich noch mehr zu brechen, um mir noch deutlicher zu zeigen, wie chancenlos ich war. Ich hörte ihn im Badezimmer, das Rauschen der Dusche. Ich könnte aufstehen, einfach zur Türe gehen und abhauen. Wahrscheinlich würde niemand mich aufhalten. Mit den Konsequenzen könnte ich allerdings nicht leben. Ich musste schlucken, ein paar Tränen liefen mir übers Gesicht. Ich konnte es nicht mehr länger unterdrücken, meine Gefühle waren zu stark, meine Hilflosigkeit grenzenlos und die Schmerzen der letzten Nacht hatten ihr Übriges getan, um mich direkt in einen Nervenzusammenbruch zu führen. Ich schluchzte, versuchte, meine Augen mit meinen Händen zu verdecken und bemerkte dabei gar nicht, dass Ryan schon wieder im Zimmer war.

„Reiß dich zusammen!", fauchte er mich an, marschierte zu seinem Koffer, den er unterhalb der Fensterbank deponiert hatte. Erschrocken zuckte ich zusammen und versuchte, mich etwas zu beruhigen. Leider holte mich die Realität zu schnell wieder ein und ein weiterer Schub Tränen suchte sich seinen Weg. Frustriert knallte er das Gepäckstück zu, stapfte in meine Richtung und ging neben dem Bett in die Hocke, um auf einer Höhe mit mir zu sein.

„Hör mit der Heulerei auf, das macht mich nur aggressiv." Er packte meine Hände an den Handgelenken und zog sie mir vom Gesicht weg. Auch wenn es mir widerstrebte, gab ich nach und sah ihn mit meinen verweinten Augen an.

„Warum machst du so einen Aufstand? Wir müssen in einer Stunde hier raus sein."
Ich schluchzte: „Tut mir leid."
„Steh auf und schwing deinen Hintern ins Bad, andernfalls helfe ich dir und ich bezweifele, dass dir das besser gefallen wird." Er hielt immer noch meine Hände, drängte mich so mehr oder weniger zum Aufstehen.

Zu meiner Überraschung legten sich die Muskelschmerzen etwas, während ich in der Dusche das heiße Wasser über meinen Körper laufen ließ.
Als ich halbwegs gefasst wieder das Hotelzimmer betrat, saß Ryan mit Jason am Tisch und erklärte offensichtlich etwas. Er sah zu mir auf und begutachtete mein Outfit.
„Jedenfalls ...", räusperte er sich und stand auf, „... werdet ihr zwei den Tag im Tourbus verbringen."

Unser Gepäck lag auf dem Bett und so verstaute ich schnell meine restlichen Sachen darin. Ryan griff mit einer Hand nach seinem Koffer, mit der anderen nach meiner Hand und schon verließen wir das Zimmer. Ich sah mich kurz um, Jason hatte mein Gepäck genommen und war wie üblich dicht hinter uns.

Wir hielten an der Rezeption an, Ryan legte kommentarlos seine Keycard auf den Tresen und brachte mich dann nach draußen zum Bus. Die Tür stand offen, auch wenn der Fahrer dieses Mal nicht direkt davor saß. Ryan hatte etwas Mühe, sich mit dem Koffer durch den Zustieg zu quetschen, vor allem weil er meine Hand nach wie vor krampfhaft festhielt. Ich tat mein Bestes, um ihm zu folgen. Drinnen ließ er mich los.
„Geh nach oben in den kleinen Raum hinten." Sein Befehlston war unüberhörbar, aber da außer uns wirklich noch niemand

im Bus war, schien ihm das egal zu sein.
Ich sah mich zu Jason um, der auf die Treppe deutete, also drängte ich mich vorsichtig an Ryan vorbei und ging nach oben. Trotz des Teppichs konnte ich Jasons Schritte hinter mir hören. Vorsichtig öffnete ich die Türe zu dem Extra-Raum und trat ein.

Im ersten Moment erinnerte mich alles an einen ziemlich winzigen Wohnwagen. Eine Front war aus Milchglas, davor befand sich eine recht kleine Doppelmatratze. Die andere Wand bestand aus einem Schrank und einer schmalen Tür. Vom Bett bis zur Wand gegenüber waren es maximal 1,5 Meter, zum Eingang hin, durch den ich hereingekommen war, auch nicht wesentlich mehr. Ein kleiner Hocker mit Tischchen stand neben dem Bett, alles in Mahagoni gehalten und der Boden war wieder mit rotem Teppich ausgelegt. Geschmackvoll fand ich es zugegebenermaßen schon, aber der Gedanke, hier eingesperrt zu sein, gefiel mir ganz und gar nicht.

Jason stellte meinen Koffer neben dem Bett ab und ließ seinen Blick durch den Raum schweifen.
„Ich hab' den falschen Beruf. Musiker müsste man sein", witzelte er.
„Findest du?" Ryan unterbrach ihn. Er platzierte seinen Koffer neben meinem. Ich stand immer noch recht hilflos neben dem Bett und dachte darüber nach, wie viel Zeit ich hier wohl verbringen müsste.
„So", seufzte er und drehte sich mir zu, „ich geh' jetzt arbeiten und du machst mir hier keinen Ärger, verstanden?"
Die letzte Nacht steckte mir noch viel zu sehr in den Knochen, als dass ich auch nur an Flucht hätte denken können, also nickte ich.

„Ryan?", er hatte sich schon umgedreht, hielt aber nun inne und sah mich fragend an.
„Kann ich etwas zu trinken haben?"
„Stimmt, ist schon eine Weile her. Ich hol' dir etwas von unten. Moment." Nach ein paar Minuten erschien er mit einem Becher Kaffee und einer Flasche Wasser wieder. Das Wasser stellte er auf den Tisch, den Pappbecher gab er mir gleich in die Hand.
„Danke", murmelte ich und beobachtete ihn, wie er erst Jason zunickte und mich dann mit ihm alleine ließ. Dieser hatte sich in der Zwischenzeit auf den Stuhl gesetzt und blickte mich gleichgültig an. Stehen bleiben konnte ich nicht, dafür ging es mir zu schlecht. Mein Körper fühlte sich immer noch an, als hätte ich am New-York-Marathon teilgenommen.
Vorsichtig setzte ich mich auf die Matratze. Die hohe Bequemlichkeit, die ich ihr auf den ersten Blick nicht zugetraut hätte, überraschte mich positiv. Ich rutschte ein bisschen hin und her und lehnte mich schließlich mit dem Rücken an die Wand. Eine halbwegs angenehme Position, um meinen Kaffee zu trinken.

Jason zog ein Buch aus seiner Tasche und begann zu lesen. Wenigstens er hatte etwas zu tun, ich würde mich stundenlang mit meinen eigenen Gedanken herumschlagen müssen und konnte nicht einmal aus dem Fenster schauen, um einen Funken Leben mitzubekommen.
Da sich der Bus seitdem wir eingestiegen waren, nicht bewegt hatte, ging ich davon aus, dass die anderen Jungs entweder noch nicht da waren oder schlicht und ergreifend nicht mit dem Bus zu ihren Terminen gebracht wurden – was weitaus mehr Sinn machte als meine erste Theorie.

„Was ist denn?" Jason schielte skeptisch zu mir herüber.
„Nichts." Ich schluckte.
„Wie wäre es, wenn du mir eine ehrliche Antwort geben würdest?" Er legte das Buch mit der aufgeblätterten Seite umgedreht auf den kleinen Tisch und lehnte sich in meine Richtung. An seiner Mimik konnte ich nicht erkennen, ob er schon verärgert oder lediglich auf dem besten Weg dahin war.
„Mir geht es nicht gut, das ist alles." Sicher erkannte er meine akute Erklärungsnot.
„Aha." Er fuhr sich durch die Haare. „Ist dir alles ein bisschen zu eng hier und dann die schmerzhaften Erinnerungen an die letzte Nacht. Dazu kommt, dass du mir ja sowieso nicht über den Weg traust, richtig?"
Ich räusperte mich aus Verlegenheit, jetzt konnte er auch noch erahnen, was in mir vorging. Ganz toll.
Ich nippte am Kaffee. „Wenn man dir dauernd wehtun würde, ginge es dir auch nicht anders."
„Jetzt übertreibst du aber." Er schüttelte grinsend den Kopf. „Dir tut nicht dauernd jemand weh. Eigentlich finde ich, dass er viel zu sanftmütig ist, wenn er etwas von dir will."

Mein Entsetzen war mir sicherlich anzusehen, weder konnte noch wollte ich glauben, was dieser Typ von sich gab.
„Ich bin eingesperrt! Seit Wochen oder Monaten, ich weiß es nicht einmal mehr. Was ist daran zu sanft? Er ist ein Krimineller!", fauchte ich, versuchte allerdings, meine Lautstärke zu kontrollieren, da ich ja nicht wusste, wer sich noch im Bus aufhielt.
„Erstens: Hier wird nicht geschrien!" Seine Augen funkelten böse, ich nickte prompt. Hatte es ja selbst gemerkt.
„Und zweitens", fuhr er fort, „sieh es mal positiv, du hast etwas, von dem Tausende von Mädels träumen. Du musst dich

um nichts kümmern, für nichts kämpfen, nicht arbeiten gehen und teilst das Leben mit einem Superstar. Ja, du kannst nicht hingehen, wo du willst, aber – und das weißt du selbst – es könnte um einiges schlimmer sein."

War das wirklich seine Meinung? Ich wusste ja, dass er in seinem Job definitiv eine völlig durchgeknallte Weltanschauung haben musste – wie sonst konnte man Menschen entführen oder umbringen? Das alles brauchte ja eine Rechtfertigung und die gab es nicht, außer man hatte das große Talent, sich das schön zu lügen.
„Vielleicht könnte es schlimmer sein, aber ich will trotzdem mein Leben zurück!" Ich war einfach ehrlich, aber ich wusste, dass sich das negativ auf alles auswirken könnte. Ich hatte schließlich nicht etwa gesagt, dass mir mein Leben fehlte, sondern dass ich es zurückhaben wollte, was im Grunde genommen als Kampfansage ausgelegt werden konnte.
Sein Blick war ernst und er schien mich damit durchbohren zu wollen.
„Du glaubst doch nicht wirklich immer noch, dass du eine Chance zu entkommen hast, oder?"
„Nein." Ich nahm nervös einen weiteren Schluck aus dem Becher. „So habe ich das auch nicht gemeint."
„Ach nein?" Seine Miene lockerte sich auf und er begann zu lächeln. „Und ich hatte mich schon auf ein paar schöne Kampfszenen mit dir gefreut. Also mir würdest du damit eher einen Gefallen tun, der Job ist nämlich – und das bleibt bitte unter uns – schon etwas langweilig."
„Ich habe einen Vertrag unterschrieben, in dem ich diesem Wahnsinnigen vollkommen freie Hand über mein Leben und das meiner Familie lasse. Ich weiß sehr wohl, dass ich keine Chance habe. Ich habe mich lediglich falsch ausgedrückt."

Herausreden schien mir die sinnvollste Lösung.
Er griff zu seinem Buch und drehte es wieder richtig herum.
„Wie auch immer", fügte er noch gleichgültig an. „Ich würde dir dennoch raten, der Situation ein paar positive Aspekte abzugewinnen. Du schadest dir sonst nur selbst."

Ich entschied mich, seinen Worten keine Bedeutung zu schenken. Was wusste er schon? Er stand schließlich auf der anderen Seite, er hatte leicht reden. Für ihn war das alles einfach nur ein Job, seine Möglichkeit, um Geld zu verdienen. Er konnte mich nicht als Mensch sehen, als jemanden mit Gefühlen. Wie sonst könnte er Ryan helfen?

Ich nahm den letzten Schluck Kaffee aus dem Becher und lehnte mich wieder richtig hinten an der Wand an, meine Beine hatte ich auf dem Bett ausgestreckt. Vermutlich wäre schlafen sinnvoll gewesen, zumindest wäre die Zeit dann schneller vergangen, aber ich war hellwach. Gerne wäre ich einfach etwas herumgelaufen, ich sehnte mich nach frischer Luft, nach Natur und vor allem nach dem Gefühl von Leben. In dem winzigen Raum, in dem ich mich befand, gab es nichts davon. Zudem war mir schlicht und ergreifend langweilig, was mir auch in Ryans Haus schon Probleme bereitet hatte. Ich fragte mich, wieso ich mich nicht damit abfinden konnte, nichts in meinem Leben mehr selbst bestimmen zu können. Der Drang, eigene Entscheidungen zu treffen, war zwar normal, aber ich hatte keine Wahl, außer dagegen anzukämpfen. Aus dem Augenwinkel beobachtete ich meinen Bewacher, der maximal zwei Meter von mir entfernt mit seinem Buch beschäftigt war.
„Kann ich etwas zu essen haben?" Ich hatte gar nicht wirklich über meine Frage nachgedacht, sondern sie einfach gestellt.
„Essen?" Er sah auf und runzelte die Stirn. Mit einem Seufzer

legte er das Buch wieder aufgeschlagen auf den Tisch und erhob sich. Er machte einen Schritt auf die Wand mit den Schubfächern zu und öffnete einige davon.

„Sieht nicht gut aus", stellte er fest und drehte sich dann wieder in meine Richtung. „Soll ich dir unten in der Bordküche etwas holen?"
„Wäre nett, ja." Ich versuchte, irgendwie möglichst freundlich zu antworten, ob es mir gelungen war, wusste ich allerdings nicht.
„Na gut." Er streckte sich und hielt kurz inne. „Du bewegst dich keinen Millimeter von hier weg, sonst gibt's statt Essen eine Spezialmischung an Medikamenten, wenn ich zurück bin."
„Ich rühre mich schon nicht von der Stelle", antwortete ich gleichgültig.
Seltsamerweise ließ er mich bestimmt zehn Minuten alleine, kam dann mit ein paar Sandwiches wieder. Er reichte mir den Pappteller.
„Danke." Ich war wirklich froh über etwas Essbares, schließlich war meine letzte Mahlzeit schon eine Weile her. Jason ließ sich wieder auf seinem Stuhl nieder, aber statt in seinem Buch zu lesen, sah er mir dabei zu, wie ich die Brote begutachtete.
„Hast du Angst davor, dass ich dich vergiften will?", scherzte er kühl.
„Du hast deinen Koffer hiergelassen, demnach also wohl nicht." Er zog eine Augenbraue hoch und schielte zu seiner Tasche, die unter dem Tisch stand.

Schlagartig wurde mir bewusst, dass ich eine wirklich gute Chance hatte verstreichen lassen. Ich hätte mir problemlos während seiner Abwesenheit etwas aus seinem

Medikamentenarsenal nehmen können. Vermutlich wäre ich sogar schnell fündig geworden und hätte ihn mit irgendeiner Spritze angreifen können. Ja, zugegeben, der Plan wäre gut gewesen – aber realisierbar war er deshalb dennoch zu keinem Zeitpunkt. Zumindest nicht, ohne dabei das Leben meiner Familie aufs Spiel zu setzen. Um mein eigenes wäre es mir ehrlich gesagt egal gewesen, daran lag mir nicht mehr viel, aber ihres? Nein, keinesfalls. Irgendwie war mir der Appetit schlagartig vergangen, die tiefe Trauer in mir hatte sich ausgebreitet, mich eiskalt erwischt und ich wünschte mir, zumindest eine gewisse Zeit lang für mich alleine zu sein, um mich selbst angemessen bedauern zu können und meine Tränen nicht zurückhalten zu müssen.

„Was ist los?", fragte Jason mit ernster Miene.
„Nichts." Ich hustete kurz als Ablenkung und versuchte, meine Fassung zu behalten.
„Passt dir das Essen nicht?" Er war gereizt.
„Nein, alles okay." Ich seufzte so unauffällig wie möglich. Was sollte ich ihm erklären? Er hatte vorhin erst deutlich gemacht, dass er meine Situation überhaupt nicht schlimm fand und der Meinung war, ich solle lieber froh darüber sein, den Traum so vieler anderer zu leben. Allein beim Gedanken daran drehte sich mir schon der Magen herum.
„Kann ich das später essen? Mir geht es wirklich nicht gut und ich würde mich gerne etwas hinlegen." Ich suchte Blickkontakt zu ihm, wollte das Ganze irgendwie beschwichtigen.
„Ist ja nicht so, als hätten wir andere Pläne." Er zuckte mit den Schultern und schnappte sich wieder sein Buch.

Ich legte mich auf die Seite, damit ihm nur den Blick auf meinen Rücken blieb, zog die Beine so gut es ging an meinen

Körper heran und vergewisserte mich noch einmal, dass er nicht sehen konnte, ob ich meine Augen offen oder geschlossen hielt. Ich wollte zumindest einen Hauch Privatsphäre, und nachdem sich meine Gefühle einmal mehr auf einem Höllenritt aus Schuldgefühlen und blanker Angst befanden, hatte ich einfach das Bedürfnis, mich dem hinzugeben und meine Tränen nicht mehr unterdrücken zu müssen.

- Ryan -

Ich konnte kaum glauben, dass es schon Nachmittag war. Wir hatten für ein paar Zeitungen und Radiostationen eine Pressekonferenz im Hotel abgehalten, was ich persönlich als recht angenehm empfand. Weitaus besser jedenfalls, als von einem Studio zum nächsten zu hetzen.
Im Anschluss daran gab es ein reichhaltiges, nobles Mittagessen mit der Plattenfirma, die uns in Spanien promotete, und weil die lieben Fans ja auch einmal neue Bilder von uns sehen wollten, posierten wir den Rest des Mittags in unterschiedlichen Outfits vor grünen Wänden, welche dann später im Studio durch irgendwelche spektakulären Hintergründe ersetzt werden würden.

„Jungs, schenkt mir mal kurz eure Aufmerksamkeit." Wie gewünscht verstummte das Gemurmel in dem eher kleinen Raum und wir konzentrierten uns augenblicklich auf unseren Manager.
„Wir sind für heute durch, wer mag, kann noch mal in die Stadt, Busabfahrt ist um 20.00 Uhr hier am Hotel."
Daniel pikte mich in die Seite. „Ich vermute, du willst lieber mit deiner Angebeteten etwas unternehmen."

Schulterzuckend lächelte ich ihn an, er hatte recht, wahrscheinlich wäre es am unauffälligsten gewesen, wenn ich mit Mira einen Stadtbummel gemacht hätte. Unauffällig zumindest in der Hinsicht, dass so niemand vermuten würde, dass ich sie gegen ihren Willen bei mir behielt. Fakt war jedoch, dass ich keinerlei Ambitionen in Richtung Menschenmassen hegte. Ich schlenderte aus dem Hotel, warf einen Blick auf den Tourbus – alles ruhig, Türen geschlossen –, schien so, als hätte Jason alles im Griff. In Sichtweite erkannte ich einen Supermarkt, keine schlechte Idee, wenn man bedachte, dass wir die Nacht über durchfahren würden und die Bordküche nur sehr begrenzt ausfiel.

- Mira -

Das Türschloss weckte mich auf, ich schaffte es allerdings, meine Augen noch geschlossen zu halten, um erst einmal vorfühlen zu können, was sich um mich herum abspielte.
„Feierabend." Sofort erkannte ich Ryan an seiner Stimme, die dazugehörige Tonlage verriet, dass er wohl müde, aber nicht unbedingt schlecht gelaunt war. „Du kannst jetzt in die Stadt gehen, etwas essen oder einkaufen. Wir fahren um 20.00 Uhr weiter, für die Nacht könntest du dann mein Bett unten bei den Jungs nehmen, wenn's okay für dich ist?"

Ich hörte, wie Jason sein Buch in die Tasche steckte, sich räusperte. „Ich kann auch hierbleiben, willst du dich nicht mal ein bisschen ausruhen? Du kriegst doch kein Auge zu mit ihr hier drin."
„Was ist'n das für eine plumpe Anspielung?", konterte Ryan amüsiert. „Nein, im Ernst. Nutz die paar Stunden in Madrid, ich komme klar mit ihr und die Türe hat einen Schlüssel, wie

du weißt."

Ich stellte mich immer noch schlafend, hatte aber enorme Probleme damit, mich nicht einzumischen. War ich denn nicht mehr als ein Objekt, das man hin- und herreichen konnte? Und wenn es denn schon so wichtig war, dass immer jemand aufpasste, wieso zur Hölle dann die ganzen Drohungen, die Erpressung, die er immer wieder neu bestätigte, um mich gefügiger zu machen? Man gab mir doch gar keine Möglichkeit, irgendeine Kooperationsbereitschaft zu beweisen.

Noch ein paar oberflächliche Sätze zwischen den beiden, dann fiel die Tür ins Schloss und Jason war weg. Ich versuchte, die wenigen Umgebungsgeräusche zuzuordnen, viel Platz gab es in diesem Raum zwar nicht, aber was Ryan machte, war dennoch schwer zu erraten. Wie aus dem Nichts lag seine Hand plötzlich auf meinem Arm und die Matratze gab ein wenig nach unter seinem Gewicht. Ich öffnete die Augen, mich zu verstellen, hatte keinen Sinn mehr, er wollte mich ja ohnehin wecken.
„Wie geht es dir?" Die Erschöpfung war ihm ins Gesicht geschrieben. Wie immer formulierte mein Hirn die Antwort: >>Als würde dich das auch nur einen Hauch interessieren.<< Ich sah in seine Augen, ließ meinen Blick dann hinunter zu seiner Hand wandern, welche immer noch auf meinem Arm ruhte. Eine nicht gerade kleine Skepsis machte sich in mir breit, sollte ich mich aufsetzen? Ihn wegzustoßen, war vermutlich keine gute Idee und grundsätzlich war es für mich ja auch gar nicht unangenehm, was er da gerade tat, besonders weil es etwas Unverbindliches, fast sogar etwas Nettes ausstrahlte. Nur das Warum bereitete mir Sorgen – Ryan hatte immer Hintergedanken. Immer.

Er atmete tief durch, drehte sich von mir weg und brachte eine Tüte zum Vorschein. Ich nahm den winzigen Moment zum Anlass, um mich doch aufzusetzen und mit dem Rücken an die Wand zu rutschen. So hatte ich einen besseren Überblick und fühlte mich nicht mehr ganz so ausgeliefert.

„Habe ein paar Sachen eingekauft." Er reichte mir einen Stapel Zeitungen. Halbherzig überflog ich die Ausbeute, ein paar Musikzeitschriften natürlich, aber auch diverse Mode- und Lifestylemagazine. Er kramte weiter in der Tüte.

„Ein bisschen Obst", kommentierte er, verteilte Bananen und Äpfel auf dem Bett, „Smoothies haben wir auch, und damit es nicht zu gesund wird – Schokolade." Okay, hatte ich kapiert, er war einkaufen gewesen. Nichts Besonderes also. Er würde sich ja auch selbst im Bus aufhalten und die Sachen hatte er sicherlich in erster Linie für sich gekauft.

„Ah, fast vergessen." Er grinste und griff neben sich. „Hier. Für deinen nächsten Suchtanfall – Starbucks-Kaffee in der Dose."

Ich nahm ihm das Getränk ab, murmelte ein Danke, und auch wenn ich wusste, dass er mir die Sache mit dem Kaffee am Flughafen immer noch nicht verziehen hatte, so fühlte es sich unterschwellig beinahe so an, als wolle er mir etwas Gutes tun.

„Hör mal." Sofort blickte ich erwartungsvoll zu ihm, mein Magen verkrampfte sich etwas. Hoffentlich kam nicht jetzt schon der nächste Dämpfer.

„Wegen letzter Nacht." Er schien durch mich hindurchzuschauen. „Es war eine blöde Idee und na ja … es tut mir leid."

„Muss es nicht", antwortete ich schneller, als ich darüber wirklich nachdenken konnte, „dein Spiel, deine Regeln."

Er schien etwas überrascht über meine Reaktion, nickte dann

aber selbstgefällig. Sicher hatte es ihm imponiert, dass ich ihm seine Macht zugestand. Ich dachte darüber nach, wie lächerlich das Ganze war. Kinderkram. Blödsinn. Wen interessierte es denn, dieses Ping-Pong-Wortspiel? Gewinnt er? Unterwerfe ich mich? Alles sinnlos, ich wollte nicht bei ihm sein, ich wollte nicht mitspielen und erst recht wollte ich nicht das tun, was er sich vorstellte, wünschte oder erzwang. Zu viele Gefühle. Zu laut in meinem Kopf. Kein Ausweg. Nichts. Mein Hals wurde trocken, Schlucken fiel mir schwer und eine erste Träne lief mir übers Gesicht. >>Versteck dich<<, mahnte mein Verstand, >>und wo, du Klugscheißer?<<, wollte ich zurückschreien.

Für einen Augenblick hatte ich Ryan gänzlich vergessen, nun musterte er mich mit einer Mischung aus Mitleid und Ermahnung. Er stand auf, ging ums Bett herum und legte sich in gleicher Position neben mich. Wortlos packte er mich am Oberarm, legte den anderen Arm um meine Schultern und zog mich an sich heran. Ich konnte mir ein Schluchzen nicht verkneifen, hatte keine Kraft, mich zu wehren. Ryan hielt mich fest, nah bei sich, so als wolle er mich von allem und jedem abschirmen, er gab mir sanft zu verstehen, dass ich meinen Kopf auf ihm ruhen lassen konnte. Als ich nachgab und mich an ihn lehnte, küsste er meine Stirn. Ein sehr seltsames Gefühl, eines das ich kaum in Worte fassen konnte. Es handelte sich immerhin um eine zärtliche Geste, die ich von ihm nie zuvor erlebt hatte und ich fühlte mich in diesem Augenblick, als würde die Zeit stillstehen und ich wäre tatsächlich sicher vor allem, was war und allem, was noch kommen würde.

„Hast du gar nichts gegessen?" Mit ernstem Blick auf das mittlerweile nicht mehr wirklich appetitlich aussehende Sandwich neben dem Bett durchbrach Ryan die Stille. Ich schüttelte leicht den Kopf, war aber keineswegs bereit, mich von ihm zu lösen und in die Normalität zurückzukehren. Bittersüß war es zwar, das Gefühl, welches er in diesem – für mich durchaus intimen – Moment in mir ausgelöst hatte, aber es war dennoch so viel besser als das, was ich von ihm kannte. Warum konnten wir nicht einfach so hier sitzen und uns festhalten? Den Augenblick nicht verstreichen lassen, sondern zu einem Dauerzustand machen? Es war verrückt, ich wünschte mir, wir könnten alles hinter uns lassen, meinetwegen vergessen, was geschehen war. Alles. Ich hätte ihm mit großer Wahrscheinlichkeit sogar alles verziehen, was er mir angetan hatte, wenn er mir dafür zugesichert hätte, dass es zwischen uns nie wieder anders sein würde als in diesem kostbaren Moment.

„Du musst am Verhungern sein. Was magst du essen?" Ganz offensichtlich hatte Ryan andere Prioritäten. Er ließ mich los und rückte ein Stückchen Richtung Bettkante, blickte mich fragend an.
Ich wollte nichts sagen, es war mir egal, die Realität gefiel mir nicht, wieso sollten mir solch banale Dinge wie Essen dann etwas bedeuten? Mein Verstand mischte sich ein. >>Wenn du ihm nicht antwortest, wird er sehr bald ausflippen. Das weißt du.<<
„Komm." Ich zuckte zusammen, als er von einer Sekunde auf die andere aufgesprungen war und auffordernd auf mich wartete. „Dann gehen wir eben raus und suchen dir was zu essen." Recht schwerfällig kämpfte ich mich aus dem Bett, er hatte währenddessen den Schlüssel aus seiner Hosentasche gekramt und machte sich an der Türe zu schaffen.
„Fertig?", fragte er, ich nickte und folgte ihm durch den Tourbus nach unten. Ein eisiger Wind begrüßte mich, es

dämmerte schon langsam, als ich meinen Blick durch die Straße schweifen ließ. In der Ferne leuchtete es in verschiedenen Farben, blinkte teilweise, ich erkannte das Logo einer Fast-Food-Kette. Dass die Straße so voller Geschäfte war, war mir zuvor gar nicht aufgefallen. Immerhin hatte ich das Hotel ja sowohl betreten als auch verlassen, der Tourbus hingegen hatte seine Position in der gesamten Zeit nicht verändert.

Sein fester Griff an meinem Oberarm katapultierte mich ins Hier und Jetzt. Sobald ich Blickkontakt zu ihm aufgebaut hatte, ließ er meinen Arm los und umschloss stattdessen meine linke Hand mit seiner eigenen. Ich musste mich zusammenreißen, am besten die letzten Minuten aus meinem Gedächtnis streichen und allem vorweg das tun, was er von mir verlangte. Für Gefühlsduseleien war weder Zeit noch würden diese mir auch nur im Ansatz helfen. Ich schaute ihn an, woraufhin er sich in Bewegung setzte. Anfangs hatte ich etwas Mühe, Schritt zu halten, aber Ryan passte sein Tempo dem meinigen nach ein paar Metern an.

Ich fragte mich, wie wir wohl auf die Menschen um uns herum wirkten. Ein Paar, Händchen haltend – sicher beneidete mich die ein oder andere Frau um den attraktiven Mann an meiner Seite. Fakt war, dass er auffiel und besonders die Damen ihn gerne anschmachteten, auch wenn sie nur flüchtig an uns vorbeischlenderten. Vor einem Café standen ein paar jüngere Mädchen, die mit jedem Schritt, den wir näher kamen, sichtlich nervöser wurden.
„Ich hasse das", murmelte Ryan in meine Richtung. Fest rechnete ich damit, dass man ihn gleich ansprechen, um ein Autogramm und Foto bitten würde, aber den Mädchen reichte

sein Anblick und ihr darauffolgendes Gekichere augenscheinlich aus.

„Fast Food oder Supermarkt?" Er verlangsamte seinen Schritt etwas, visierte mich an. Meine Hand hielt er immer noch fest in seiner eigenen.

„Was du möchtest", antwortete ich, wobei mir schon klar war, dass er das nicht hören wollte.

„Ich habe aber gefragt, was du willst." Als er plötzlich stehen blieb, zuckte ich erschrocken zusammen. Er deutete auf das Haus hinter mir. „Pizza? Darauf hätte ich jetzt Lust."

Nachdem ich keinerlei Einwände äußerte, orderte Ryan unser Essen zum Mitnehmen und wir warteten im Inneren des Restaurants darauf. Beim Verlassen des Gebäudes zog er sein Handy für einen Augenblick aus der Tasche. Mit der Pizzaschachtel in der einen Hand und mir an der anderen wechselte er schnellen Schrittes die Straßenseite und bog in eine kleinere Seitengasse ab. Es war schon recht dunkel und für mein Empfinden wirkten die kleineren Gassen alles andere als vertrauenerweckend.

„Wohin gehen wir?", traute ich mich schließlich zu fragen, zumindest er schien sein Ziel zu kennen.

„Sind gleich da." Noch ein Stück weiter in die Dunkelheit, dann konnte ich einen kleinen See vor uns erkennen. An einem Mäuerchen blieb er stehen, stellte die Pizza ab und ließ meine Hand los.

„Habe ich heute Mittag entdeckt, bevor die nächsten Fans uns belagern und so. Lass es dir schmecken."

- <u>Ryan</u> -

Da saßen sie nun auf dem Mauervorsprung im Schutze der

Nacht, nur eine kleine Straßenlaterne spendete etwas Licht, spiegelte sich in dem Tümpel vor ihnen. Von Weitem waren Motorengeräusche zu hören, ab und zu ein Hupen oder eine Sirene. Ein kleines Fröschlein quakte sein Abendlied, der Ire steckte den letzten Happen Pizza in den Mund und ärgerte sich darüber, dass er kein Bier mitgenommen hatte.
War ich nicht ein Romantiker vorm Herrn?

Während ich Mira zufrieden beim Essen zusah, versuchte mein Hirn, mich irgendwie abzulenken und sich über etwas lustig zu machen – das klappte meist echt gut. Ich hatte für Romantik grundsätzlich herzlich wenig übrig – und dann noch dazu in Bezug auf Mira? Schon zweimal nicht. Ich wollte einzig und allein, dass es funktionierte, dass SIE funktionierte. Nicht mehr und auf gar keinen Fall weniger. Letzte Nacht war mir allerdings irgendwie bewusst geworden, dass auch das mit ihr Grenzen hatte, Grenzen, die ich nicht überschreiten wollte. Sicherlich lechzte ich nach Kontrolle, genoss es, wenn ich Macht ausüben und sie dominieren konnte, aber der Versuch mit diesem Betäubungsmittel hatte ein sehr unschönes Gefühl in mir hinterlassen.
Zu sehen, dass es ihr am Tag danach immer noch sehr schlecht ging und sie kaum ansprechbar war – irgendwo in mir war dann wohl doch so etwas wie ein Gewissen und ebenjenes hatte mich dazu getrieben, mich bei ihr zu entschuldigen. Mein kleiner Wiedergutmachungsversuch hatte keine Wunder bewirkt, sie schien noch immer abwesend, hatte so gut wie nicht gesprochen, aber sie aß zumindest etwas.

***

„Hey Bro, da seid ihr ja endlich!" Mike lehnte am Baum neben dem Tourbus, zog ein letztes Mal an seiner Kippe und schnipste diese auf den Boden. „Wir hatten schon Angst, dass ihr entführt worden seid oder so."

„Von Aliens?", spottete ich zurück. Schon lustig, wie nah man dran sein kann, ohne auch nur den Hauch einer Ahnung zu haben.

Als wir den Bus betraten, jubelten uns die anderen zu. Sie saßen alle um den Tisch herum und mir dämmerte, dass sie vermutlich schon eine Weile auf uns gewartet hatten. Nur Jason starrte uns mit sorgenvoller Miene an. Hätte ich ihm Bescheid sagen sollen? Egal. War alles in Ordnung, es konnte losgehen.

„Wir wollen mit der Playstation zocken, bist du dabei, Mann?" Daniel tippte mit den Fingern auf die Tischplatte und grinste mich auffordernd an. Ich drehte meinen Kopf so, dass ich Mira in die Augen sehen konnte.

„Sie wird's schon verkraften", kommentierte Mike, „oder sie spielt einfach mit."

Eigentlich wollte ich Mira so gut es ging von den Jungs abschirmen, was mir bislang auch gut gelungen war, aber wir waren nun auf engstem Raum beisammen und die Jungs waren meine besten Freunde – sie würden nicht verstehen, wenn ich sie wegen Mira nonstop vernachlässigen und ausschließen würde. Die Zeit drängte, alle Augen waren auf mich gerichtet.

„Was meinst du?" Ich sah wieder zu ihr.

„Geh ruhig zocken, ich lese ein bisschen." Wie hatte sie es geschafft, so überzeugend zu antworten? Die Jungs schienen zufrieden, meine Begeisterung hielt sich zwar in Grenzen, aber ich wusste ja, dass der Bus ein sicherer Ort war und Jason sie sowieso im Auge behalten würde.

- Mira -

Ryan und seine Jungs hatten sich im oberen Teil des Busses rund um einen Fernseher eingefunden und spielten irgendein Autorennen. Es hätte mich nicht weniger interessieren können, aber da sich das Ganze nur ein paar Schritte vor unserem Zimmerchen abspielte und Jason mir sofort gefolgt war, als ich darin verschwinden wollte, entschied ich spontan, dass ich mich auch einfach auf einen freien Sitz zum Lesen hinsetzen könnte. Ich wählte die letzte Reihe, ahnte nach wenigen Sekunden schon, dass Jason hinter mir stehen musste. Mein Blick ging zu Ryan, er war voll in seinem Element. Konzentriert und – ich will es mal untertrieben so nennen – nicht gerade unemotional im Spiel. Kurz gesagt, er fluchte vor sich hin, lachte und feierte sich bei kleinsten Erfolgen aber gleichermaßen.

„Wo wart ihr?" Ich hatte darauf gewartet, war dann aber doch erschrocken, als ich Jasons Stimme so nah an meinem Ohr wahrnahm, sodass ich seinen Atem sogar fühlen konnte.
„Essen", antwortete ich knapp und gänzlich regungslos.
„Ich habe dich im Blick, nur zur Erinnerung." Aus dem Augenwinkel erkannte ich, wie er sich auf der Sitzreihe mir gegenüber niederließ. Ich atmete tief durch und widmete mich den Zeitschriften, die Ryan mitgebracht hatte.

***

Mir war etwas mulmig zumute, als ich die Türe zu dem kleinen Raum hinter mir zuzog. Ich hatte Jason erklärt, dass ich müde war und mich hinlegen wollte. Die Jungs waren nach wie vor mit ihrem Spiel beschäftigt, nebenbei wurden Bier und Wodka in rauen Mengen konsumiert – ich tat also definitiv das Richtige, indem ich mich zurückzog, bevor Ryan der Alkohol zu Kopf steigen konnte. Eine Garantie für meine Unversehrtheit in dieser Nacht gab es natürlich nicht, aber ich musste mein Möglichstes versuchen.

Durch seine Bewegungen, während er es sich im Bett gemütlich machte, wurde ich wach. Ich blinzelte in die Dunkelheit, keine Umgebungsgeräusche. Sein Match war demnach beendet.
„Jetzt hab' ich dich doch geweckt", stellte er fest. Er hob die Decke etwas höher, rutschte noch ein Stück zu mir.
„Hast du gewonnen?" Zaghaft versuchte ich herauszufinden, wie der Abend für ihn gelaufen war.
„Manchmal." Er nestelte an der Decke herum, drehte sich noch ein wenig hin und her. „Es ist spät, lass uns schlafen."
Ich murmelte ein „Okay" in seine Richtung. Bedingt durch die Größe des Bettes war es unmöglich, seine Anwesenheit nicht zu spüren, aber er schien überaus friedlich zu sein und so wollte ich es ihm gleichtun.

„Gottverdammtnochmal!"
Erschrocken zuckte ich zusammen und riss die Augen auf. Etwas verloren blickte ich zu Ryan, der sich nur in seinen Boxershorts gerade zur Türe schleppte. Während er mit einer Hand aufschloss, rieb er sich mit der anderen die Augen.
„Guten Morgen, ihr Turteltäubchen." Ich erkannte Daniels Stimme, freundlich und ein bisschen herausfordernd zugleich.
„Hast du eine Meise, uns mit diesem Gehämmere aus dem Bett zu werfen?" Ryan schien alles andere als positiv gestimmt, aber zumindest schrie er nicht mehr, während er seinen

Bandkollegen fragend ansah.

„Tja, auf andere Weise war euch ja keine Reaktion zu entlocken. Wir erreichen Paris in einer Stunde, ihr solltet noch was frühstücken vorher. Haben wir nämlich vor zwei Stunden schon getan."

Ich schielte in Richtung Türe, Daniel hatte es schon bemerkt und winkte mir kurz zu. Einen Augenblick später trottete Ryan wieder zurück zum Bett.

„Frühstück?" In seinen Augen erkannte ich, dass seine Nacht wohl nicht sehr erholsam gewesen sein konnte. „Wenn ich halbwegs klar denken kann, schaue ich mal unten nach, was die Bordküche hergibt."

Ich räusperte mich. „Ich kann das auch machen, wenn du willst. Dann kannst du dich noch ein bisschen hinlegen."

Sofort starrte er mich an, unnachgiebig und ernst. Ich konnte erkennen, wie er sich das Hirn darüber zermarterte, um herauszufinden, was ich mit meinem Angebot wohl bezwecken wollte und vor allem, wie groß meine Chancen wären. Flucht aus dem fahrenden Tourbus? Vielleicht würde ich seine Freunde als Geiseln nehmen? Oder seinen Kaffee vergiften? Ich hätte mich für meine Worte selbst ohrfeigen können, er bereute sicher in diesem Moment schon jegliche Nettigkeit, die er mir am Tag davor entgegengebracht hatte. In allem, was ich sagte oder tat, konnte er etwas Negatives erkennen, sofern er das wollte und dass dem so war, war deutlich. Er atmete tief ein, hielt meinem Blick immer noch stand.

„Ja, mach das." Seine aufkommende Wut war verschwunden, hatte sich in Luft aufgelöst. Hatte ich ihn richtig verstanden? Logischerweise wusste ich, dass meine Fluchtmöglichkeiten nicht existent waren, aber Ryan nutzte doch eigentlich jede Gelegenheit, um mich zu erniedrigen und mir meine Position

in diesem Spiel aufzuzeigen.
Er ließ sich rückwärts aufs Bett fallen und zog sich die Decke wieder bis über die Schultern. Vorsichtig krabbelte ich aus dem Bett, schnappte mir Pullover und Hose und sah ihn prüfend an, bevor ich durch die Tür verschwand. Er hatte die Augen geschlossen.

Dort, wo vergangene Nacht noch gezockt worden war, lief nun irgendeine Dokumentation. Die Jungs saßen im Raum verteilt herum, schauten entweder TV oder spielten an ihren Handys, soweit ich das beurteilen konnte. Ich heuchelte ein „Guten Morgen" in die Runde, dann nahm ich die Stufen nach unten zu der kleinen Küchenecke.
Kaffee stand in einer Thermoskanne bereit, das war schon mal schön. Prüfend öffnete ich die verschiedenen Fächer und Türen.
„Na, bist du zum Dienstmädchen aufgestiegen?"
Sofort zuckte ich zusammen und machte einen regelrechten Sprung zur Seite. Jason hatte sich lautlos angeschlichen, woher auch immer. Kurzzeitig dachte ich darüber nach, ihm zu antworten, verwarf die Idee aber schnell wieder. Ihm musste ich nichts vormachen, also brauchte ich auch keine Kommunikation zu betreiben. Endlich hatte ich den Kühlschrank entdeckt und zu meiner Überraschung lagerten darin nicht nur Bierflaschen, sondern auch eine Auswahl an vakuumverpackten Sandwiches. Ich griff wahllos nach zweien, klemmte sie mir unter den Arm, damit ich die Kaffeekanne und zwei Tassen ebenfalls tragen konnte, und blieb vor Jason stehen, der mir den Durchgang versperrte. Unsere Blicke trafen sich kurz, nichtssagend. Dann ging er zur Seite und ließ mich passieren.

Ich war erleichtert, als ich die Sachen auf dem kleinen Tisch neben Ryan abstellen konnte. Er streckte sich, gähnte und setzte sich dann auf und mit dem Rücken an die Wand. Ich überlegte, ob ich mich auch wieder ins Bett legen sollte, aber das hätte die Frühstückspläne durchkreuzt und immerhin war ich schon angezogen. Nach kurzem Zögern ließ ich mich auf den Boden sinken und lehnte mich an den Bettkasten. So konnte ich mich um den Kaffee kümmern UND hatte nicht ständig Ryans nackten Oberkörper im Blickfeld. Nicht, dass es kein schöner Anblick gewesen wäre, ich konnte ihn nur unmöglich als attraktiven Mann wahrnehmen. Er war mein Entführer, er hatte mich vergewaltigt und mir unzählige Male wehgetan. Egal wie verzweifelt ich noch werden würde, solange ich auch nur einen Hauch Verstand hatte, würde ich diesen nutzen, um mich selbst davon abzuhalten, ihn als Mann, als potenziellen Partner oder Ähnliches zu sehen.

Ich musste ihn ertragen, seinen Ärger, seine Wut. Außerdem war ich gezwungen, mich in der Öffentlichkeit als seine Freundin zu präsentieren und ja, mir war klar, dass er mir auch körperliche Nähe abverlangen würde, aber ... Meine Gedanken stoppten abrupt. Wieso zur Hölle gingen mir diese Sachen durch den Kopf? Es war doch sowieso sinnlos. Unsere Rollenverteilung hätte klarer nicht sein können.

„Wieso sitzt du auf dem Boden?"
Verwundert blickte ich ihn an. Er hatte die Kaffeetasse mit beiden Händen umklammert, als wolle er sich daran wärmen, seine Stirn lag in Falten und er beugte sich in meine Richtung. Unschlüssig zuckte ich mit den Schultern, es war mir gleichgültig, ob ich auf dem Boden hockte oder wo auch immer. Seine Lippen formten ein leichtes Lächeln, dann zog er die Beine unter der Decke an und tippte mit seiner Hand

fordernd auf den dadurch frei gewordenen Platz auf seiner Bettseite. Kommentarlos stemmte ich mich aus meiner Position so weit nach oben, bis ich mich mehr oder weniger gegenüber von ihm befand. Zufrieden griff er neben sich, füllte meine Kaffeetasse und reichte sie mir. Diese gespielte Höflichkeit war schwer zu ertragen, aber was blieb mir anderes übrig?

***

„So, ich bin dann mal weg." Ryan hatte es geschafft, trotz seiner Müdigkeit rechtzeitig zur Ankunft in Paris geduscht und angezogen und vor allem startklar zu sein. Jason stand zwar noch etwas unentschlossen in dem kleinen Raum, aber ich hatte keine Hoffnung darauf, dass er mir ein bisschen Zeit alleine lassen würde. Oh ja, er nahm seinen Job wirklich ernst.
„Und was machen wir beide mit diesem schönen Tag?", scherzte er, nachdem Ryan gegangen war.
„Was du machst, ist mir egal, aber ich werde mich zu Tode langweilen." Ich schlug die Beine übereinander und ließ meinen Kopf an der Wand hinter dem Bett ruhen.
„Läuft das dann unter Suizid?" Er grinste, als er sich auf Ryans Bett und somit direkt neben mich setzte.
„Noch etwas, das mir vollkommen egal ist", antwortete ich emotionslos.
„Die Prinzessin hat schlechte Laune, verstehe." Er schielte auffordernd zu mir, ich erwiderte seinen Blick zwar, aber mir war die ganze Situation extrem unangenehm. Schon alleine die Tatsache, dass das Ryans Bett und somit eigentlich sein Platz war, löste ein Gefühl der Unsicherheit in mir aus. Bisher war er doch auch auf dem Stuhl sitzen geblieben, wenn er nun Nähe zu mir suchte, konnte das definitiv nichts Gutes bedeuten.

„Wie wäre es mit einem Spiel?"
Ich schluckte hart gegen die aufkommende Übelkeit in mir an und flehte innerlich, dass ich mit meinen Befürchtungen falsch lag.
„Hey!" Seine Tonlage wurde ärgerlicher. Das lief ja bestens. „Du. Ich. Spielen?"
„Nein!", zischte ich. Wie gerne hätte ich etwas in der Art von >>Spiel doch mit dir selbst, du elendiger Mistkerl<< geantwortet, aber das durfte ich nicht. Es war zu gefährlich. Alles.
Er drehte sich etwas mehr in meine Richtung.
„Sei nicht so zickig!", abwertend schüttelte er den Kopf, „ihr Weiber ... wo liegt euer Scheiß-Problem bei Computerspielen?"
„Was?" Ich riss die Augen auf und begann nur langsam, ihm ansatzweise zu folgen. Er musste es wohl anhand meiner Reaktion begriffen haben. Wieder schüttelte er den Kopf, dieses Mal lächelte er aber dabei.
„Ich wollte mit dir Playstation spielen, was dachtest du denn?"

***

Ein paar dumpfe Schläge, gemischt mit Stimmengewirr, ließen mich aufhorchen. Waren die Jungs schon zurück? Ich musste zugeben, die Zeit war schnell vergangen, und nachdem ich mich dazu überwunden hatte, gegen Jason zu zocken, war ich auch froh darüber gewesen, dass ihm die Idee in den Sinn gekommen war. Eigentlich war mein Interesse an diesen Dingen eher begrenzt, aber ein weiterer Tag mit Nichtstun wäre auch alles andere als erstrebenswert für mich gewesen.
Bald öffnete sich die Türe und Ryan sah sich in dem kleinen Zimmer um.
„Alles wie gehabt", stellte er fest, blickte zu Jason. Dieser

nickte zustimmend.

„Wir müssen reden."

Ich ahnte nichts Gutes, so wirklich sicher war ich mir auch nach besagtem Gespräch noch nicht. Ryan hatte erklärt, dass die Band am Abend ganz spontan zu einer Gala des ortsansässigen Musiksenders eingeladen worden war, und sowohl Management als auch die Jungs davon überzeugt waren, dass man erscheinen musste. Nun hätte das für mich prinzipiell nur noch mehr Zeit im Bus bedeutet, wäre da nicht Ryans Forderung gewesen, dass ich ihn begleiten sollte.

Ich versuchte, die Abwechslung als etwas Positives zu sehen, nachdem ich mir einmal mehr seine unzähligen Warnungen und Verhaltensregeln angehört hatte.

Meine Finger schmerzten fast von seinem Griff, er war angespannt und ich versuchte, einfach nur irgendwie mithalten zu können, als wir vor der Konzerthalle aus dem Bus stiegen. Jason blieb wie üblich dicht hinter uns.

Im Inneren herrschte reges Treiben, Menschen waren schon im Vorraum in Gespräche vertieft, tranken ihren vermutlich viel zu teuren Champagner und begutachteten einander kritisch. Vorgespieltes Lächeln gab es hier an allen Ecken und Enden, Damen in schicken Kleidern lästerten über ihresgleichen, die Männer protzten derweil vielleicht mit ihren Besitztümern. Mein Eindruck war sicher nahe an der Realität, auch wenn ich zwischen dem ganzen Französisch immer nur ein paar Brocken in Englisch wahrnahm.

Eine Frau in einem roten Abendkleid kam auf uns zu, gab Ryan die Hand und ein Küsschen jeweils links und rechts auf die Wange.

„Ich freue mich so, dass ihr es möglich gemacht habt." Ihr Akzent war unüberhörbar.

„So ein Event kann man sich ja nicht entgehen lassen", lächelte Ryan, drehte sich dann zu mir. „Das ist Mira, meine Freundin." Mir blieben die Küsschen erspart, weitere Leute gesellten sich zu uns, irgendwie schien es, als wäre es eher eine Veranstaltung für die Manager und Plattenfirmen. Alles ziemlich High Class und ich fühlte mich aus den unterschiedlichsten Gründen nicht wohl. Ferner irritierte mich die Tatsache, dass offensichtlich keine Fans da waren. Gehörten die nicht gerade bei einem Musiksender dazu?

Langsam löste sich der Empfang auf und man begab sich in die eigentliche Halle. Ich war sichtlich überrascht, das hätte ich nicht erwartet. Der Innenraum war mit rotem Samt ausgelegt, überall standen Tischgruppen mit ebenfalls rot gepolsterten Stühlen, alle so angeordnet, dass man von überall her einen Blick zur Bühne erhaschen konnte. Die Decke erinnerte mich an Wolken, Stoffbahnen hingen in verschiedenen Höhen und Formen ein wenig in den Raum hinein, dazwischen strahlten goldene Kronleuchter. Der Sender ließ sich den Abend definitiv etwas kosten.

Während ich noch mit dem Interieur beschäftigt war, hatte Jason unseren Tisch ausfindig gemacht und wedelte uns mit dem Namensschild zu. Ryans erneut fester gewordener Griff riss mich aus meinen Gedanken.

„Was willst du trinken?", erkundigte er sich, nachdem wir uns hingesetzt hatten.

„Die Frage ist wohl eher, was es hier überhaupt gibt. Bier dürfte schwierig werden." Daniel pikste Ryan in die Seite, während er sprach.

„Ob du's glaubst oder nicht, ich konsumiere durchaus auch etwas anderes als Bier", konterte Ryan so, als wäre er gekränkt. Eine Kellnerin trat an unseren Tisch und murmelte

irgendetwas, das ich nicht verstand. Einer der Manager antwortete ihr in für mein Empfinden perfektem Französisch. Kurz darauf kam sie zurück und dekorierte Rot- und Weißwein und Wasser mit den entsprechenden Gläsern auf unserem Tisch. Somit war diese Frage dann also geklärt.
Was die Gala selbst anging, so konnte ich nicht wirklich viel dazu sagen. Warum, war klar: Weil ich nichts verstand.
Ich wunderte mich mehrmals, weil sich mir nicht erschloss, was die Jungs davon hatten, hier zu sein. Sie mussten sich doch auch einfach nur langweilen. Wenigstens hatten die Organisatoren zwischen den vielen Reden auch ab und an einen Musikact eingeplant – das Einzige, was einen am Einschlafen hinderte. Ryan war äußerst wortkarg. Ich konnte mir nicht vorstellen, dass er auch nach zwei Stunden immer noch ständig fürchtete, ich könnte einen Fehler machen.
„Was ist denn los?" Ich hatte mich zu ihm gelehnt und in sein Ohr geflüstert. Sofort drehte er seinen Kopf in meine Richtung. Ich sah die Verwunderung in seinen Augen.
„Nichts? Wieso?"
„Du wirkst, als würde ich hier alles falsch machen und das will ich nicht."
Er zwang sich zu einem kleinen Lächeln. „Nein, alles gut. War ein langer Tag und es kostet mich immens viel Kraft, hier zu sitzen." Er bewegte seine Hand nur ein bisschen, um meine zu streifen, ließ sie dann direkt an meiner ruhen. „Und der Wein ist ekelhaft."
„Okay." Ich musste grinsen, es war gerade leise genug im Raum gewesen und so hatte Daniel seine Erklärung auch verstanden. Es fiel ihm sichtlich schwer, nicht darauf einzugehen, aber als er sah, dass Ryan seine Hand nun auf meine gelegt und sich noch näher zu mir gedreht hatte, gab er es für den Moment wohl auf.

Ein seltsames Gefühl fuhr mir in die Magengegend. Ich gähnte, hatte den Eindruck, dass ich im nächsten Moment einfach vom Stuhl kippen könnte. Es war zu warm und mein Kopf dröhnte.
„Ich muss kurz zur Toilette", erklärte ich. Ryan richtete sich auf und war sofort im Begriff, mir zu folgen. Ich war gerade am Aufstehen, da mischte sich einer der Manager ein.
„Nein. Du bleibst hier. Die machen jetzt gleich die Liveschaltungen."
Ryan schluckte, zögerte, versuchte in meinem Blick zu lesen. Ich hingegen nutzte den Moment, stand auf und eilte zur Tür. Als ich zurückblickte, saß Ryan noch auf seinem Platz. Ich winkte kurz, hoffte, dass er mir einfach mal vertrauen würde und verschwand in den gänzlich menschenleeren Vorraum der Halle. Das viele Licht und die weißen Wände irritierten meine Augen, aber die weitaus kühlere Luft war wunderbar. Ich folgte den Schildern zur Toilette, ließ mir kaltes Wasser über die Arme laufen und hoffte darauf, dass mein Körper wieder in den Normalzustand zurückfinden würde.

Nach ein paar Minuten machte ich mich auf den Rückweg. Jetzt erst erkannte ich die Bar und die Ledersessel davor in der Lobby. Zuvor hatten die ganzen Menschen die Sicht darauf versperrt. Die große Glasfront auf der anderen Seite lud zum Verweilen ein. Es war zwar dunkel draußen, aber gerade das machte es besonders. Ich stützte mich mit den Händen aufs Fenstersims und blickte über die Lichter von Paris. War mir gar nicht aufgefallen, dass wir auf einem Hügel waren.
Ich empfand mich als klein und unscheinbar, fragte mich, ob es noch irgendjemanden da draußen gab, dem es ähnlich ginge wie mir. Ich wünschte das keinem, aber insgeheim wollte ich mich in meiner Lage nicht mehr länger alleine und ausgeliefert fühlen. Ich musste schlucken, es war, als zöge eine dunkle

Wolke über mir auf. Schwäche übermannte mich, ich wollte mich zu Boden sinken lassen und weinen. Jetzt. Sofort.

„Weglaufen gilt nicht." Eine männliche Stimme erschreckte mich. Blitzschnell drehte ich mich um und blickte in unbekannte, dunkelbraune Augen. „Alles okay?" Der Fremde schien besorgt.
„Ähm." Ich räusperte mich. „Ja. Sicher." Es war mir äußerst peinlich, seine Aufmerksamkeit erregt zu haben. Sofort griff er mit dem Arm an mir vorbei in die Luft, mit einer gekonnten Bewegung hatte er das Fenster geöffnet.
„Miese Luft da drinnen, die Frische tut dir sicher gut. Ich bin übrigens Brendon." Er streckte mir die Hand entgegen. Ich zwang mich zu einem Lächeln und tat es ihm gleich.
„Mira. Und danke."
„Nicht dafür!" Seine Augen funkelten, er hatte eine unheimliche Präsenz, wirkte freundlich und ehrlich auf mich. Die Brise, die durchs Fenster hereinkam, war eisig, doch ich hatte den Eindruck, dass sich meine Gedanken etwas ordneten. Bald würde ich wieder zu Ryan gehen können und den Rest des Abends durchstehen.
„Soll ich dir etwas zu trinken holen? Ein Glas Wasser oder so?" Fragend sah er mich an, zwinkerte dann herausfordernd. „Wir haben die Bar für uns – es sei denn, du ziehst die Franzosen einem Drink mit mir vor."
Ich dachte nicht nach, schüttelte automatisch den Kopf. Nein, zurück wollte ich nicht wirklich, auch wenn ich es besser hätte tun sollen.
„Sehr gut. Was darf es sein? Champagner? Einen Cocktail?" Brendon deutete mit der Hand zur Bar, jetzt erkannte ich die Getränkekarte des Abends. >>Es ist nur ein Drink, Ryan ist beschäftigt<<, versuchte ich mich selbst zu beruhigen. Mein

Bauchgefühl protestierte, wusste, dass Ryan nicht erfreut darüber sein würde.

„Tequila Sunrise", antwortete ich reflexartig, wenn Alkohol, dann schon etwas, das mir die Anspannung ein wenig nehmen konnte. Brendon hatte die wenigen Schritte zur Bar sofort genommen und bei der einsam und gelangweilt wirkenden Dame hinter dem Tresen bestellt. Ich seufzte und nahm einen letzten Atemzug vor dem Fenster, machte mich dann auch auf den Weg und setzte mich auf einen der Ledersessel.

„Bonjour Mademoiselle", grinste der immer noch Fremde und reichte mir das hübsch dekorierte Glas mit dem angenehm fruchtig duftenden, orangefarbenen Cocktail.

„Oh bitte." Ich verzog gespielt angeekelt das Gesicht. „Ich kann's nicht mehr hören."

„Oui." Er streckte mir die Zunge raus und setzte sich mir gegenüber hin. „Damit wären alle mir bekannten Worte in dieser Sprache aufgebraucht und du hast nichts mehr zu befürchten."

„Ein Glück." Ich nahm einen großen Schluck vom Tequila. Das tat wirklich gut, vor allem weil mir der Wein auch so gar nicht gemundet hatte und ich bis auf ein paar Schlückchen Wasser den gesamten Abend über noch nichts getrunken hatte. Möglichst unauffällig musterte ich Brendon. Er lächelte zufrieden, nippte an dem Whiskey in seiner Hand. Mit seinem jungenhaften Charme konnte er die Mädels definitiv reihenweise um den Finger wickeln. Offenbar war das nicht mal seine Masche, sondern einfach er selbst. Ich nahm ihm seine Hilfsbereitschaft jedenfalls sofort ab und ich wünschte mir in diesem Moment, dass wir uns einfach irgendwo getroffen hätten. An einem anderen Ort, in einer anderen Situation. Wenn meine eigene Lage eine andere gewesen wäre.

„Du warst vorhin auf der Bühne", stellte ich fest.

„Gut möglich. Das mache ich ab und an. Geht's dir schon besser?"
„Ja, tut es, danke dir." Es war nicht schwer, freundlich zu ihm zu sein. Seine Warmherzigkeit war regelrecht entwaffnend.

- Ryan -

Ich tippte mit den Füßen auf den Boden, immer schneller, ein dauerhafter Rhythmus meiner Nervosität. Gleich würde mir endgültig der Kragen platzen. Wo blieb sie? Seit ihrem Verschwinden waren gut und gerne 10 Minuten vergangen, Jason war ihr in knappem zeitlichen Abstand gefolgt, aber warum zur Hölle kamen sie nicht zurück? Wollte sie abhauen? Vielleicht hatte er sie nicht mehr eingeholt? Oder es war zu einem Kampf gekommen? Was, wenn sie da draußen irgendjemandem von der Entführung erzählt hatte? Ich bebte innerlich, drohte zu explodieren. Kurz sah ich zu den anderen, ihr Blick war auf den Laudator gerichtet.
Ich griff zu dem Glas Wein vor mir, leerte es in einem Zug und sprang auf. Was kümmerte es mich schon, ob ich in einem Zwei-Sekunden-Einspieler der Gala zu sehen war? Es gab weitaus Wichtigeres. Wenn Mira meine Karriere zerstören würde, hätte ich definitiv größere Probleme.

Ich riss die Tür nach draußen regelrecht auf. Sofort erblickte ich sie. Ihre Augen sprachen Bände. Sie trank einen Cocktail – mit einem anderen Mann. Ich zögerte keine Sekunde, hastete zu den beiden hinüber.
„Was wird das hier?" Ernst starrte ich sie an.
„Hallo Ryan." Jetzt erkannte ich ihre neue Begleitung, Brendon. Wir waren sogar mehr oder weniger Kollegen. Selbe Branche, ähnliche Musik. Er war ebenfalls Leadsänger. Er stand auf und

klopfte mir freundschaftlich auf die Schulter.

„Hey Mann." Ich begrüßte ihn mit aufgesetztem Lächeln. „Lange nicht gesehen. Versuchst du mir hier meine Freundin auszuspannen?"

„Aber immer doch. Ich stelle mir daheim gerade einen Harem zusammen." Für seinen Humor hatte ich so gar nichts übrig, doch ich musste erst mal herausfinden, was Mira ihm gesagt hatte, und ob er irgendeine leise Ahnung davon hatte, was vor sich ging.

„Wie geht es Lara? Ist sie nicht dabei heute?" Ablenkung ...

„Gut, gut, nein, sie ist zu Hause. Haben keinen Hundesitter gefunden und ich bin auch nur ein paar Tage weg", erklärte er. Ich hegte die leise Vermutung, dass Mira noch keine Zeit dazu gehabt hatte, ihm etwas zu erzählen, denn Brendon war so scheißfreundlich wie eh und je. Mit seinem Helfersyndrom hätte er sicherlich keine gute Miene zum bösen Spiel machen können.

Mira hatte sich während des Gesprächs kaum bewegt, saß wie angewurzelt da und rührte mit dem Strohhalm in ihrem Cocktail. Für einen Augenblick überlegte ich, ob ich Brendon noch ein bisschen ausfragen sollte – schließlich wusste ich immer noch nicht, wieso er hier mit ihr saß und sie Alkohol tranken, aber dann entschied ich, dass es gar nicht wirklich eine Rolle spielte. Ich war innerlich immer noch am Durchdrehen, meine Wut war kaum zu kontrollieren, und selbst wenn es gerade so wirkte, als bestünde kein großer Grund zur Sorge, so wollte ich doch eigentlich nur eines: sie hier wegschaffen.

„Wieso bist du nicht zurückgekommen?" Ich musste mich zwingen, so normal wie möglich zu sprechen.

„Mir ging es nicht gut, die Luft drinnen. Mir war übel." Sie schluckte, ihre Augen wirkten müde.

„Verstehe." Ich griff nach ihrem Handgelenk, um sie so zum Aufstehen zu bringen. Sie verstand die Geste und gab nach.

„Trink deinen Cocktail aus, dann gehen wir", murmelte ich ihr ins Ohr, während ich ihr nahe kam. Wir lösten uns für einen Moment voneinander, zu meiner Überraschung nahm sie einen letzten Schluck aus dem Glas.

„Danke dir fürs auf sie aufpassen." Meinen Spott hatte er wahrscheinlich nicht mitbekommen, schnell hatte ich Miras Hand mit meiner umschlossen und drängte sie zu dem Gang, der Richtung Ausgang führte. Ich hatte ihr keine Chance zum Verabschieden gegeben, mir reichte es. Raus hier, sonst würde ich mich vergessen. Nach ein paar Metern erschien Jason hinter einer Säule.

„Tauchst du auch mal wieder auf?", schrie ich ihn an, „dafür bezahle ich dich nicht."

„Hey, hey, langsam. Es ist nichts passiert." Er wollte beschwichtigen.

„Richtig – weil ICH mich selbst darum gekümmert habe." Ich warf ihm einen bösen Blick zu, selbst er hatte Mühe, mein Tempo zu halten. Mira hatte ich mit einem kräftigen Ruck weitergezerrt, sie war für ihre Verhältnisse viel zu ruhig und kooperativ. Hatte sie doch etwas erzählt? Wog sie sich in Sicherheit, weil sie wusste, dass Brendon ihr helfen würde?

„Ryan, bleib doch mal stehen!" Mit einem kleinen Sprung hatte er mir den Weg versperrt. „Kein Grund zur Panik. Ich war die ganze Zeit da und habe sie beobachtet. Es konnte nichts passieren."

Wütend schüttelte ich den Kopf. „Raus hier, in den Bus. Ich halte es keine Minute länger in diesem Loch aus." Während die Türsteher vor der Halle uns fragend anglotzten, entknitterte ich einhändig das Päckchen Zigaretten in meiner Hosentasche. Mit

der anderen hielt ich Mira so fest, als könnte selbst der Wind sie mir in der nächsten Sekunde entreißen wollen.
Ich schlug meine Faust mehrmals an die Bustüre, dann erschien unser Fahrer endlich dahinter und öffnete.
„Ist die Party schon vorbei?" Er gähnte und rieb sich die Augen.
„Nein, sie fühlt sich nicht gut, die anderen bleiben noch." Ich lotste Mira an mir vorbei zur Treppe. Während sie nach oben ging, konnte ich mir endlich eine Kippe anzünden.
„Zu dir komm' ich später." Ich zog die Tür zu meinem Zimmer zu und verschloss sie von außen. Mira hatte mich eingeschüchtert und mit fragendem Blick angesehen, als ich sie mehr oder weniger hineingestoßen hatte, um sie dann einzusperren.

Ich sprang leichtfüßig aus dem Bus, lehnte mich an die Seitentür und beobachtete den Rauch, der in kleinen kreisähnlichen Bewegungen in die Luft stieg. Jason stellte sich neben mich.
„Es tut mir wirklich leid, ich wollte dich nicht so beunruhigen, aber ich hatte alles im Griff." Er wartete wohl auf eine Reaktion von mir. „Ich habe jedes einzelne gesprochene Wort verstanden. Es gibt keinen Grund zur Sorge."
„Ah ja." Ich machte einen letzten Zug, bevor ich die Zigarette auf den Boden schnipste. „Und wenn sie etwas erzählt hätte? Wenn sie die Polizei gerufen hätte oder das Naheliegendste – was, wenn sie einfach versucht hätte, wegzulaufen? Hättest du dich dann vor den Augen der Security auf sie gestürzt, oder was?"
„Wenn es keine andere Möglichkeit gegeben hätte, ja, sicher. Aber es bestand zu keiner Zeit Grund zur Annahme, dass sie flüchten würde."

„Und das machst du Klugscheißer woran genau jetzt fest?",
zornig musterte ich ihn, „an deiner grenzenlosen Erfahrung?"
„Das auch, aber Logik tut es in diesem Fall genauso." Er
seufzte. „Wenn sie hätte weglaufen wollen, dann hätte sie es
einfach getan. Sie wäre nicht auf die Toilette gerannt, hätte
nicht 5 Minuten am Fenster gewartet und den Drink hätte sie
definitiv abgelehnt. Sie wäre einfach gegangen und ich hätte
sofort eingegriffen und das verhindert."
Ich atmete tief durch. „Du marschierst jetzt wieder rüber in die
Halle, sagst den anderen, dass ich bei Mira bleibe und dann geh
meinetwegen auf die After-Show-Party. Wir fahren heute
Nacht noch weiter, in der nächstgrößeren Stadt setzen wir
euch am Flughafen ab und du bringst sie zurück nach Dublin.
Ich kann so nicht arbeiten."

- Mira -

Ich saß auf der Bettkante und hielt mir die Hände vor die
Augen.
„So eine Scheiße", flüsterte ich mir selbst zu. „Ich bin so was
von bescheuert. Das musste ja schiefgehen."
Das Geräusch des Schlüssels in der Tür bewahrte mich vor
weiteren Selbstgesprächen. Ryan trat herein, schloss wieder ab
und ließ den Schlüssel wie üblich in seiner Hosentasche
verschwinden. Wie selbstverständlich probierte ich zu
analysieren, in welcher Stimmung er sich befand und wie
gefährlich es für mich werden würde. Zu meiner
Verwunderung blieb er an der Tür stehen, lehnte sich mit dem
Rücken daran und verschränkte die Arme. Dann beobachtete
er mich. Finster, streitsüchtig und unberechenbar. Ich wollte
ihm ausweichen, seine Wut weder sehen noch fühlen.
Schuldbewusst senkte ich meinen Blick, sortierte die Worte in

meinem Kopf, in der Hoffnung, die zu finden, die ihn etwas besänftigen könnten, doch mein Hirn verweigerte seinen Dienst.

„Sieh mich an, verdammt", forderte er mehr als unfreundlich. Seine Augen hatten diesen bedrohlichen Schimmer, den ich schon einige Male darin gesehen hatte. Eine unbestreitbare Warnung seines Körpers für jeden, der sich ihm in den Weg stellte.

„Und jetzt? Wo bleibt denn dein Gebettele?" Er rührte sich nicht von der Stelle. „Soll ich dir auf die Sprünge helfen?" Er stöhnte kurz auf. „Ryan ... bitte ... So fängst du für gewöhnlich an", äffte er mich mit gequälter Miene nach.

Ein Schmerz tief in mir ließ mich erschaudern. Er machte sich über mich und meine Not lustig und das nicht nur jetzt. Vielmehr schien es, als hätte er das schon die ganze Zeit über getan. Jedes Mal, wenn ich ihn hilflos anflehte, hatte er sich darüber amüsiert. Ich fand keine Erklärung, keine Beschwichtigung oder Entschuldigung, die ich ihm hätte liefern können. Zu sehr verletzte mich die Tatsache, dass er mir mit diesem kleinen Satz so viel mehr gezeigt hatte, als mir lieb war.

„Du bist ..." Ich kämpfte mit aller Kraft gegen die Tränen an, die sich in meinen Augen anstauten, „... böse."

„Und du bist MEIN. Nur vergisst du das immer wieder." Seine Gesichtszüge waren angespannt, ich ging stark davon aus, dass er mich gleich körperlich angehen würde. Das schien ja sein Ding zu sein, zudem dass er mich psychisch komplett ruinieren wollte, setzte er – vermutlich zur Verdeutlichung seiner grenzenlosen Macht – auch immer noch ein paar Handgreiflichkeiten drauf.

„Wie könnte ich etwas vergessen, das du mir dauernd aufs Neue demonstrierst?" Auch wenn ich ihm gegenüber in jeglicher Hinsicht unbewaffnet war, so sammelte sich doch gleichwohl irgendwo in mir Wut an. Auf ihn, auf die ganze Situation und auch auf mich selbst. „Ich weiß, ich darf weder von deiner Seite weichen noch mit jemandem sprechen, aber ich habe es trotzdem getan. Mir war von Anfang an klar, dass es ein Fehler war und du sauer sein würdest. Ich weiß nicht, warum ich nicht anders gehandelt habe. Vielleicht wollte ich einfach höflich sein. Keine Ahnung."

Einen Moment lang verharrte Ryan noch in seiner Starre, dann ließ er die Arme langsam sinken. Er machte einen Schritt auf mich zu, hielt den Blickkontakt zu mir konstant aufrecht, reichte mir schließlich auffordernd eine Hand. Ich zögerte. Es ging um Sekunden, ich durfte nicht warten. Wenn ich seinem Wunsch nicht nachkommen würde, würde er vielleicht direkt ausholen und mir ins Gesicht schlagen. Vorsichtig berührte ich seine Haut mit meinen Fingern. Wahnsinnig schnell hatte er es geschafft, mit einer einzigen Bewegung mein Handgelenk zu greifen und mich vom Bett aufzuziehen, bis ich vor ihm stand. Seine Aktion war alles andere als sanft, mein Arm tat aufgrund seines Zupackens weh und ich hatte Mühe, meine Angst im Zaum und mich auf den Beinen zu halten.

„Höflich wolltest du sein, hm?" Seine Worte waren scharf wie Messer. „Hat er dir gefallen, der Brendon? Sollen wir fragen, ob er dich vielleicht doch für seinen Harem abkaufen möchte?"

„Hör bitte auf damit." Ich realisierte, dass ich schon wieder bettelte, aber es war mir egal. Er zog mich noch ein Stückchen weiter zu sich. Viel zu nahe.

„Du sagtest doch, ich bin böse. Böse Menschen tun so etwas nun mal." Während er sprach, hatte er sich mir immer mehr genähert. Wir standen so eng beieinander, dass ich seinen

Atem auf meiner Haut fühlen konnte. Ihm genügte das bei Weitem nicht. Seine Haare kitzelten mich an der Wange, sein Mund war dicht an meinem Ohr.
„Heute bin ich sehr böse", flüsterte er in einer Art und Weise, die gefährlicher nicht hätte sein können. Unverzüglich reagierte mein Körper mit Gänsehaut und das Gefühl von Angst fuhr mir in den Magen.
Ich zuckte zusammen, als er mit der anderen Hand mein bis eben noch freies Handgelenk umschloss und mich die letzten wenigen Zentimeter zu sich zwang. Ohne Vorwarnung presste er seine Lippen auf meine, kompromisslos und fordernd. Er hielt kurz inne, küsste mich noch hemmungsloser und beendete seine Aktion, indem er mir für seine Verhältnisse viel zu vorsichtig in die Lippe biss.
Ich stöhnte auf, das war sicher erst der Anfang. Das bewies er natürlich direkt. Mir einem kräftigen Ruck hatten wir die Seiten gewechselt, er presste mich mit meinen Händen über dem Kopf an die Türe. Wieso war ich außer Atem? Klar, ich hatte nicht direkt das hier erwartet, aber ich musste mich beruhigen – und das möglichst zeitnah. Ich wendete meinen Blick von seinen Augen ab, dahin, wo er seine Hände so fest um meine gelegt hatte, dass ich schon ein Kribbeln in den Fingerspitzen bemerkte.
„Versuch's doch", stichelte er mit hinterhältigem Gewinnerlächeln. Das würde ich nicht tun, ich wusste ja, dass er mir kräftetechnisch überlegen war. Es ging für mich nur ums Durchhalten, je weniger Widerstand ich leisten würde, desto schneller wäre es vorbei.
„Du denkst an ihn, oder?", provozierte er mich. Mir fiel auf, dass ich ihn problemlos hätte treten können. Schade um die Mühe, was hätte das gebracht außer noch mehr Ärger?
„Als ginge es um Brendon", zwar flüsterte ich, aber er hatte

mich trotzdem verstanden, da war ich mir sicher. Er widmete sich meinen Armen, griff derart zu, dass er mir die Handgelenke übereinander festhielt. So benötigte er nur eine seiner Hände, um mich an die Türe drücken zu können. Wieder ließ ich eine Chance auf Gegenangriff verstreichen. Seine Finger fuhren über mein Gesicht, die Wange hinunter, über meinen Mund. Er folgte mit seinen Augen aufmerksam dem eingeschlagenen Weg.
Abrupt packte er mich am Hals, unsere Blicke trafen sich automatisch. Ich keuchte kurz, versuchte den Hustenreiz zu unterdrücken. Zugegebenermaßen hätte sein Griff bedrohlicher sein können, dennoch wusste ich um das Minimum an Mehraufwand, den es brauchte, um mich zu töten. „Na komm, enttäusch mich nicht. Dein Einsatz: Ryan ... bitte ..." Das wohl grausamste Déjà-vu, das ich mir vorstellen konnte. Warum tat er das? Eine Träne suchte ihren Weg über meine Wange, zerschellte auf seinem Arm.
„Du bist gemein." Es war nur ein Wispern.
„Ich möchte dir diesen Weiberhelden Brendon und alle anderen Typen aus deinem hübschen Kopf vögeln!" Mein Innerstes verkrampfte sich bei seinen Worten schlagartig. „Bis du endlich kapierst, dass es nur noch mich und meine Wünsche in deiner Welt gibt."

Ich schloss die Augen, wollte weder die Situation noch seinen Blick weiterhin ertragen. Eine sichtlich blöde Idee, er musste sich dadurch noch bestätigt fühlen, aber irgendwie brauchte ich eine – wenn auch nur minimale – Auszeit, sonst würde ich womöglich innerlich zerbrechen. Meine Atmung war flach, die einzige Chance, um bei Bewusstsein zu bleiben. Ob er mich nun mehr würgte als zuvor oder weniger, konnte ich gar nicht sagen. Es war auch egal, meine Seele, mein Herz musste sich schützen, abschalten und einen Weg finden, um mich von dem zu distanzieren, was gerade ablief und vor allem auch von dem, was noch passieren würde, denn Ryan hatte seine Absichten ja klar geäußert.

Mit einer ruppigen Bewegung wurde ich aus meinem mentalen Exil gerissen. Er stieß mich rückwärts aufs Bett, folgte mir auf der Stelle. Ich versuchte meinen Oberkörper wieder aufzurichten, aber er drückte mich mühelos zurück in die Kissen.
„Wage es nicht, dich zu bewegen", drohte er mir, während er sich im Schneidersitz neben mich aufs Bett setzte. Ich war aufgebracht, außer Atem und meine Position war mehr als bescheiden. Auf dem Rücken zu liegen, hatte etwas von Ausgeliefertsein, von Hilflosigkeit. Emotionslos musterte er mich. Mit einer Hand strich er dann von meinem Knie aus nach oben. Ich hatte zwar noch mein Outfit von der Gala an – Leggins und kurzes Kleid –, dennoch fühlte sich jede seiner Berührungen an, als wäre ich vollkommen nackt. Seine Hand fand den Weg unter mein Kleid, streichelte meinen Bauch.
Ich begann leicht zu zittern – merkte er das nicht? War es ihm egal? Langsam erkundeten seine Finger weiter, er zeichnete die Spitzenränder meines BHs nach, schob diesen anschließend unvermittelt nach oben und begann, federgleich über meine Brust zu streifen.

„Du bist eifersüchtig, dabei gehöre ich dir." Ich zuckte bei meinen eigenen Worten erschrocken zusammen. Eigentlich waren es nur Gedanken und sollten nicht ausgesprochen werden. Ryan ließ sich nicht beirren, er sah nicht einmal zu mir auf.
„Und wie du das tust. Alles von dir." Fast spielerisch kniff er

mir in die Brust. „Das." Seine Finger wanderten über mein Kleid nach oben, er griff grob nach meinem Hals und drückte im Vergleich dazu regelrecht leicht zu. „Dein Hals. Auch meins." Gleichgültig blickte er mir in die Augen, ließ meinen Hals los, um mit seiner Hand durch meine Haare zu fahren. Er zog eine Strähne in seine Richtung, drehte sie hin und her, als wäre sie etwas furchtbar Kostbares. „Selbst deine Haare sind, um genau zu sein, mein Eigentum."
Ich schluckte, die ruhigen Momente waren die gefährlichsten. Mit den Fingern an meinem Kinn hielt er mich, kam näher und presste seine Lippen auf meine. Ich wollte das alles nicht, was er tat und wie es sich anfühlte. Während er mich erneut und um einiges fordernder küsste, fiel mir auf, dass er im Begriff war, sich neben mich zu legen. Sicher hatte er einen genauen Plan im Kopf, was er nun als Nächstes tun würde.
Wieso ließ er sich Zeit? Könnte er nicht einfach zum Punkt kommen, statt mich immer weiter hinzuhalten? Wir wussten doch beide, dass er mich vergewaltigen wollte, also worauf wartete er dann? Die Antwort war kinderleicht und ich kannte sie bereits – er tat es, weil es mich fertigmachte. Er spielte mit mir, das war genau seine Art der Folter.

Ich zuckte zusammen, seine Hand hatte meine empfindlichste Stelle berührt. Definitiv nicht unabsichtlich. In seinen Augen spiegelte sich seine Intention, die Macht, die er so sehr begehrte. Er ließ mich kurz Luftholen, während sich seine Finger langsam, aber zielsicherer zwischen meinen Beinen bewegten. Leise wimmerte ich, wollte mich bewegen und ihm entkommen. Er hörte auf der Stelle auf, kam mit seinem Mund an mein Ohr.
„Schlaf mit mir!" Sein Atem kitzelte auf meiner Haut. Bevor ich etwas entgegnen konnte, küsste er meinen Hals. Mein

Körper reagierte sofort. Ich hatte Gänsehaut, zitterte bei jedem Hautkontakt, und auch wenn ich es nicht wahrhaben wollte, so drückte er jeden erdenklichen Knopf, um mich anzuturnen.
„Du gehörst nur mir alleine." Seine Aussage schien wie in Stein gemeißelt, etwas, das unbestreitbar eine Tatsache war.
Ich hatte es schon lange vor der Entführung gewusst, mein Herz gehörte ihm. Nach allem, was er mir angetan hatte, schienen da trotzdem immer noch Gefühle zu sein.
Der Moment, in dem er damals aus meinem Leben verschwunden war, hatte für mich alles verändert. Es hatte mir den Boden unter den Füßen weggezogen. So schnell, so ungewollt war er ein Teil meines Lebens geworden. Nein, er war nicht Teil davon geworden. Er WAR mein Leben. Der Fremde aus dem Chat. Der, der mich ohne ein Wort verlassen hatte. Der Mann, der mich entführt hatte und mich eigentlich umbringen wollte.

Während er mir spielerisch in den Hals biss, fuhren seine Fingerspitzen in meinen Slip. Scharf zog ich die Luft durch meine Zähne ein, er hielt erneut inne. Mein Körper flehte nach mehr, bebte und wäre auch bereit gewesen, wirklich darum zu betteln, während mein Verstand NEIN schreien und mich endlich aus diesem Albtraum aufwecken wollte.
Würde ich mich hingeben, tun, was er wollte, dann wäre zumindest er zufrieden. Das käme mir doch zugute.
>>Du willst mit ihm schlafen? Hast du vergessen, was er dir angetan hat und immer noch antut? Jede Sekunde. Er hat dich doch schon vergewaltigt. Du kannst dich ihm unmöglich so hingeben!<< Meine Gedanken rasten genauso schnell wie mein Herz, ich wusste nicht, was ich tun sollte und noch viel weniger wusste ich, was ich überhaupt tun konnte. Ich schluckte, unsere Blicke trafen sich. Ryan grinste frech. Die

Bewegung seiner Finger fiel sicher nur minimal aus, aber ich musste dennoch die Zähne zusammenbeißen, um mir ein Aufstöhnen verkneifen zu können.

Nichts. Gar nichts hatte ich gefühlt, damals in dieser Nacht. Nicht einmal mehr Angst. Er hatte mich so lange gequält und regelrecht vorgeführt, bevor er sich genommen hatte, was er wollte. Bevor er mich vergewaltigt hatte. Eigentlich sollte ich ihm dankbar dafür sein, dass er mir so zugesetzt, mich fast erwürgt hatte vor dem eigentlichen Akt, vorm Erreichen seines Ziels – nur so war es mir möglich gewesen, mich mental aus der Situation zu lösen.

Kalte Lippen auf meinen brachten mich für eine Sekunde zurück in die Realität. Seine Hände hatten sich meinen Brüsten gewidmet, erforschten meinen Körper, als wäre es das erste Mal.
Lüge. Eine einzige Lüge. Ich hatte mich nicht gewehrt, aber ich hatte es geschafft, die Erinnerungen an einem Ort aufzubewahren, den ich nicht allzu oft besuchen würde. Die Angst, die Folgen meines Fehlverhaltens – hatte ich die Vergewaltigung nur deshalb verdrängen können, weil mich alles andere weitaus mehr ängstigte und schockierte?

„Oh nein, du bleibst genau hier." Ryans Stimme kam einer Drohung nahe. Erschrocken zuckte ich zusammen, starrte ihm in die Augen. Er atmete enttäuscht und gespielt theatralisch aus, richtete sich auf und fuhr sich mit den Händen durch die Haare. Kurz darauf erhob er sich, knöpfte seine Jeans auf, zog sie aus und ließ sie zusammen mit seinem Hemd einfach auf dem Boden vor seinen Füßen liegen.
Ohne mich eines Blickes zu würdigen, verschwand er in dem

kleinen Badezimmer. Auf dem Rückweg zum Bett blieb er an einem der Schränke stehen. Als er sich dann wieder zu mir umdrehte, erkannte ich, dass er sich eine Flasche Whiskey geholt hatte. Noch bevor er auf dem Bett zu liegen kam, hatte er sie aufgedreht und den ersten Schluck direkt aus der Flasche genommen.
>>Das hast du nun davon – wird eine tolle Nacht werden, wenn er sich jetzt abschießt<<, warnte mich mein Verstand. Vorsichtig beobachtete ich ihn, er nestelte an der Decke herum, vergrub letztendlich seine Füße darunter und trank erneut. Bedächtig rutschte ich zur Bettkante, wartete eigentlich nur darauf, dass er mich zurückhalten würde, aber als mir klar wurde, dass er das nicht tun musste, weil ich ihm in diesem winzigen Raum sowieso nicht entkommen konnte, ging ich ins Bad.
Es war nicht leicht, dem Drang zu widerstehen. Zu gerne hätte ich die Tür von innen irgendwie blockiert. Ganz egal wie, nur Zeit gewinnen. Ryan war wütend und im Begriff, sich zu betrinken. Wenn man alle Komponenten zusammenzählte und mit meinen bisherigen Erfahrungen abglich, wäre es gut und gerne möglich, dass diese Nacht alle vorherigen noch toppen würde. Seine Eifersucht war zwar unbegründet, aber dennoch vorhanden und irgendwie in Anbetracht seiner Macht über mich auch regelrecht krankhaft.
Für einen kurzen Augenblick hatte er mir vorgespielt, ich hätte eine Wahl. Er hatte mich aufgefordert, mit ihm zu schlafen. Ich hatte nicht zugestimmt. So gnädig würde er nicht noch einmal sein, ganz im Gegenteil. Er würde mich dafür und für alle anderen kleinen oder großen Fehler büßen lassen – auch wenn die meisten davon ohnehin nur in seinem Kopf existierten.

Ich ließ kaltes Wasser über meine Hände laufen, befreite mein

Gesicht dann vom Make-up und sah den Tatsachen ins Auge – ich musste es über mich ergehen lassen.

Schon wieder wollte mein Hirn über verschiedene Möglichkeiten nachdenken. Wie könnte ich mich verhalten? Welche Reaktion war von ihm zu erwarten? Sollte ich mich ausziehen? Würde ihn das ablenken und eher provozieren? NEIN! Ich musste das stoppen, es war so nutzlos und verschwendete meine Energie.

Ohne zu zögern, öffnete ich die Badezimmertür und blickte zu ihm. Er hatte die Flasche gerade wieder angesetzt und schielte aus dem Augenwinkel herüber. Langsam entkleidete ich mich bis auf die Unterwäsche, setzte mich dann zu ihm aufs Bett. Möglichst vorsichtig kam ich ihm näher, hob die Decke etwas an und kroch darunter. Er hatte den Hals der Whiskeyflasche immer noch mit einer Hand umschlossen, hielt den anderen Arm aber so, dass ich mich darauf niederlassen konnte. Seine Haut war warm, der Kontakt mit ihr löste ein seltsames Gefühl in mir aus. Eine Mischung aus Wohlbehagen und Angst. Was davon überwog, konnte ich nicht sagen.

„Es tut mir leid", flüsterte ich, ohne zu wissen, was mich dazu gebracht hatte. Er lehnte seinen Kopf an meinen.
„Mir auch. Vermutlich erwarte ich zu viel von dir." Ich erkannte, wie er die Flasche einmal mehr zu seinen Lippen führte. Ich versuchte, mich so weit aus seiner Umarmung zu lösen, dass ich ihn ansehen konnte, aber er hielt mich – wenn auch mit wenig Druck – davon ab.
„Du brauchst eben Zeit. Viel Zeit. Aber wir haben ein ganzes Leben lang Zeit, nicht wahr?" Die Bedeutung seiner Worte wurde mir viel zu schnell klar, ein ganzes Leben, für immer. So. Mit ihm. Als seine Gefangene. Daran würde sich nichts ändern. Würde er mir jemals ein paar Freiheiten zugestehen? Oder mir

auf Augenhöhe entgegentreten? In meinem Inneren spielte sich die Situation von kurz vorher immer wieder ab, wie er sich über mich und mein Betteln lustig gemacht hatte. Wie armselig es sich anfühlte, ich war nichts für ihn. Ein Spielzeug.
Exakt so, wie er es bei unserem ersten persönlichen Kontakt bereits klargestellt hatte. Nie war ich mehr und nie würde ich mehr als das für ihn sein. Eine Ernüchterung wie diese hätte im normalen Leben Folgen. Man erkennt, dass man in eine Beziehung investiert und doch verloren hat. Einer fühlte für gewöhnlich doch immer mehr als der andere, oder? Und nach dieser Erkenntnis folgte dann ein dramatischer Akt aus gekränktem Stolz, gebrochenem Herzen und grenzenloser Wut. Aber es lagen Welten zwischen Theorie und Praxis in meinem Fall. Ich konnte nicht aufstehen und gehen, weder Gläser an Wände feuern noch Türen zuknallen, um meinen Abgang in Szene zu setzen. Nein, für mich gab es kein Entrinnen. Kein Entkommen. Niemals.

Fast zärtlich strich er mir am Arm entlang, griff dann zur Bettdecke und sorgte dafür, dass ich richtig zugedeckt war. Geradezu lächerlich pedantisch und liebevoll, wie er sich bemühte.
Seine nächste Bewegung galt wieder dem Alkohol. Zwischen zwei Schlucken seufzte er auf.
„Abwarten und Whiskey trinken. So lautet doch das Sprichwort, oder?"
Ich verkniff mir ein Augenrollen, wenn es mir auch schwerfiel.
„Meine Güte ...", ein weiteres Aufstöhnen, „bin ich so abstoßend und widerlich? Ekele ich dich derart an, weil du mich so ansiehst?"
Meine Reaktion war ihm wohl doch nicht verborgen geblieben und sie hatte dafür gesorgt, dass seine Laune schlagartig ins

Bodenlose gesunken war. Ich schüttelte den Kopf, es war sicher nicht die beste Art der Schadensbegrenzung, aber in dem Chaos, das in meinem Inneren herrschte, suchte ich vergeblich nach passenden Worten. Er stellte die Flasche ab, löste sich von mir und platzierte sich so, dass er mir gegenüber war und ich seinem Blick nicht entwischen konnte.

„Also? Schieß los, das interessiert mich jetzt brennend." Ryan tippte mit den Fingern vor mir auf die Bettdecke. Seine Aggressivität war seinem Spieltrieb gewichen. Ich kannte Situationen wie diese mittlerweile mehr als ausreichend. Er legte es darauf an, dass ich etwas Falsches sagen, einen Fehler machen würde. Sein Hauptziel war Provokation, so konnte er seine Gewaltausbrüche vor sich selbst schließlich immer rechtfertigen.

„Was willst du denn hören?" Ich bemühte mich um eine wertungs- und gefühllose Aussage.

„Die Wahrheit." Er fuhr sich durch die Haare. „Wenn ich nicht dein Typ bin, wer dann? Der Traumschwiegersohn von vorhin?"

„Warum tust du das?" Ich konnte nur verlieren, aber ich wollte seine Anschuldigungen nicht einfach so im Raum stehen lassen.

„Weil ich es eben wissen will." Gelassen zuckte er mit den Schultern. „Und ich habe jedes Recht dazu, denke ich."

„Deine Eifersucht ist komplett unnötig." Ernst sah ich ihn an. „Glaubst du etwa, dass ich in meiner Lage und nach allem, was du mir angetan hast, auch nur den Hauch an Interesse an irgendetwas oder gar irgendjemandem haben könnte?"

„Ich wünschte, es wäre so!" Sein Lächeln wirkte aufgesetzt und bitter. „Und eine Antwort auf meine Frage war das auch nicht."

Ich wusste nicht, was es war, aber etwas in mir hatte sich

verändert. Es ging nicht mehr nur um Angst und Sorge. Ein Teil von mir wollte so viel mehr, als darauf zu achten, möglichst unbeschadet aus der Situation zu kommen. Schlagartig wurde mir bewusst, dass so viele Gefühle in mir wüteten, ausgesprochen werden wollten und mir dabei die Konsequenzen nicht weniger egal hätten sein können.

„Du willst eine Antwort?" Ich richtete mich etwas auf und beugte mich in seine Richtung. „Ob ich dich abstoßend finde? Wer mein Typ ist?" Ich schüttelte den Kopf, er saß mir immer noch gegenüber und kuckte mich wie gebannt und voller Erwartung an.

„Du könntest all das wissen, hättest du mich damals nicht einfach aus deinem Leben geschmissen. Ich wollte dich! Ich hätte alles dafür getan, um mit dir zusammen zu sein, aber du bist einfach verschwunden, ohne ein Wort."

„Willst du mir das vorhalten? Ernsthaft?" Eigentlich hatte ich gehofft, dass ich ihn mit meiner Antwort mehr aus der Reserve locken könnte, doch er war nun mal Ryan. Er strotzte vor Selbstsicherheit, und ob er überhaupt verstanden hatte, was ich ihm gerade gesagt hatte, war mir keineswegs klar.

„Ja, das halte ich dir sehr wohl vor. Du hast dich einfach scheiße verhalten!" Ich schluckte, mein Übereifer hatte meine Stimme lauter werden lassen.

„Ach ja?" Kurz blickte er auf die Flasche in seiner Hand, trank dann davon. „Das Einzige, was man mir vorhalten kann, ist, dass ich mich dir damals anvertraut habe. Wäre ich nicht so verdammt dämlich gewesen, säßen wir jetzt nicht hier. Ich würde irgendwo Party machen, mein Leben genießen, und du? Dein langweiliges Dasein irgendwo anders fristen, was weiß ich."

Wie in Trance starrte ich auf die Bettdecke, ich wollte nichts mehr sagen, nicht streiten und auch nichts mehr von ihm hören. Die eben noch nahezu unbändige Wut in mir war an einen düsteren Ort im Inneren meiner Seele verschwunden. Hatte den Platz mit Traurigkeit und Hoffnungslosigkeit getauscht. Genau so fühlte es sich für mich an. Ich wusste nicht, wieso mich überhaupt emotional berührte, was dieser Mensch von sich gab. Was hatte ich mir von ihm erhofft? Er hatte mich entführt, was das über seine Meinung mir gegenüber aussagte, war doch eigentlich mehr als klar.

„Dieser verdammte Abend, der Alkohol und die Illusion von Sicherheit. Ich hätte es wissen müssen, mein Fehler. Jetzt habe ich dich an der Backe und du machst mir nichts als Ärger." Er war aufgestanden, um die Flasche wieder im Schrank zu verstauen. „Und so wird das weitergehen, bis ich dich irgendwann töte." Als hätte er gerade übers Wetter philosophiert, stützte er sich lässig am Schrank ab und schaute mich mit ausdrucksloser Miene an. „Ganz unspektakulär – komplett egal, wie, wann."

Alles um mich herum entzog sich meinem Blickfeld, ich reagierte blitzschnell und ohne darüber nachdenken zu können. Mit einer Bewegung hatte ich mich von der Bettdecke befreit und war aufgesprungen. Ich konnte nicht erahnen, ob er mit meiner Reaktion gerechnet hatte oder nicht, aber ich nutzte seine Regungslosigkeit aus. Ein weiterer schneller Schritt auf ihn zu, es war wie ein Reflex, etwas, das einfach geschah.
Ich holte aus und schlug ihm ins Gesicht – eine schrille Stimme, die offensichtlich meine eigene war, füllte den kleinen Raum.
„Ich habe dich geliebt, du verdammtes Arschloch!"

Kommentarlos packte er meine Handgelenke und hielt mich davon ab, weiter auf ihn einzuschlagen. Ich war immer noch sichtlich aufgebracht und begriff nur sehr langsam, was ich gerade getan hatte, während mein Blick auf dem Boden haftete. Zwar wäre die Situation überaus passend dafür gewesen, aber ich weinte nicht und ich hatte mich entschieden, mich unter gar keinen Umständen bei ihm zu entschuldigen. Was auch immer es nach sich ziehen würde, ich würde ihn nie wieder anflehen.

„Sieh mich an", forderte er schließlich unnachgiebig. Ich schaute nach oben, auch wenn ich es nicht wollte. „In Anbetracht der Tatsachen würde ich vorschlagen, dass wir quitt sind. Für die Zukunft verbitte ich mir allerdings Handgreiflichkeiten dieser Art, verstanden?"
Es gab nur eine Erklärung – er war nun komplett durchgeknallt. Ich nickte leicht, die Worte wollten einfach nicht aus meinem Mund kommen. Mit einer gekonnten Bewegung hatte er meine Handgelenke losgelassen und dafür seine Hände um meine gelegt. Regelrecht sanft zog er mich ein Stück zu sich, kam mit seinem Kopf viel zu nahe an mich heran.

„Im Übrigen schlägst du wirklich wie ein Mädchen", murmelte er mir ins Ohr. Ich zog und zerrte, versuchte alles, um mich aus seinem Griff zu lösen, aber er ließ mir nicht den Hauch einer Chance. Nach ein paar weiteren Versuchen gab ich frustriert auf. Er stand einfach da, visierte mich an und ich glaubte, eine gewisse Genugtuung in seinem Blick erkennen zu können. Ich schämte mich für meine Offenheit bezüglich meiner Gefühle ihm gegenüber, dann fiel mir auf, dass wir beide fast nackt waren. Eine furchtbar unangenehme Situation.

Augenblicklich fühlte ich mich noch um einiges verletzlicher als zuvor. Langsam löste ich meinen Blick von ihm und begutachtete, wie seine Hände meine so fest halten konnten, dass es mich komplett bewegungsunfähig machte.
„Ich würde dich ja fragen, ob du jetzt wieder ein braves Mädchen bist, aber wenn ich dich hier so ansehe ..." Er schüttelte grinsend den Kopf „... da kommen mir nur allerhand nicht-jugendfreie Gedanken in den Sinn."
„Warum immer diese Spielchen? Macht dich das so an? Ich bin dir doch ohnehin nur lästig." Ich musste fragen, auch wenn ich die Antwort vielleicht gar nicht ertragen können würde.
„Ich zeige dir liebend gern die Art von Spielchen, die mich wirklich anmachen." Er zog die Augenbrauen hoch und blickte an meinem Körper hinunter. „Eine überaus gute Idee eigentlich."
Entschieden schüttelte ich den Kopf, war mir auch komplett egal, was er sich vorstellte. Ich wollte es nicht.
„Nicht so voreilig." Er ließ meine Hände los und legte die seinen um meine Taille. „Möglicherweise gefällt es dir ja sogar."

Ich musste schlucken, erinnerte mich an seine durchaus intimen Berührungen zuvor und an die Tatsache, dass mein Körper gar nicht so abgeneigt gewesen war.
Er drehte mich sanft, aber bestimmend in Richtung Bett. Wie angewurzelt blieb ich stehen, konnte spüren, wie er sich mir von hinten näherte. Noch bevor er seine Hände an meine Hüften gelegt hatte, berührten mich seine Haare im Nacken. Er war wieder ganz nah an meinem Ohr.
„Gib mir eine halbe Stunde. Lass mich mit dir spielen." Sein Wispern bescherte mir augenblicklich Gänsehaut.

„Ich will nicht spielen." Auch wenn ich es tunlichst vermeiden wollte, alles klang nach einem Betteln, aber was sollte ich sonst machen?

„Du musst gar nichts tun." Mit seinen Fingerspitzen zeichnete er die Konturen meiner Wirbelsäule nach. „Nichts – außer zustimmen und loslassen."

„Wir wissen beide, dass du einen Scheiß darauf gibst, ob ich zustimme oder nicht." Ich versuchte, mich zu ihm zu drehen. Er ließ es zu, sein Blick durchbohrte mich regelrecht.

„Ich möchte aber, dass du zustimmst. Dass du dich ergibst, dich hingibst."

Langsam schüttelte ich den Kopf, war ich in der Wiederholung der Vergewaltigung gelandet? Meine Zustimmung wollte er? Sicher. Und wenn ich sie nicht gab, würde es ihn noch mehr anturnen und er würde sich wieder einfach nehmen, was er wollte. Win-win für ihn. Eindeutig.

„Glaubst du, mir ist entgangen, dass dein Körper trotz allem sehr wohl empfänglich für Zärtlichkeiten ist? Ich bin nicht blind, Mira."

„Ich werde keine Zustimmung für eine weitere Vergewaltigung abgeben."

Nachdenklich blickte er mir in die Augen, als suche er darin nach einer Lösung. Er hatte doch wohl keine Skrupel? Das konnte unmöglich der Fall sein.

„Ich werde dir nicht wehtun, du hast mein Wort. Ich verlange lediglich, dass du das, was ich mit dir vorhabe, eine gewisse Zeit über dich ergehen lässt."

Mein Magen verkrampfte sich unangenehm bei seinen Worten. Glaubte er, dass er damit etwas besser machen würde? Er hob seine Hand in Richtung meines Gesichtes, ich wich ihm erschrocken aus.

„Hey ..." Sichtlich irritiert legte er die Stirn in Falten, strich mir

dann vorsichtig über die Wange. „Du musst keine Angst haben. Nicht jetzt, nicht heute Nacht. Vertrau mir. Nur dieses eine Mal. Bitte."
Meine Nervosität war kaum zu übersehen, das war mir klar. Ich kniff die Lippen zusammen, er grinste, fuhr mit dem Finger über meinen Mund. „Bitte."
Ob ich es wollte? Oder überhaupt eine Ahnung davon hatte, was auf mich zukommen würde? Nicht wirklich. Dennoch nickte ich.
Das Lächeln auf seinem Gesicht breitete sich aus, als er mich an einer Hand zum Bett führte.
„Mach's dir bequem."
>>Du bist lebensmüde<<, schrie mein Verstand, ich ignorierte die Warnung. Irgendwie würde ich es schon überstehen. Und wenn nicht, dann wäre es wenigstens das Ende dieses Wahnsinns.

Ich legte mich wie gewünscht aufs Bett, beobachtete Ryan, der in seinem Koffer herumkramte. Anschließend setzte er sich auf die Bettkante. Er hatte ein schwarzes Tuch aus Seide oder etwas ähnlich Weichem in der Hand und faltete es zusammen. Er musterte den Stoff ein letztes Mal, blickte mir dann in die Augen. Ich hatte es befürchtet, regelrecht erwartet, dass er mich fesseln wollte. Ihm ging es immer um Macht, und wenn ich mich ihm ausliefern sollte, dann gehörte meine Bewegungsunfähigkeit wohl dazu. Gleichgültig streckte ich ihm meine Hände entgegen. Er packte meine Handgelenke, um meine Arme wieder links und rechts neben meinem Körper abzulegen.
„Wir brauchen keine Fesseln. Außer natürlich, du möchtest welche haben?" Mit einer aufgesetzten Unschuldsmiene nahm er mein Kopfschütteln zur Kenntnis.

„Du solltest dich entspannen. Nicht mehr denken." Er lehnte sich näher zu mir. „Ich werde dir die Augen verbinden. Nichts soll dich ablenken, damit du dich nur auf dich selbst konzentrieren kannst."

Schon oft hatte ich gehört, dass verbundene Augen beim Liebesspiel ein ganz besonderes Erlebnis sein sollen. Dass man so viel intensiver empfinden könnte, aber als Ryan mir das Tuch über die Augen legte und es an meinem Hinterkopf verknotete, bebte ich innerlich vor Angst.
Alle Versuche, mich damit zu trösten, dass ich mich frei bewegen konnte, scheiterten binnen weniger Sekunden. Ich fühlte mich hilflos, zwar konnte ich mich rein theoretisch wehren, aber dafür wusste ich nicht im Entferntesten, was er als Nächstes tun würde. Ob er mich liebevoll anfassen oder mir ein Messer in die Brust rammen wollte – nichts davon war zu erahnen. Ich schnaubte, als er meinen Oberkörper zurückdrängte. Schließlich gab ich nach und lag einfach nur da. Es war still im Raum und in Gedanken fragte ich mich, was ihm wohl durch den Kopf ging, wenn er mich so sah.

Ich drehte meinen Kopf ein wenig, vielleicht schaffte ich es ja, das Tuch ein bisschen verrutschen zu lassen, um doch einen, wenn auch noch so winzigen Eindruck meiner Umgebung zu erhaschen? Unvermittelt spürte ich seine Hand an meinem Hals.
„Beruhig dich." Seine Stimme war fast freundlich, was man von seiner Berührung nicht sagen konnte. „Ich kann deinen Herzschlag spüren. Warum bist du so nervös?"
„Ich kann das nicht. Ich habe Angst." Meine Antwort war ein gequältes Flüstern, woraufhin sein Griff sich augenblicklich lockerte.

„Vor mir? Ich sagte dir bereits, dass ich dir nicht wehtun werde."

„Und dann packst du mich am Hals und ich fürchte, zu sterben." Einmal mehr hasste ich mich für meine Ehrlichkeit. Ich gab ihm allein durch dieses Eingeständnis eine immense Macht über mich. Er kannte meine Schwächen ohnehin schon, nun wusste er auch noch, was genau ich dabei fühlte. Überraschenderweise ließ er von mir ab. Wieder ein Moment der Stille und Ungewissheit.

„Meinetwegen. Ich versuche, es nicht mehr zu tun. Okay?" Meinte er das ernst? Es war ihm doch gleich, wie ich etwas fand, solange es ihm gefiel und erst recht, wenn es dann auch noch Mittel zum Zweck war. Ich konnte nicht länger darüber nachdenken, seine Finger glitten durch mein Haar, erkundeten dann meine Schultern und wanderten zärtlich weiter über meine nackte Haut zu meinen Händen. Als er meine Unterarme berührte, musste ich die Zähne zusammenbeißen. Beim ersten Hautkontakt hatte ich schon Gänsehaut bekommen, nie zuvor war mir aufgefallen, wie sensibel meine Handinnenflächen waren. Die Anspannung in mir wurde nicht weniger, eher im Gegenteil, aber sie veränderte sich. Als er innehielt, überkamen mich sorgenvolle Gedanken. Ich wollte nicht, dass er aufhörte. So, auf diese Art, konnte ich ihn ertragen. Sehr gut sogar.

Ich zuckte leicht zusammen, seine Fingerkuppen waren zart wie Federn, vorsichtig und Stück für Stück arbeitete er sich von meinen Füßen aus nach oben. Als er an meinen Knien eine Pause einlegte, atmete ich scharf ein. >>Keinen Zentimeter weiter!<<, plärrte mein Verstand als Ausdruck seines Protestes. >>Nicht aufhören<<, entgegnete mein ...

Körper? Herz? Der Teil von mir, den er schon in den Wahnsinn getrieben hatte? Das würde für immer ein Rätsel bleiben. Ich erkannte lediglich den Kampf, der in mir tobte, und ich musste reagieren. Es war egal, wie ich mich entscheiden würde, aber ich musste es tun. So zerrissen in mir selbst würde ich durchdrehen, Ryan angreifen und es schon im Vorfeld bitter bereuen.

Kühle Fingerspitzen zeichneten etwas auf die Innenseite meines linken Oberschenkels. Ich stöhnte auf. Mein Herz raste, klopfte mir bis zum Hals und vernebelte meine noch aktiven Sinne. Die Entscheidung war gefallen – nicht zugunsten meines Verstandes. Ich musste loslassen, mich hingeben und ich war bereit, genau das zu tun.
Unsinnigerweise schloss ich meine verbundenen Augen, drückte meinen Kopf ein wenig fester ins Kissen. Meine Haut prickelte, kribbelte voller Anspannung. Seine Berührungen waren zärtlich, ganz zaghaft arbeitete er sich an meinem Körper weiter hinauf. Mit jedem Zentimeter verkrampfte ich mich mehr, musste innerlich kämpfen, um mich nicht zu bewegen, aber nicht, weil ich der Situation entkommen wollte, sondern weil ich mir nur schwer eingestehen konnte, dass ich mich nach seiner Nähe sehnte.

Sein Kuss kam unerwartet. Wie ein Windhauch hatte er meine Lippen gestreift. Ich hatte mich dahin gelehnt, wo ich ihn vermutete, wollte einen weiteren Kuss, erreichte ihn aber nicht. Er lachte leise auf. Noch bevor ich mich wegen seiner Reaktion angemessen schämen konnte, hatte er mir das Ersehnte zugestanden. Seine Hand umspielte meine Brust, während er mich fordernder küsste. Seine Zunge fand ihren Weg in meinen Mund. Ich fühlte mich, als stände ich unter

Drogen. Mein Körper reagierte so stark auf ihn. Ganz offensichtlich heftig genug, um alle anderen Gefühle und Gedanken auszublenden. Der Unterschied zwischen diesem Moment und dem Augenblick der Vergewaltigung hätte größer nicht sein können. Meine Erinnerungen an besagte Nacht waren verschwommen, ich hatte zu meinem eigenen Schutz alles ausblenden können. Jetzt war ich hier. Komplett.

Ich wusste, was Ryan vorhatte und ich hatte mein Okay dazu gegeben. Selbst wenn ich es nicht ausgesprochen hatte, so hatte mein Körper unmissverständlich längst zugestimmt.

Ryan widmete sich meinem Hals, platzierte Küsse darauf, knabberte spielerisch an meiner Haut. Mir wurde heiß und kalt zugleich, jeder Muskel, jede Faser harrte in aufgeregter Erwartung aus, wollte mehr.

Seine Hand fuhr unter meinen Rücken, öffnete in Sekundenschnelle meinen BH, zog ihn mir aus und legte seinen Fokus auf meine Brüste. Die Zeit von Pausen und dem Aufbau von Spannung war auch bei ihm definitiv vorüber. Seine Hände waren bestimmend, leidenschaftlich in ihrem Tun, und als er dann noch in meinen Schritt fasste, wollte ich nicht mehr länger die mir zugeteilte Rolle spielen.

Ich hob meine Hände und suchte nach ihm, erwischte seine Haare. Hastig gruben sich meine Finger hinein, signalisierten, dass ich ihn näher bei mir haben wollte. Ein weiterer lustvoller Kuss brachte mich zum Beben. Er musste fast über mir liegen, auch wenn ich kaum etwas von seinem Gewicht bemerkte. Ich streichelte mit meinen Händen über seine Wangen, seine Schulterblätter und an den Seiten hinunter. Nun war er es, der einen lustvollen Seufzer von sich gab. Mit etwas mehr Druck arbeitete ich mich zu seinem Rücken vor, wechselte zwischen feinen Berührungen und dem Einsatz meiner Fingernägeln ab.

Er schnaufte schwer, ja, kalt ließ ihn das sicher nicht.

„Ich hoffe, du weißt, was du da tust", raunte er in mein Ohr. Prompt reagierte ich, indem ich ihm erst einen Kuss auf die Schulter gab und danach spielerisch zubiss. Er stoppte, fasste das Tuch, das mir die Sicht nahm, und zog es nach oben über meine Haare hinweg. Ich blinzelte, das Licht des Raumes war unangenehm.

„Schau mich an!" Er wirkte nüchtern und ernst, als ich Folge leistete. „Willst du das wirklich? Auch wenn du mich dabei sehen wirst?"

Ich musste schlucken. War er verunsichert? Ich lächelte, fasste an seine Wange.

„Ganz besonders, wenn ich dich dabei sehen kann."

Der kurze Zwischenstopp hatte der Stimmung keinerlei Abbruch getan. Es war eher, als hätte ich mit meiner Reaktion Öl ins Feuer gegossen. Ryan legte mir eine Hand in den Nacken, drängte mich in Position, um mich bestimmend zu küssen. Mit der anderen Hand erkundete er gefühlt jeden einzelnen Millimeter meines Körpers. Er wusste, was er tat, geizte keineswegs mit seiner Zuneigung.

Wahrscheinlich war uns beiden klar, dass es sich um etwas rein Körperliches handelte. Es fühlte sich gut an. Alles andere war im Moment egal. Ich wollte ihn. Jetzt. Ganz und gar. >>Endlich<<, flüsterte eine Stimme in mir, >>Endlich.<<

- Ryan -

Ich lag direkt hinter ihr, nackt. Löffelchenstellung nennt man das doch, oder? Über so einen Mist hatte ich mir auch noch nie Gedanken gemacht. Was ein bisschen richtige Entspannung alles bewirken konnte. Ich atmete in ihre Haare, der Duft von

Shampoo, der ihrer Haut – wir waren eins. Einen Arm hatte ich unter ihrem Kopf positioniert, mit dem anderen umklammerte ich sie regelrecht. Ich zog sie ein wenig fester zu mir, drückte sie an mich, als wollte ich ihr zeigen, dass diese Umarmung, die Festung, die ich um sie herum gebaut hatte, durch nichts und niemanden zerstört werden könnte.

Ihr Herz schlug regelmäßig und ruhig, dennoch konnte ich es fühlen. Unter ihrer Haut. Ich dachte daran, wie ihr Blut in Wallung geraten, wie schnell ihr Puls geworden war, nachdem ich sie angefasst hatte. Ihr Aufstöhnen, das Zittern ihres ganzen Körpers, die Anspannung und letztendlich auch der Moment, in dem wir beide unsere wohlverdiente Erlösung gefunden hatten.

Wir hatten miteinander geschlafen. Ich hatte sie so weit gebracht, es selbst zu wollen. Nun lag sie in meinen Armen und wir kosteten das Nachbeben der Nacht aus – jeder auf seine Weise.

***

„Ladies and Gents, ich hoffe, ihr hattet eine angenehme Nacht. Wir sind nach wie vor auf unserem Weg nach Rom und werden gegen Mittag ankommen. Aufgrund der konstanten Leere unserer Bordküche werden wir in absehbarer Zeit an einer Raststätte einen Frühstücks-Zwischenstopp einlegen. Wer also nicht verhungern will – bitte so langsam schon mal ans Aufstehen denken."

Die Sprechanlage im Bus war eine durchaus praktische Sache. Mein Kopf dröhnte, aber ich tröstete mich damit, dass die Jungs nach der After-Show-Party gestern sicher eine weitaus schlimmere Migräne erlebten. Halbherzig streckte ich mich, sofern das mit Mira im Arm ging, hob dann meinen Kopf und schielte zu ihr. Sie schlief noch, Decke bis an die Nasenspitze gezogen. Vorsichtig löste ich mich von ihr, kroch aus dem Bett und enterte die Dusche.

„Guten Morgen." Ich lächelte sie an, sie hatte sich zwar aufgesetzt und wieder zugedeckt, doch von Aufstehen war sie noch meilenweit entfernt.

„Hey", antwortete sie.

„Nicht dass es mich stören würde, aber fürs Frühstück solltest du dich möglicherweise besser anziehen."

Mir gefiel, was ich sah, ihre Haut, ihren Körper in Verbindung mit den Erinnerungen an die vergangene Nacht. Leider wäre das alles, was mir die nächste Zeit über bleiben würde. Erinnerungen. Meine Entscheidung hatte ich direkt nach dem Vorfall auf der Gala gefällt, und auch wenn ich sie lieber weiterhin bei mir haben würde, wusste ich, dass es zu gefährlich war. Die ganze Idee mit der Tour, sie als meine Freundin mit dabei, war eine Schnapsidee gewesen. Im Grunde hatte ich das schon im Vorfeld gewusst, aber ich liebte das Risiko, den Nervenkitzel, genauso wie ich Kontrolle über Dinge, über sie, brauchte.

„Geht's dir besser?" Daniel musterte uns, insbesondere Mira, eindringlich, als wir aus dem Bus stiegen.

„Ähm ... Ja, danke. War sicher nur der Kreislauf", erklärte sie wie einstudiert. Ich legte meinen Arm um sie, zog sie etwas näher an mich heran. Als wir uns alle zusammengefunden hatten, trotteten wir in die Raststätte. Die Jungs hatten sich ganz sicher noch ziemlich abgeschossen am Abend zuvor. Es war schwer zu beurteilen, wer am müdesten war und ich hoffte inständig, dass sie bis zu den ersten Terminen in Rom wieder etwas fitter aussehen würden.

Während ich mir das Essenstablett mit allerlei ungesundem Zeug belud, gesellte sich Jason zu mir.
„Alles in Ordnung?", erkundigte er sich, „erschlagen hast du sie ja zumindest schon mal nicht in deiner Wut."
„Sieht nicht so aus." Mira war ein paar Meter vor mir mit der Kaffeemaschine beschäftigt.
„Planänderung?"
„Nein, keineswegs. Bei der erstbesten Gelegenheit bringst du sie nach Dublin zurück." Mira hatte sich umgedreht, ein fragender Gesichtsausdruck war zu erkennen. Doch dann nahm sie die Kaffeetasse in die Hand und streckte sie mir entgengen. Ich nickte, ging hinüber und stellte die Tasse auf mein Tablett. Während wir alle wie eine große Familie an einem Tisch saßen und frühstückten, überkamen mich wirklich leichte Schuldgefühle. Sie hatte zwar kein Wort über die letzte Nacht verloren, aber mir schien, als hätte die Sache irgendetwas für sie verändert.
Alleine die Geste mit dem blöden Kaffee. Sie hatte mir eine Tasse gereicht – bevor sie ihre eigene gefüllt hatte. Kleine Nettigkeiten. Eigentlich schön, auch in Bezug auf sie, denn es deutete an, dass sie sich vielleicht langsam mit ihrem Schicksal abfinden würde, aber da war noch ein anderes Gefühl in mir. Ich wollte nicht, dass sie etwas für mich empfand, weil das immer mit Erwartungen verbunden war, und weder wollte noch konnte ich auch nur eine einzige davon erfüllen.

Was, wenn sie aber alles nur vorspielte? Mich in Sicherheit wiegen und mein Gewissen mit ihrem Verhalten wecken wollte? >>Weiter nach Plan, Ryan. Sie hat keine Chance.<< Ich atmete tief durch, suggerierte mir selbst, dass alles in Ordnung war und ich einen weiteren Triumph verbuchen konnte.

- Mira -

Nachdem Ryan beim Busfahrer stehen geblieben war, hatte ich beschlossen, schon vorzugehen. Ich ließ mich aufs Bett fallen und schaute an die Decke.
Was war das, was hier gerade ablief? Wir hatten miteinander geschlafen und ich bereute es kein bisschen. Immer wieder hatte ich mir eingeredet, dass, egal was ich tun würde, es an meiner Lage, meiner Position in diesem irren Spiel nichts ändern würde, doch irgendwo in mir keimte Hoffnung auf. Ryan war regelrecht liebevoll gewesen, er hatte die Seite von sich gezeigt, die ich immer vergebens in ihm gesucht hatte. Warum jetzt und hier? Wieso hatte ich ihn nicht vorher kennenlernen können? Ich wäre ihm komplett verfallen, hätte ihn geliebt – und wer weiß? Vielleicht hätten wir glücklich sein können. Es war zu spät dafür. Eine Antwort würde ich nie bekommen, genauso wenig wie man die Zeit zurückdrehen konnte, um herauszufinden, was genau schiefgelaufen war.

Die Tür fiel ins Schloss, ich erkannte Jason. Er positionierte einen Stuhl in meinem Sichtfeld und ließ sich nieder. Ryan würde also nicht kommen. Vielleicht auch besser so.
Gleichgültig kramte ich im Nachttisch nach einem von Ryans Musikmagazinen. Mit irgendetwas musste ich mir die Zeit schließlich vertreiben. Nach einer Weile eilte er ins Zimmer, suchte etwas in seinem Koffer, klemmte es sich unter den Arm und blickte zu mir.
„Ich muss arbeiten. Mach keine Dumm-heiten."
Glücklicherweise war er schnell verschwunden, so musste ich mir keine passende Reaktion überlegen. Ich sah zu Jason, der sich sein Buch genommen hatte und beschloss, ein wenig zu schlafen.

***

Ein penetrantes Brummen weckte mich. Jason nahm den Anruf auf seinem Handy entgegen.
„Aha … verstehe … ja. Das ist kein Problem … Nein, keine Sorge … Das krieg' ich schon hin … ach so … Ja, kann ich machen … Genau … schick mir ein Bild für die Buchung. Bis später."
Verwirrt visierte ich ihn an. „Hast du noch andere Auftraggeber oder war das Ryan?"
„Meinst du, das geht dich etwas an?", lässig stand er auf, „bin gleich wieder da, du bleibst, wo du bist."
Weit war er nicht gegangen, ich hörte trotz der geschlossenen Türe noch, dass er mit jemandem am Telefon sprach. Als er nach einigen Minuten noch nicht wieder aufgetaucht war, beschloss ich, in dem winzigen Bad zu duschen.
„Du legst es schon darauf an, Ärger zu bekommen, oder?" Jason stand mit verschränkten Armen vor mir, als ich fertig war. „Was an >>Du bleibst, wo du bist<< hast du nicht verstanden?"
„Ich war nur duschen und du hast ewig gebraucht. Außerdem bin ich doch hiergeblieben", erklärte ich schulterzuckend, er rollte nur mit den Augen.
„Was freue ich mich auf die viele Zeit mit dir alleine. Ich kann's kaum erwarten."

Mein Gesichtsausdruck musste ihn wohl über meine Unwissenheit informiert haben. Klar, wir verbrachten gezwungenermaßen Zeit zusammen, aber mich beschlich der Gedanke, dass er etwas anderes damit gemeint hatte.
„Ach", räusperte er sich. „Er hat dir noch gar nichts gesagt von

seinen Plänen, hm?"

Entschieden schüttelte ich den Kopf. „Welche Pläne? Wovon redest du?"

„Deine Aktion gestern Abend hat die tolle Konsequenz, dass ich dich zurück nach Dublin bringen und dort beaufsichtigen darf."

„Was?" Mir stockte der Atem. Er wollte mich zurückschicken? Tage- wenn nicht wochenlang im Keller eingesperrt? Das konnte er nicht tun, schon gar nicht nach ... Schlagartig wurde mir klar, dass ich doch mal wieder zu viel in etwas hineininterpretiert hatte. Zu viel in IHN. Einen Scheißdreck bedeutete ich ihm und das war nie anders gewesen.

„Nichts, was? Alles deine Schuld, meinst du, ich habe große Lust darauf? Trotzdem sitzen wir beide morgen im ersten Flieger nach Dublin. Habe gerade gebucht." Er hockte sich wieder hin und beschäftigte sich mit seinem Handy. Zu gerne hätte ich meiner Wut und Verzweiflung freien Lauf gelassen, aber letzten Endes war ich die Verliererin. Auf ganzer Linie. Traurig ließ ich mich aufs Bett fallen, zog meine Knie so nah wie möglich an meinen Körper und versuchte, wieder Kontrolle über meine Gefühle zu erlangen.

***

Jason war zwischendurch immer wieder verschwunden, hatte mir sogar mal eine Flasche Wasser mitgebracht, aber ich konnte mich auf nichts konzentrieren. Nicht einmal auf Banalitäten wie Nahrung.

Es war sicher schon Nachmittag, als Ryan auftauchte. Freundschaftlich tätschelte er Jason die Schulter, murmelte dabei etwas Unverständliches, woraufhin sich der vermeintliche Bodyguard erhob und aus dem Raum schlenderte.

Ich bemühte mich mit aller Kraft, nichts zu sagen. Ich wollte meine Schwäche nicht zeigen und ihn auch nicht einmal erahnen lassen, wie verletzt ich war.

„Alles okay? Du wirkst erschöpft." Seine Stimme klang freundlich.

Die Mauern um mich herum stürzten augenblicklich ein.

„Du schickst mich weg?"

Er runzelte die Stirn. „Ich schicke dich nicht weg, ich sorge dafür, dass du in Sicherheit bist. Wir hatten einen Deal, ich habe dich gewarnt, dennoch hast du dich nicht daran gehalten."

„Aber ich bin doch hier!" Ich schluchzte gänzlich lautlos, wollte keine einzige Träne mehr für ihn vergießen. „Ich bin hier."

„Du traust dir doch selbst nicht über den Weg." Er schüttelte den Kopf. „Es ist für alle das Beste. Ich kann so nicht arbeiten, und wenn du in Dublin bist, kannst du auch nicht in Versuchung geraten, einen dummen Fehler zu begehen."

„Wie letzte Nacht, ja?" Aggression mischte sich mit Verzweiflung.

„Bitte." Wollte er etwa beschwichtigen? „Spar uns dieses unnötige Szenario. Du weißt, dass du machtlos bist. Wenn ich will, dass du die nächsten Wochen im Keller verbringst, dann wirst du genau das tun. Und wenn du mich vorher noch zur Weißglut bringst, wirst du das Ganze höchstens schlechter machen. Gewinnen kannst du dabei nichts."

„Ich hasse dich." Eine Träne lief über mein Gesicht. Hastig drehte ich mich von ihm weg und rollte mich auf dem Bett so klein wie möglich zusammen. Ich wollte nichts mehr sehen oder hören und erst recht nichts fühlen. Die Ereignisse der letzten Nacht hatten für ihn nichts geändert, absolut gar nichts. Ich hatte es befürchtet, so oft hatte Ryan mir bewiesen, dass sich meine Lage, meine Position in seinem Leben nicht wandeln würde, aber ich hatte dennoch zugelassen, erneut etwas zu erwarten. Etwas, das er mir nicht geben würde. Die Erkenntnis hatte mich wie ein Schlag ins Gesicht getroffen und ich konnte nur mir selbst die Schuld dafür geben. Ich hätte es einfach besser wissen müssen.

„Wir sind gleich beim Hotel. Du solltest deine Sachen zusammenpacken." Er schien genervt. Wenigstens half mir das, meine Emotionen besser unter Kontrolle zu halten. Ich wischte mir die letzten Tränen aus dem Gesicht und stand gleichgültig vom Bett auf. Er kniete vor seinem Koffer, sortierte, verstaute etwas darin. Warum sollte ich eigentlich irgendetwas packen? Mir lag nichts an den Sachen, es waren Klamotten, die er gekauft hatte. Was kümmerte mich schon mein Outfit, während ich in diesem muffigen Keller vor mich hin vegetieren würde?
Mir war entgangen, dass er mich beobachtet hatte.
„Pack verdammt noch mal deine Sachen!", schnauzte er mich barsch an. „Wenn du weiterhin so unkooperativ bist, organisiere ich dir noch heute einen Flug."
„Als würde das einen Unterschied machen", murmelte ich missmutig, griff nach den Kleidern der letzten Nacht, knüllte sie mehr oder weniger zusammen und stopfte sie in meine Tasche. Er ging nicht weiter auf meinen Kommentar ein und so räumte ich meine wenigen Dinge eben halbherzig ein.

Wieder ein Luxushotel, Stadtzentrum vermutete ich. Jason trug meine Sachen, lief direkt hinter mir. Ryan hielt mich so fest am

Handgelenk, als würde ich jede Sekunde ein waghalsiges Fluchtmanöver starten wollen. Ein Doppelzimmer – wie jedes andere. Türen. Fenster. Badezimmer. Bett. Und zwei Männer, die mich nicht hätten weniger respektieren können. Ich blieb am Fenster stehen und wagte einen Blick hinaus in den typisch italienischen Hinterhof. Die Häuser um das Hotel herum waren deutlich älter und heruntergekommener, die kleinen Balkone und Terrassen dafür mit Blumen oder Stühlen bestückt. Menschen konnte ich keine erkennen.
„Soll ich hierbleiben?", erkundigte sich Jason.
„Ich denke, das ist nicht nötig. Habe nicht vor, das Zimmer zu verlassen."
„Das ist sicher sinnvoll, aber ich bleibe wie gesagt auch hier."
„Genieß den Abend. Ich melde mich, wenn's Probleme geben sollte."
Ich hörte Schritte, die Tür wurde geschlossen. Langsam verabschiedete ich mich von der Aussicht und drehte mich zu Ryan um.
Er machte einen Schritt zu dem kleinen Tisch in der Mitte des Raumes, nahm ein Blatt zur Hand und ließ sich rückwärts aufs Bett fallen. Fast machte es den Eindruck, als würde er durch mich hindurchsehen, mich gar nicht wahrnehmen. Aber da hatte ich mich getäuscht.
„Such dir was zu essen aus, ich will den Roomservice anrufen."
So sehr ich auch geneigt war, ihm zu sagen, dass ich nichts wollte – mein Magen signalisierte mir eindeutig etwas anderes.
„Ist mir egal." Mit einem gekonnten Griff drehte ich den Sessel, der zum Bett hin stand, so, dass man darauf aus dem Fenster schauen konnte. Wenn Ryan darauf gewartet hatte, dass ich mich auf Kommando zu ihm aufs Bett setzte wie ein kleines Hündchen, dann hatte er sich geschnitten. Unbeirrt hockte ich mich auf den Stuhl, legte meine Füße auf die Heizung und

blickte doch wieder in den Hinterhof. Meine Souveränität war größtenteils gespielt, ich fürchtete mich vor seiner Reaktion, seiner Rache. Eigentlich vor allem. Aber in einer Sache war ich mir sicher – wenn ich schon untergehen würde, dann mit wehenden Fahnen. Er würde mich nicht mehr um Gnade winselnd wegstoßen und sich über mein Leid lustig machen. Lieber würde ich sterben, als mich noch einmal so dermaßen vor ihm zu erniedrigen.

***

Es klopfte an der Tür. Hatte er mich wirklich in Ruhe gelassen, bis der Roomservice aufgetaucht war? Ungläubig beobachtete ich aus dem Augenwinkel, wie Ryan den Servierwagen hereinschob. Er stellte die beiden Tabletts aufs Bett, klemmte sich die Flasche, die ich als Wein identifizierte, unter den Arm, nahm zwei Gläser in die Hand und setzte sich wieder aufs Bett. Mit seinem Blick durchbohrte er mich förmlich. Nein, er musste nichts sagen. Ich erkannte seinen Zorn auch ohne ein Wort. Langsam und bedächtig nahm ich mit möglichst großem Sicherheitsabstand zu ihm auf dem Bett Platz.
„Iss!", forderte er, nahm seinen Teller mit Nudeln auf den Schoß und lehnte sich mit dem Rücken am Kopfteil des Bettes an, kickte dann seine Schuhe auf den Boden und legte die Füße auf die Matratze. Ich musterte die Mischung auf meinem Teller. Er hatte für mich das Gleiche bestellt wie für sich selbst. Spontan tippte ich auf eine gemischte Platte. Verschiedene Nudeln mit unterschiedlichen Soßen also. Hätte schlimmer sein können, gestand ich mir ein.
„Ich sagte, du sollst essen!", fauchte er mich gereizt an. Ich blickte kurz auf, platzierte mich dann annähernd so, wie er es zuvor auch getan hatte, und entschied mich, zu tun, was er

verlangte. Ganz uneigennützig war es schließlich nicht.

Mit dem letzten Bissen schaltete er den Fernseher an und nach dem folgenden Glas Wein schien sich auch seine Stimmung etwas zu normalisieren.

„Wein?" Wie aufmerksam von ihm. Entschieden schüttelte ich den Kopf.

„Warum stellst du dich so an? Du kennst die Spielregeln. Oder dachtest du etwa, der Sex mit dir würde mein nicht existentes Herz erweichen, woraufhin ich dich entweder heiraten oder freilassen müsste?" Sein Grinsen war provozierend.

„Vielleicht hatte ich für den Bruchteil einer Sekunde vergessen, was für ein Monster du eigentlich bist." Ich war ehrlich. Dennoch warnte mich eine innere Stimme: >>Du musst aufhören, so steuerst du direkt und ungebremst auf den Abgrund zu.<< Als würde ich nicht schon längst fallen ...

„Vergiss es besser nie wieder!" Er füllte sein Glas erneut mit Wein, prostete mir zu. „Ein Hoch auf die Dämonen."

„Kann ich was aus der Minibar haben?" Ich tat mein Möglichstes, um meine Emotionen im Zaum zu halten.

Er antwortete nicht, bewegte seine Hand aber kurz in einer Mischung aus Winken und dem Deuten zur Minibar hin, was ich wiederum als Zustimmung interpretierte. Während ich mich für eine Cola entschied, überlegte ich, ob ich es riskieren und es mir wieder auf dem Sessel bequem machen sollte. Um Zeit zu gewinnen, fragte ich, ob ich ins Badezimmer gehen durfte. Leider war ich danach auch kein bisschen schlauer.

Fakt war, er würde keine Möglichkeit auslassen, um mich fertigzumachen, aber ich schaffte es trotz allem nicht, mich dazu zu überreden, freiwillig seine Nähe zu suchen. Mit der Cola in der Hand eilte ich zu meinem Platz am Fenster. Mein Magen zog sich unangenehm zusammen, verkrampfte sich durch die Anspannung in mir. Noch hatte Ryan nicht reagiert, ob das ein gutes Zeichen war, konnte ich nicht beurteilen. Ich blickte aus dem Fenster, es war dunkel geworden. In einigen der Häuser war Licht zu sehen, das tägliche Leben spielte sich auch hier ab, ohne dass irgendjemand Notiz von mir und meiner Misere nahm.

Die Geräusche des Fernsehers drangen zu mir durch, was er sich anschaute, kümmerte mich nicht.

Etwas im Raum veränderte sich, er bewegte sich, stand vielleicht auf. Ich hörte das Klicken seines Kofferschlosses. Nicht umdrehen – um keinen Preis. Sanfte Schritte auf dem Teppich, Ryan im Augenwinkel.

„Wenn dir dieser Platz so gut gefällt, kannst du auch gleich hier schlafen." Verwundert drehte ich meinen Kopf in seine Richtung. Er ließ Handschellen spielerisch von einer Hand in die andere gleiten. Jetzt machte seine Aussage leider Sinn.

Während mir bisher gar nicht aufgefallen war, dass der Sessel nicht nur stabil und massiv war, sondern auch durch diverse Eisenstreben perfekte Möglichkeiten zum Anketten bot, war ihm das natürlich nicht entgangen. Hastig reduzierte er die Distanz zwischen uns, packte meinen rechten Arm und schloss die eine Seite der Handschelle gekonnt um mein Handgelenk. Die andere befestigte er so an einer Verstrebung, dass ich meinen Arm nun nicht mehr wirklich viel bewegen konnte.

Er zog noch einmal daran. Vielleicht um sicherzugehen, dass ich mich nicht selbst befreien konnte? Mir schien es wahrscheinlicher, dass er es nur deshalb tat, weil er mir damit Schmerzen zufügen und mich erniedrigen konnte.

Ich atmete tief durch, versuchte, mich zu beruhigen. Im Vorbeilaufen schaltete Ryan den Fernseher aus, tappte weiter ins Bad. Als er kurz darauf wieder im Zimmer erschien, löschte er das Licht. Ich hatte mich nicht zu ihm umgedreht, aber

mutmaßte sicher recht gut, was seine Aktivitäten anging.
Müde legte ich meinen Kopf nach hinten an die Kopfstütze. Bequem fand ich es nicht, zum Schlafen würde es bestimmt nicht reichen. Niedergeschlagen ließ ich meinen Blick wieder aus dem Fenster schweifen. Was die Menschen da draußen wohl gerade machten? Ich musste mich zwar aufgrund der Entfernung anstrengen, erkannte aber, dass die Fensterscheibe im Haus gegenüber beschlagen war. Im Stockwerk darüber lief der Fernseher. Bunte Lichter erhellten den Raum, die Leute hatten mit Sicherheit einen angenehmeren Platz als ich.
Eine schneeweiße Katze kletterte über eine der Balkonbrüstungen, blieb vor der verschlossenen Türe stehen und hob protestierend den Kopf. Eine Frechheit aber auch, dass niemand der Katze die Türe geöffnet und den roten Teppich für ihre Ankunft ausgerollt hatte.

Das Fenster, das so angelaufen gewesen war, wurde geöffnet. Ich beobachtete ein Paar, er stand hinter ihr, hatte die Arme um sie geschlungen und schielte über ihre Schulter hinweg in die Kochtöpfe, die vor ihr auf dem Herd standen. >>Wie wunderschön<<, schoss es mir durch den Kopf, gefolgt von spontaner Übelkeit. >>Nie. Niemals. Das ist nicht dein Leben und das wird es auch nie sein. Vergiss jede Normalität, streich sie endlich aus deinen Erinnerungen, deinem Hirn, denn du wirst nie mehr etwas anderes als seine Gefangene sein.<<
Ich zog meine Beine an, stellte meine Füße auf den Rand des Sessels und schlang den noch freien Arm um sie. Ich musste etwas fühlen, brauchte Geborgenheit, Schutz, jemanden, der meine Tränen trocknen würde, doch der einzige Mensch, der mich hätte hören können, war derjenige, der für all das hier verantwortlich war.

Mein Schluchzen wurde lauter, egal wie sehr ich auch versuchte, es für mich zu behalten. Es ging einfach nicht mehr länger.

***

Ich wusste nicht dass, geschweige denn, wann, ich vor Erschöpfung eingeschlafen war, aber mein Aufschrecken sprach dafür, dass es wohl der Fall gewesen sein musste.
Ryan zerrte an meinem Arm, blickte kurz zu mir, öffnete dann die Handschellen und warf sie hinter sich in den Koffer. Ich konnte die Augen kaum offen halten, sie brannten wie verrückt und waren sicher auch geschwollen und gezeichnet von meinem Gefühlsausbruch.
„Geh ins Bad, zieh dich um, was auch immer. Wir müssen los zum Flughafen."
Wenn mich meine Intuition nicht täuschte, war es mitten in der Nacht. Draußen war es stockdunkel und ich fühlte mich hundselend. Langsam erhob ich mich, mein Nacken schmerzte unschön und meine Augen brannten, aber ich strengte mich an, um seinem Befehl Folge zu leisten.

Ryan wartete ungeduldig an der Türe, mein Koffer stand neben ihm. Er reichte mir meine Jacke, packte mich am Arm und drängte mich hinaus auf den Gang, wo Jason schon bereitstand. Ryan steuerte die Rezeption an, die Hotellobby war hell erleuchtet, aber menschenleer. Letztendlich fand ich mich kurz darauf auf der Rückbank eines Mietwagens wieder.
Jason kutschierte den Wagen durch die nächtlichen Straßen von Rom, mir persönlich kam die schwache Beleuchtung entgegen, denn meine Augen schmerzten noch immer und ich wurde von Minute zu Minute müder. Ryan saß neben mir,

wirkte abwesend. Schließlich lehnte ich meinen Kopf an die Fensterscheibe, die Erschöpfung war einfach zu groß.
Ich döste eine Weile vor mich hin, nahm unterschwellig die ein oder andere Kommunikation zwischen den Männern wahr, gab mir aber keinerlei Mühe, dem Gespräch zu folgen.

„Aufwachen!" Eine Hand stieß mich unsanft an der Schulter.
Ich öffnete die Augen, der Wagen bewegte sich nicht mehr. Ryan schaute mich missmutig an, als könne ich etwas dafür, dass wir um diese unmenschliche Uhrzeit unterwegs waren.
Durch die Scheiben blickte ich nach draußen. Einen Flughafen konnte ich beim besten Willen nicht ausmachen. Da es ganz langsam hell wurde, konnte ich schemenhaft etwas von der Umgebung erkennen. Ich tippte auf einen verlassenen Parkplatz. Jason drehte sich nach hinten um, reichte Ryan eine Flasche und irgendetwas Kleineres, das ich nicht genauer identifizieren konnte. Sofort machte Ryan sich daran zu schaffen – mir wurde bewusst, dass es Tabletten waren.

Er hielt die Flasche in meine Richtung und begutachtete die zwei Pillen, bevor er seine Hand zu mir hin ausstreckte.
„Schluck sie runter und keine Spielchen."
„Was ist das?", angewidert und geschockt starrte ich darauf.
„Tu, was ich dir sage, verdammt noch mal." Seine Anspannung und Aggression brachte die Luft zum Beben.
Zögernd nahm ich die beiden Tabletten aus seiner Hand, umschloss sie sofort fest mit meiner eigenen. Ich hatte nicht vor, widerstandslos zu tun, was er von mir wollte. Schon gar nicht bei so einem Thema. Vielleicht wollte er mich vergiften? Ihm war alles zuzutrauen, doch solange ich sie in der Hand hielt, hatte ich zumindest eine minimale Kontrolle über die ganze Sache.

„Mira!", fauchte er mich an. Logischerweise hatte ich mit einer Reaktion gerechnet, aber ich war trotzdem erschrocken und musste mich zwingen, ihm in die Augen zu blicken.

„Solange ich nicht weiß, was das ist, werde ich es auch nicht nehmen." Meine Stimme zitterte.

„Herrgott, kannst du nicht EINMAL gehorchen?" Sicher würde er mich bald angreifen, aber ich konnte unmöglich zustimmen.

„Schone deine Nerven." Jason mischte sich ein. „Intravenös geht das auch."

Augenblicklich gefror mir förmlich das Blut in den Adern. Ohne zu zögern, krallte ich mich an den Türgriff, riss daran. Ich hatte erwartet, dass die Kindersicherung aktiv wäre und ich einmal mehr bei diesem Spiel verloren hätte, aber hier war man nachlässig genug gewesen, um mir eine Chance zu ermöglichen. Ryan packte mich an meinem anderen Handgelenk und schrie mir ein bestimmendes „Nein!" ins Gesicht. Ich drehte und wendete meine Hand, konnte seinen Unterarm erreichen und rammte meine Fingernägel in seine Haut.

Die Sekunde, die er mir durch seine Überraschung schenkte, nutzte ich, um meinen Anschnallgurt zu öffnen und schon sprang ich wie von Sinnen aus dem Auto.

Ohne Zweifel hatte Jason prompt reagiert, nichtsdestotrotz durfte ich mich keinesfalls umdrehen. Ich rannte über den Asphalt, ließ den spärlich beleuchteten Parkplatz hinter mir und flüchtete ins dunkle, kaum erkennbare Nichts, das vor mir lag.

„Du bist so gut wie tot!", schrie eine Stimme hinter mir. Sie gehörte Ryan. Der Boden unter meinen Füßen wurde weicher, ich musste auf einer Wiese sein, ein paar Büsche tauchten in der Dunkelheit neben mir auf. Ich hatte größte Mühe, zu atmen. Meine Bronchien brannten regelrecht und das Seitenstechen war auch nicht unbedingt hilfreich. Dennoch wunderte ich mich darüber, dass ich eine doch beachtliche Ausdauer zu haben schien. Viel zu sehr war ich auf mein Tempo und die fehlende Orientierung konzentriert, als dass ich hätte sagen können, inwieweit sie mich eingeholt hatten. Ich rannte einfach, rannte um mein Leben.

Dann ging alles sehr schnell. Ich blieb mit dem Fuß an etwas hängen, flog aufgrund meiner Geschwindigkeit förmlich durch die Luft und knalle schwer wie ein Stein mit meinem ganzen Körper ins Gras. Ich hustete, keuchte, wollte mich aufrappeln, wurde aber direkt an den Schultern gepackt und grob auf den Rücken geworfen.
„Du kleines Biest!" Halb amüsiert, halb verärgert visierte Jason mich kopfschüttelnd an. Ich überlegte, ob ich mich aufkämpfen sollte – schließlich hielt er mich nicht fest, sondern stand einfach nur da.

Ryan erschien neben ihm und meine Idee löste sich in Luft auf. Er stürmte auf mich zu, ich versuchte, mich aufzusetzen, wegzurücken, irgendetwas, um mich vor ihm schützen zu können, aber er versetzte mir einen unvorhersehbaren heftigen Stoß gegen den Oberkörper, der mich wieder auf den Boden zwang. Bevor ich mich versah, hatte er sich über meine Hüften geschwungen und mich bewegungsunfähig gemacht.
Mein Herz raste, schlug mir bis an den Hals und das nicht aufgrund meiner Erschöpfung, sondern weil Ryan mir durch seine Hand an meinem Hals nur noch ein Minimum an Sauerstoff zugestand. Mit der anderen Hand griff er hinter sich, brachte ein Klappmesser zum Vorschein und deutete mit der

Spitze in meine Richtung.

Ich fragte mich, warum ich das Teil nie zuvor gesehen hatte. Welche absolut abstrusen Dinge einem doch in den Sinn kamen, wenn das eigene Leben in direkter Gefahr war.
Mein Körper schmerzte an allen möglichen Stellen, forderte, dass es endlich aufhören möge. Ich röchelte, musste husten, es ging aber nicht.
„Du gibst erst auf, wenn ich dich töte, richtig?" Er drehte das Messer so, dass ich auf die Klinge blickte. „Kannst du haben."
Ein Schluchzen verließ meine Kehle, ich schüttelte langsam den Kopf – sofern es möglich war. Es kümmerte ihn kein bisschen, ganz im Gegenteil. Die Klinge kam mir gefährlich nahe, er fuchtelte mir allerdings nicht mehr vorm Gesicht damit herum, sondern begutachtete meinen Hals, den er mit der anderen Hand immer noch fixierte.
Als ich begriff, was in seinem Kopf vorging, riss ich meine Arme nach oben, wollte ihn packen. Er sollte aufhören, das Messer musste weg und ich brauchte Luft. Ich fasste an seinen Arm, während er mich weiterhin würgte, aber bevor ich auch nur einen Hauch Kraft investieren konnte, zuckte ich erschrocken zusammen.

Ein kalter Schauer. Er hatte die Klinge an meinen Hals gelegt.
„Ich würde das sein lassen, an deiner Stelle."
Ganz vorsichtig nahm ich die Hände weg von ihm, ich war verloren. Tränen liefen mir übers Gesicht, auch wenn er seinen Griff minimalst gelockert hatte, die Gefahr war größer denn je. Das Metall drängte gegen meine Haut, gegen meinen Herzschlag, der durch die Blutgefäße in meinem Hals sicher mehr als deutlich zu spüren war. Ich verbrannte innerlich, hatte er mich schon geschnitten? Unmöglich für mich, diese Frage

selbst beantworten zu können.

„So ist's brav, keine Bewegung, nicht mal eine winzige." Böse blickte er mir in die Augen. Die Wut in ihm hatte bestimmt längst das letzte Quantum Menschlichkeit in ihm verschluckt. Warum? Warum nur?

Überraschenderweise nahm er die eine Hand plötzlich weg von meinem Hals. Die Klinge hatte sich bis dahin nicht bewegt, das sollte sich nun aber ändern.

„Ersticken oder verbluten? Woran stirbst du, wenn ich hier deine Kehle durchschneide?" Er fuhr mit der Messerspitze ganz langsam einmal quer über meinen Hals. „Jason, was meinst du?"

„Ich denke, dass das hier nicht unbedingt der beste Ort dafür ist. Wird nicht mehr lange dauern, bis die ersten Leute mit ihren Kötern hier im Park Gassi gehen und denen wollen wir so einen Anblick doch lieber ersparen, oder? Ich meine, die brauchen dann sicher kein Frühstück mehr." War ja herrlich, dass Jason die ganze Sache mit Humor nehmen konnte. Er lag ja auch nicht auf dem Boden, im Gegensatz zu mir.

„Und möglicherweise auch kein Mittagessen", vervollständigte Ryan die sinnfreie Kommunikation. Mit einer flinken Bewegung hatte er das Messer zusammengeklappt und in seiner Jacke verschwinden lassen. „Du hast echt verdammtes Glück, ich hoffe, das weißt du."

Wie bitte? Glück? Damit hatte das wirklich nichts zu tun. Ich zitterte wie verrückt, war vor Schreck wie gelähmt und blieb regungslos liegen, nachdem Ryan sich aufgerichtet hatte.

„Steh auf, sonst überleg' ich's mir anders", kommandierte Ryan. Ich versuchte es. Sobald ich auf den Knien war, packte mich Jason, zerrte mich hoch und drehte mir meinen Arm auf den Rücken. Ich stöhnte auf, es tat einfach nur weh und ich fühlte mich wie der schlimmste Schwerverbrecher aller Zeiten. Der Eindruck vertiefte sich noch, als mir Jason von hinten gegen die Beine trat, um mich zum Laufen zu animieren. Gezwungenermaßen schleppte ich mich voran, es war mittlerweile schon so hell, dass ich die Umrisse der Bäume, Sträucher und Bänke im Park gut erkennen konnte. Der Weg zog sich unheimlich in die Länge, offensichtlich war ich wohl doch ein gutes Stück gerannt. Ich hoffte so sehr, dass irgendwo schon Menschen unterwegs waren, dass ich noch eine Chance bekommen würde oder man zumindest humaner mit mir umgehen müsste, aber sowohl der Parkplatz als auch die umliegende Gegend schien wie ausgestorben.

„Du setzt dich jetzt da auf den Bordstein, bewegst dich keinen Millimeter, haben wir uns verstanden?" Zwar kannte ich Jason nicht, aber ich ahnte, dass auch er wirklich sauer war. Zwecks Verdeutlichung drückte er mir noch mal gegen den Rücken, ich versuchte, mich wegzudrehen, aber es half nichts.
„Ob wir uns verstanden haben?"
„Ja", entgegnete ich kurz. Er drängte mich neben den Wagen, ließ meinen Arm los, um mich dann an den Schultern zu Boden zu pressen. Ryan stand die ganze Zeit daneben, beobachtete die Geschehnisse verhältnismäßig emotionslos. Ich setzte mich wie verlangt an den Rand des Parkplatzes. Hinter mir ging es einen kleinen Hügel hinauf, was dahinter lag, konnte und musste mir egal sein, denn ich würde es nicht bis dorthin schaffen.
Jason war zum Kofferraum gegangen, hatte seine Tasche geholt und sie auf die Motorhaube gestellt, um etwas darin zu suchen.
„Fast schade, dass sie sich nicht verletzt hat", stellte Ryan fest. Er stand maximal zwei Schritte von mir entfernt, zündete sich

eine Zigarette an und betrachtete mich, als wäre ich irgendein streunendes Tier.

„Ich kann ihr noch schnell ein Bein brechen, so ist es nicht." Jason hatte nicht einmal aufgeschaut bei seinen Worten.

„Keine schlechte Idee, so kann sie dir auf dem Flug keine Probleme bereiten."

Mir wurde übel, das MUSSTE ein Scherz sein. Wofür hielten sie sich? Für Gott?

„Jetzt kuck nicht so!" Er grinste mich missbilligend an, zog den Rauch bis in die Lungen. „Ich lasse dir sogar die Wahl. Das rechte oder das linke?"

Ich schämte mich für meine Tränen, wollte am liebsten einfach nicht mehr existieren. Das war kein Albtraum, es war die Hölle.

„Was habe ich dir getan, Ryan McGraph? Womit habe ich das verdient? Sag es mir. Nur diese eine Antwort, danach bring mich meinetwegen um, aber sag es mir." Der Schmerz in mir, das ganze Leid der letzten Wochen hatte sich in eine riesige schwarze Mauer verwandelt, die sich um mich herum geschlossen hatte. Es gab kein Entkommen, ich würde sterben. Die Frage war nur wie und wann und ich musste zuvor einfach wissen, warum. Mir war klar, dass mein Selbstmitleid nichts ausrichten konnte, aber ich hatte keine Kraft mehr, um etwas anderes tun zu können, als zu jammern und mich zu bedauern.

Jason hob den Kopf und blickte zu Ryan. Dieser dachte nicht im Entferntesten daran, zu reagieren.

„Wenn du sie loswerden willst, wir finden auch jetzt eine Lösung."

Ryan schnaubte empört. „Ich entscheide, nicht sie."

Jason drehte sich um und trat vor mich hin. Ich sah die Spritze mit der langen Nadelspitze in seiner Hand.

„Nein", wimmerte ich. „Bitte nicht." Ich wusste nicht, was sie

mir verabreichen wollten, aber das spielte auch keine Rolle. Es war zu viel, ich konnte und wollte nicht mehr. Nicht mehr kämpfen, nicht mehr leiden.
Ryan warf die Zigarette auf den Boden, kam von rechts auf mich zu. Ich sah zu Jason und der Spritze auf der anderen Seite. Mein Herz drohte zu zerbrechen, weinte jämmerlich und verabschiedete sich vorsorglich von allen Erinnerungen an positive Gefühle. Mein Überlebenswille? Mein Kampfgeist?
>>Es ist vorbei, gib auf<<, wisperte mein Verstand unmissverständlich.

Den Einstich der Nadel in meine Armbeuge bemerkte ich kaum, dafür die Flüssigkeit, die durch meine Adern sickerte. Es brannte unangenehm, baute ein Druckgefühl in meinem Arm auf, so als würde er immer mehr anschwellen.
Jason zog die Spritze heraus, gab Ryan einen Tupfer, den er mir auf die Einstichstelle drückte. Er hockte neben mir auf dem Boden, hatte mich während der Prozedur festgehalten, auch wenn ich keinerlei Widerstand geleistet hatte.
Ein Schwächegefühl überkam mich, spontan lehnte ich mich zu Ryan, der mich sogar bereitwillig stützte.
„Wirkt das so schnell?", erkundigte er sich.
„Das ist nur die erste Reaktion, bis die volle Wirkung einsetzt, dauert es." Jason stand am Wagen und packte seine Sachen zusammen. Ich schloss die Augen, warum sollte ich mit ansehen, was passierte?

„Was soll ich nur mit dir machen? Wieso bist du bloß so verdammt stark und dickköpfig?" Sicher dachte Ryan, dass ich ihn nicht mehr hören konnte, vielleicht eingeschlafen war.
„Ich bin nicht stark", flüsterte ich, den Kopf hatte ich an seiner Schulter.

„Oh doch, das bist du und das ist nicht gut." Er bewegte sich nicht, während er sprach. Die Umgebung war so ruhig, die Augen zu schließen, war definitiv eine gute Idee gewesen. In mir breitete sich langsam eine gewisse Ruhe und Gleichgültigkeit aus.

„Du kennst mich nicht."

„Ich kenne dich gut genug, um zu wissen, welche Gefahr du für mich bist."

„Was könnte ich je gegen dich ausrichten? Das ist ein Witz." Ich sprach klar, fühlte mich aber, als wäre ich schon beinahe eingeschlafen.

„Willst du deine Erpressungsversuche jetzt weglügen? Das funktioniert nicht, Schätzchen." Bei diesen Worten änderte sich sein Tonfall, er wurde rauer, aggressiver und gefährlicher.

Arme packten mich, hievten mich hoch. Ich öffnete die Augen und erkannte, dass es Jason war, der mich auf die Beine zerrte. Mühevoll ließ ich mich zum Wagen führen, und bevor ich es richtig realisiert hatte, waren wir schon unterwegs. Ich zog es vor, meinen Kopf wieder an die Scheibe und nicht mehr an Ryan zu lehnen und zwang mich, die Augen offen zu halten. Möglich war es, aber es strengte mich fürchterlich an. Die Lichter draußen rasten an mir vorbei, langsam ging die Sonne auf und blendete mich beinahe sekündlich mehr.

„Ihr habt noch gut eine Stunde", erklärte Ryan. „Die Pässe hast du?"

„Aye, aye, Sir", antwortete Jason. „In ein paar Stunden ist alles vorbei und du kannst ganz unbesorgt deine Tour zu Ende bringen."

Ich hörte und verstand die Kommunikation, aber irgendwie erreichte sie mich doch nicht. Es kümmerte mich auch nicht wirklich, ich war irgendwie unfähig, in irgendeiner Form auf

meine Umwelt zu reagieren – weder auf emotionale Art und Weise noch in Form von Aktivitäten. Ob es an dieser blöden Injektion lag? Im besten Fall würde ich einschlafen und nie mehr aufwachen. Auch egal. Mir zumindest.
Ruckartig kam das Auto zum Stehen, ich blinzelte müde aus dem Fenster. Ein Parkhaus. Die beiden stützten und zerrten mich durch neonbeleuchtete Gänge, in Aufzüge, an Schaltern vorbei. Wie in Zeitlupe nahm ich alles wahr, auch die Frau am Check-in-Schalter. Sie inspizierte meinen Pass, schaute zu mir, wieder zum Ausweis, klebte ein Pappband um den Griff des Koffers. Wir gingen weiter, blieben in einer etwas abgelegeneren Ecke des Flughafens stehen.
„So, ab hier geht's alleine weiter." Jason umarmte Ryan, klopfte ihm auf die Schulter.
Ich blickte gemächlich zwischen den beiden hin und her, bis mir schwindelig wurde. Finger fassten mir in die Haare, fixierten mein Gesicht. Ryans Augen.
„Bei der nächsten noch so kleinen Dummheit bringt er dich um und ich deine Familie, ist das klar?" Er durchbohrte mich förmlich mit seinem Blick.
„Ich ..." Meine Beine wurden schwach, schmerzten. Was wollte ich eigentlich sagen? Wo war ich nur mit meinen Gedanken?
„Es wird Zeit!", mahnte Jason, legte meinen einen Arm um seine Schultern, hielt mich so fest und mit dem anderen griff er um mich herum. Einen Augenblick später waren wir in Bewegung. Ich blickte hinter mich, Ryan stand keinen Meter von mir entfernt.
„Ich dachte, ich hätte dich verloren. Du warst einfach weg." Fragend sah er mir nach, Jason zog mich weiter. „Ich hätte nie jemandem etwas erzählt. Nie. Ich wollte dich doch nur zurück, egal wie."

Meine Füße trugen mich oder war es einzig Jasons Verdienst? Ich wusste nicht, wie wir durch die Sicherheitskontrollen gekommen waren, aber wir schienen relativ spät dran zu sein, denn statt am Gate warten zu müssen, konnten wir gleich in die Maschine.

***

Langsam öffnete ich die Augen, blickte an die Kellerwand. Im nächsten Moment zog sich mein Magen schmerzhaft zusammen, mir wurde übel. Ich kickte die Decke von mir weg, versuchte aufzustehen und die Toilette zu erreichen. Taumelnd hielt ich mich am Waschbecken fest, hustete, würgte, übergab mich schließlich. Kalter Schweiß bildete sich auf meiner Stirn, ich zitterte, Blitze zuckten vor meinen Augen, dann wurde es dunkel.

- Ryan -

Gähnend schlenderte ich in die Hotellobby, gab den Mietwagenschlüssel an der Rezeption ab und machte mich auf den Weg zum Restaurant. Eine riesige Glaswand mit Gräsern und Blumen teilte ebenjenes von der Lobby ab. Stimmengewirr, Gläser- und Besteckgeklappere drangen zu mir durch. Beim Betreten des hellen Raumes schlug mir der Duft von Kaffee förmlich ins Gesicht. Hatte ich mich jemals so danach gesehnt? Ich scannte den Raum mit meinen Augen, kein bekanntes Gesicht. Schnell griff ich nach den Tabletts, deckte mich mit Essen und natürlich Kaffee ein, um mich danach an einen der freien Tische zu setzen. Während schon der erste Schluck mein Innerstes zu neuem Leben erweckte, checkte ich mein Handy. Keine Nachrichten, es war erst kurz nach 7.00 Uhr. Kein

Wunder, dass es hier so leer war.

Ich winkte eine Bedienung zu mir herüber, bestellte mir eine Thermoskanne Kaffee an den Tisch. Konnte nicht schaden, so musste ich nicht gleich wieder aufstehen.
Sie mussten jetzt schon auf dem Weg nach Dublin sein. Sah zumindest nicht so aus, als würde sich der Abflug verzögern. Ob Jason alles hinbekommen hatte? Was, wenn jemand misstrauisch geworden war? Ihr Zustand war schließlich nicht gerade gewöhnlich, schon alleine die Tatsache, dass ihr Outfit durch den Sturz im Park mit einigen Grasflecken „verschönert" worden war, musste Aufsehen erregen. Dazu ihr lethargisches Auftreten, was, wenn jemand gefragt hatte, ob es ihr gut ginge und sie einfach drauflos geplappert hatte? Vielleicht wirkten auch die Medikamente gar nicht richtig? Als ich die beiden hatte gehen lassen, konnte sie schließlich auch noch verhältnismäßig normal sprechen.

Fast konnte ich sie noch vor mir sehen, ihre Worte hören. >>Ich wollte dich doch nur zurück.<< Klar, das machte ja so Sinn. Ihre Worte waren definitiv ein Zeichen dafür gewesen, dass die Drogen Wirkung zeigten.
„Howdy, Partner." Mike riss mich förmlich aus den Gedanken. Ich grinste, begrüßte ihn und die anderen, die sich nacheinander um meinen Tisch versammelten.
„Warum bist du schon hier – und vor allem, warum alleine?"
Alle Augen waren auf mich gerichtet.
„Mira ist nach Hause geflogen. Ich hab' sie vorhin zum Flughafen gebracht." Etwas verlegen kratzte ich mich an der Stirn, erkannte die Überraschung in den Gesichtern meiner Freunde.
„Wieso das denn? Habt ihr euch gestritten? Mag sie uns

nicht?" Daniel klang ernsthaft besorgt.
„Nein, Quatsch. Alles gut", antwortete ich kopfschüttelnd. „Sie ist kein großer Fan der Öffentlichkeit, das Leben im Bus ist auch nicht so ihr Ding."
„Das ist schade. Bist du okay, Mann?", erkundigte sich Mike.
„Klar, alles bestens. Keine Sorge. Ihr solltet euch mal was zu essen holen."
Ich war froh, als sich die Jungs langsam dem Buffet zuwendeten.
„Es tut mir leid." Ich sprang vor Schreck fast vom Stuhl. Wieso war Daniel denn noch hinter mir stehen geblieben?
„Wirklich."
„Was meinst du? Ich sagte doch, alles gut." Skeptisch versuchte ich, seine Gedanken zu lesen.
„Vor mir musst du nicht den Starken spielen. Ich hab' gesehen, wie du sie anschaust, wie du binnen von Sekunden ausrastest und vor Sorge halb krepierst, wenn sie nicht direkt bei dir ist. Sie ist dir echt wichtig, oder? Und genau deshalb würde sie auch nicht einfach so heimfliegen." Oh nein, Daniel war wirklich besorgt, wollte sich kümmern, mir helfen.
„Ja, da hast du wohl recht", seufzte ich. „Ich werde die Tour aber wohl oder übel ohne sie überstehen müssen und danach ist sicher alles gut."

>>Was für ein bodenloser Schwachsinn<<, schimpfte ich mich in Gedanken. >>Du weißt schon, dass du deine besten Freunde von vorne bis hinten verarschst?<<
Darüber sollte ich nicht nachdenken, ich durfte es nicht. Ich tat doch all das auch, damit die Dinge so blieben, wie wir alle sie haben wollten. Welche Alternativen hätte ich denn gehabt? Eine Band, deren Sänger im Knast hockt? Hätte allen extrem „viel" Erfolg gebracht. Vielleicht wenn ich mich dort erhängt

hätte oder so, wie man das eben aus den Nachrichten kennt – tote Musiker sollen sich ja irgendwie besser verkaufen.

Ruhelos sah ich den Jungs beim Frühstücken zu, kippte viel zu viel Kaffee in mich hinein und hoffte, dass ich den Tag voller Interviews irgendwie hinter mich bringen würde. Hoffentlich würde sich Jason bald melden – mit positiven Nachrichten.

- <u>Mira</u> -

Ich fühlte mich, als wäre eine Pferdeherde über mich hinweg getrampelt. Mein Gehirn pochte, pulsierte und schmerzte fürchterlich. Leicht drehte ich den Kopf, nur so wenig, bis meine Stirn das Kühle berührte, das unter mir war.
Ich blinzelte vorsichtig, wenig später bemühte ich mich, die Augen zu öffnen. Ich lag auf dem Boden, vor der Toilette. Beim Versuch, mich aufzurichten, dröhnte mir mein Kopf noch um einiges mehr, ich fasste mit der Hand in meinen Nacken. Ein Stechen durchfuhr mich. Ein Stückchen weiter oben an meinem Kopf schmerzte es am meisten. Vorsichtig ertastete ich die Stelle, inspizierte danach gleich meine Hand. Kein Blut zu sehen, aber vermutlich war ich dennoch mit dem Hinterkopf aufgekommen. Ich musste ohnmächtig geworden sein. Ich war alleine in diesem Loch, wen sollte das schon interessieren? Auf allen vieren kroch ich zu dem schäbigen Bett hinüber, aber statt mich hinauf zu kämpfen, blieb ich so auf dem Boden sitzen, dass ich meinen Rücken daran anlehnen konnte.

Langsam schien auch mein Verstand zurück in die Realität zu finden – es wäre besser gewesen, wenn er es erst gar nicht versucht hätte. Schlagartig wurde mir bewusst, was passiert war.

Nicht nur die letzten Stunden, auch die Tage davor, alle Erinnerungen an die Qualen, das Leid, die Erniedrigungen schwappten plötzlich über mich, drohten, mich zu ersticken. Ich schluchzte auf, sofort liefen mir die Tränen übers Gesicht. Verstecken oder gar zurückhalten musste ich sie vor niemandem mehr. Also weinte ich. Immer weiter. Mich beschlich der leise Verdacht, dass ich möglicherweise nie wieder damit aufhören könnte.

***

Irgendwann wurde die schwere Eisentür geöffnet, ich nahm Jason aus dem Augenwinkel wahr. Erst jetzt fiel mir auf, dass ich wohl doch aufgehört hatte, zu weinen. Alles fühlte sich so taub an, so gefühllos.
„Wie geht's der kleinen Ausbrecherin?", provozierte er mich. An mich kam das nicht heran, ich hörte ihn zwar, aber die dunkle Leere in mir schluckte offensichtlich alle Emotionen. Er kam einen Schritt auf mich zu, ging neben mir in die Hocke und glotzte mich an, als hätte er nie zuvor etwas wie mich gesehen.
„Geht es dir schlecht? Kreislauf im Keller?" Gespielte Fürsorge. Ich schnaubte, ganz spontan hatte ich erneut angefangen zu weinen. >>Im Keller<<, welcher Wortwitz.

Er erhob sich wieder, schaute sich in dem winzigen Raum um.
„Okay, frische Kleidung ist da. Zieh dir was Sauberes an, ich suche mal nach einer dickeren Decke. Ist ganz schön kalt hier unten." Zur Verdeutlichung rieb er die Handflächen aneinander, bevor er zur Tür ging. Als er sie knapp bis zur Hälfte geschlossen hatte, hielt er inne.
„Aufstehen und umziehen, habe ich gesagt!", wiederholte er.

Ich nahm mir einen Moment, um mich anzusehen. Flecken von Gras und Erde zierten mein Oberteil, auf der Hose fiel es aufgrund der Farbe nicht ganz so stark auf, aber dreckig war sie allemal. Was interessierte mich das? Ich dachte nicht mal daran, aufzustehen.

Es dauerte eine Weile, bis Jason wieder zurückkam. Bepackt mit einer dicken Bettdecke, Kissen und etwas, das wie ein Laken aussah, kickte er die Türe hinter sich zu.
„Ich nehm' die Sachen auch wieder mit, wenn du nicht tust, was ich von dir verlange", erklärte er schroff.
Gleichgültig zuckte ich mit den Schultern.
„Ich hoffe, du bedenkst, dass du ohne mich weder Essen noch Trinken bekommen wirst und du hängst doch an deinem Leben, oder?"
„Das ist kein Leben", antwortete ich so leise, als wollte ich es selbst nicht hören, als würde das Aussprechen meine Aussage noch manifestieren.
Er seufzte genervt. „Entweder du ziehst dich jetzt SOFORT um oder ich tue es – inklusive einer eiskalten Dusche."

Ich stützte mich am Bett ab, kam auf die Beine und zu meiner Überraschung fühlte ich mich wieder etwas fitter. Mit verachtendem Blick ging ich zum Regal mit den restlichen Klamotten. Als ich sah, dass Jason die alten Decken und Kissen vom Bett warf, nutzte ich die Gelegenheit und schlüpfte in das Erstbeste, das ich zum Anziehen finden konnte.
Für einen Mann gab er sich ziemlich viel Mühe, das musste ich zugeben. Das weiße Bettzeug wertete das dunkle Zimmer extrem auf, allerdings grenzte es auch an pure Ironie. Alles war einfach nur ein Gefängnis, ein Grab mit Lichtschacht – dazu

blütenweiße Wäsche.

Als er fertig war, trat er einen Schritt zur Seite.
„So, hinlegen, ausruhen. Hier ist was zu trinken, Essen gibt es erst morgen, wegen der Medikamente."
Ich nahm ihm die Plastikflasche ab und ließ mich langsam aufs Bett sinken. Er wartete keine Minute zu lange, griff sich die dreckigen Sachen und verschwand. Ich nahm einen Schluck, fast hätte ich mich wieder übergeben müssen. Ich hatte mit Wasser gerechnet, aber bekommen hatte ich irgendeine Zuckerbrühe. Es war einfach nur widerlich süß.
Ohne weiter nachzudenken, streckte ich mich auf dem Bett aus. Der angenehme Duft von Waschmittel streifte meine Nase. Ich zog ein Stück Decke an mein Gesicht, hielt sie ganz nah bei mir und atmete ein. Ein wohliges Gefühl von Sauberkeit, Reinheit, Sicherheit und Familie keimte vorsichtig in meinem Inneren auf. Ich wusste ja, dass es gefrevelt war, dass nichts von den Illusionen real war, dennoch war es eben auch das Einzige, was ich hatte. Es musste reichen. Schnell kuschelte ich mich komplett in den Stoff ein, bedeckte mein Gesicht damit und gaukelte mir vor, dass – wenn auch nur für einen winzig kleinen Zeitraum – alles gut war.

- Ryan -

Was für eine Erleichterung – Jasons Anruf hatte eine Weile auf sich warten lassen und ich saß auf glühenden Kohlen.
War soweit reibungslos verlaufen, aber nachdem Mira im Flugzeug eingeschlafen war, hatte er große Mühe gehabt, sie in Dublin wieder irgendwie wach zu bekommen und sie vor allem auch nicht noch mal wegdämmern zu lassen, bevor das Taxi sie nach Hause gebracht hatte. Jetzt war sie sicher. Ich war sicher.

Dieser Nervenkrieg ging mir wirklich an die Substanz.

„Jungs, wir sind durch für heute." Unser Management war zufrieden, das war gut. „Wer will, kann mit dem Bus zurück ins Hotel fahren, alternativ ein bisschen Sightseeing oder so."
„Und? Was machen wir?" Daniel pikste mich in die Seite.
„Mir egal, such's dir aus." So entspannt hatte ich mich seit geraumer Zeit nicht mehr gefühlt.
„Vatikan? Fontana di Trevi? Spanische Treppe?" Euphorisch strahlte er mich an.
„Also den Papst können wir uns meinetwegen schenken", mischte sich Mike ins Gespräch mit ein.
„Geht mir ähnlich", stimmte ich zu. Da Brian ohnehin für nahezu jeden Spaß zu haben war, musste man ihn nicht fragen. Wie ließen uns vom Tourbus direkt vorm Kolosseum absetzen. Unsere kleine Sightseeingtour würden wir zu Fuß meistern. Hatten wir schließlich schon viele Male in diversen Groß- und Kleinstädten gemacht.
Es war Spätnachmittag, als wir die riesige Arena aus Stein betraten. Überall gab es kleinere Gänge durch die Felsen, über die man die verschiedenen Bereiche und Etagen erreichen konnte. Ich entschied mich für den einfachsten Weg – von der Mitte aus kletterte ich die großen Stufen immer weiter nach oben. Brian folgte mir. Der Ausblick war gigantisch. Riesig, hoch, massiv und beeindruckend. Was sich hier wohl alles schon zugetragen hat? Die Mauern und Steine könnten so viele Geschichten erzählen, da war ich mir sicher.

„Wusstet ihr, dass dies das größte Amphitheater der Welt ist und eines der sieben Weltwunder noch dazu?" Daniel wedelte mit einem Prospekt vor meiner Nase herum, als wir wieder unten ankamen.

„Ein Vieh-Theater? Interessant", witzelte Brian, Daniel rollte mit den Augen.
Wir machten noch einen Abstecher zum Triumphbogen, ebenfalls sehenswert, aber nicht ganz so spektakulär wie das Kolosseum.

„Hat eigentlich einer einen Stadtplan?" Wir standen offensichtlich an einem Knotenpunkt in Sachen Tourismus, Menschen strömten von allen Richtungen an uns vorbei. Ich bemerkte, dass die Blicke auf uns länger und intensiver wurden. Der ein oder andere hatte uns vermutlich erkannt, wie gut, dass ich Mira nicht dabeihatte. Ein Problem weniger.
Nach kurzer Orientierungssuche folgten wir den Schildern Richtung Zentrum. Trevi-Brunnen und Spanische Treppe sollten dort auch zu finden sein.
Wir schlenderten wie richtige Touris durch die Straßen, an vielen Ecken roch es nach typisch italienischem Essen, Souvenirläden reihten sich aneinander. Während die letzten Sonnenstrahlen ihr Bestes gaben, erreichten wir die Fontana di Trevi – den Trevi-Brunnen. Ich ging davon aus, dass eigentlich kein Weg an diesem Brunnen vorbeiführte. Jeder, der in Rom war, musste dort gewesen sein und eine Münze über die eigene Schulter hineinwerfen. Ich beobachtete das wilde Treiben um die Sehenswürdigkeit herum ein wenig, plötzlich ein Schrei direkt neben mir. Erschrocken drehte ich mich in die Richtung, aus der er gekommen war.
„Ryaaaaaaan!" Ein weiterer spitzer Ton, der mir in den Ohren schmerzte. Dennoch musste ich lachen. Eine Gruppe junger Mädchen hatte mich eingekreist, Handys wurden gezückt, Selfies gemacht und auf mich eingeredet. Plötzlich fühlte ich mich wie ... ICH.

Die Gegend um die Spanische Treppe war ziemlich nobel, das Publikum definitiv exquisiter, genau wie die Restaurants und Weinlokale. Die Wahl überließ ich den Jungs, das Interieur gefiel mir auf Anhieb und gegen Wein und Pasta hatte ich sowieso selten etwas einzuwenden. Wir saßen direkt hinter einer großen Fensterscheibe und konnten auf die beleuchtete, belebte Treppe blicken.

„Ach Leute, das war ein echt schöner Tag. Ich danke euch." Der Wein schien mich sentimental zu machen.

„Schade, dass Mira nicht da ist. Du vermisst sie sicher." Daniel widmete mir einen Mitleidsblick, den nur Freunde draufhatten.

„Hör auf, Dany, wir wollten ihn aufheitern, nicht wieder runterziehen!", ermahnte Mike gespielt vorwurfsvoll seinen Kollegen.

„Mich aufheitern? Das müsst ihr nicht, es ist alles okay", mischte ich mich ein. Ihre Fürsorge war mir schon fast peinlich und unangebracht war sie noch dazu.

„Wir wollen, dass du glücklich bist, Mann, nicht mehr und vor allem nicht weniger." Brian zwinkerte mir zu, ich musste vor Rührung schlucken.

***

Müde ließ ich mich in mein Hotelbett fallen. War ein langer Tag. Es fühlte sich komisch an, hier, alleine.

Wann hatte ich zum letzten Mal alleine geschlafen? Es war definitiv ein Weilchen her. Konnte ich alleine pennen? Ohne Sorgen? Ohne ständige Angst davor, dass sie flüchten würde?

Ich dachte an meine Freunde, meine Band. Wie sehr sie sich wohl bemüht hatten, damit ich den Tag hatte genießen können? Ein überaus unangenehmes Gefühl flammte in mir auf. Das alles war irgendwie so falsch.

War ich bedauernswert? Nicht in der Art, wie sie es vermuteten, das war sicher.
Ich belog meine Freunde. Seit Wochen, seit Monaten schon. Von Anfang an hatte ich sie belogen. Keiner von ihnen kannte die Wahrheit. Niemand wusste, woher ich kam und weshalb ich abgehauen war. Geschweige denn warum ich nicht mehr zurückkonnte. Was sie wohl von mir halten würden, wenn sie wüssten, was ich Mira antat?
Könnten sie mich auch nur ansatzweise verstehen, wenn ich ihnen erklären würde, dass sie mich erpresst hatte? Dass ich ihr ganz allein vertraut hatte und mir das zum Verhängnis geworden war?
Was, wenn sie wüssten, dass ich in jener denkwürdigen Nacht Susanna überfahren hatte? Sie hatten mich immer geschätzt, wir waren ein tolles Team, eine Band, die nicht besser hätte harmonieren können, doch was wäre, wenn sie wüssten, dass ihr Sänger ein Mörder war?
Seit geraumer Zeit zusätzlich noch ein Entführer?

Nach wie vor hätte es für mich keine andere Lösung gegeben. Mira musste weg. Sie hätte mich verraten. Selbst wenn sie auch nur das kleinste Gerücht gestreut hätte, nur eine belanglose Erwähnung von Susanna, und dass ich ihr etwas erzählt hatte – die Polizei hätte die Ermittlungen bei Verdacht auf Mord doch sofort wieder aufgenommen. Mit hoher Wahrscheinlichkeit hätten sich genügend Zeugen ausfindig machen lassen, die gegen mich ganz spontan hätten aussagen wollen. Niemand hatte es damals getan, weil schlicht und ergreifend keiner mich, ihren Freund, auf dem Schirm hatte.
Selbst wenn man mir heute nichts nachweisen können würde, mein Ruf wäre dahin. Ich wäre gefangen in diesem ewigen Albtraum meiner Vergangenheit.

Ich wünschte, ich hätte Mira nur niemals etwas erzählt. Als ich mir über die Konsequenzen klar geworden war, den Kontakt zu ihr abbrechen wollte, in der Hoffnung, dass sie mich und meine Geschichte einfach vergessen würde, setzte sie mir das Messer auf die Brust.
>>Lieber Ryan, entweder du antwortest mir oder du findest unsere Chatgeheimnisse bald in irgendeiner Klatschzeitung.<<
Die Erinnerung daran schmerzte, machte mich wütend. Ich konnte ihre Drohung auf dem Bildschirm selbst jetzt noch vor meinem geistigen Auge sehen. Dazu gesellte sich automatisch ein extrem intensives Gefühl der Angst, der Bedrohung. So als würde mir jemand wirklich und wahrhaftig nach dem Leben trachten. Ich wusste zwar, das hatte sie nie getan, aber diese paar Worte damals hatten ausgereicht, um eben jene Emotionen in mir auszulösen.

Bevor Mira aufgetaucht war, lief doch alles rund in meinem Leben. Klar, schon damals bestand meine Vergangenheit aus einer Aneinanderreihung vieler kleiner einzelner Lügen, doch niemand ahnte auch nur im Entferntesten etwas davon und ich konnte damit umgehen.
Es verging kaum ein Tag, an dem ich nicht an Susanna und das Baby dachte, an den Unfall, an meine eigene Feigheit. In vielen meiner Träume holte mich das alles ein, ich erlebte den Abend wieder und wieder, hasste und verfluchte mich für mein Verhalten. Aber ich hatte irgendwann gelernt, damit zu leben. Im Vergleich zu dem, was ich getan hatte, waren die paar Albträume ein geringer Preis.

Die Dinge hatten sich geändert. Durch Miras Mitwissen hatte ich mich in eine Sackgasse katapultiert, aus der es nur den

einen Ausweg gab – sie musste verschwinden.
Die letzten Wochen hatten gezeigt, dass ich sie zwar kontrollieren konnte, aber absolute Sicherheit gab es dennoch nicht. Sollte einer ihrer Fluchtversuche jemals erfolgreich sein, wäre mein Leben gelaufen. In jeder Hinsicht und unabänderlich.

Dass ich praktisch jeden Menschen, der mir wichtig war, anlog in Bezug auf meine Vergangenheit, war eine Sache. Es war schließlich vorbei, spielte keine große Rolle mehr in meinem Leben. Aber das mit Mira – das Hier und Jetzt –, das war eine ganz andere. Ich hatte sie meinen Freunden präsentiert, sie in UNSER Leben integriert, allen etwas vorgemacht und nun trösteten sie mich sogar wegen Mira? Ich wollte dieses schlechte Gewissen nicht haben. Ich bereute zutiefst, sie jemals mitgenommen zu haben. Was hatte ich mir dabei auch gedacht? Der einzige sichere Platz für sie war der in meinem Keller.

Ich seufzte, Schlaf wäre sicher sinnvoll. Ich wälzte mich ein paar Mal hin und her, zerrte und zog die Bettdecke in eine gemütliche Position und schloss meine Augen.

>>Wenn sie tot wäre, wärst du all deine Sorgen auf einen Schlag los.<< Ich starrte an die Decke und wunderte mich über meine eigenen Gedanken. Es war Fakt und die einzige definitive Lösung. Ich hatte ja schon zwei Leben ausgelöscht, käme es auf ein weiteres dann noch an? Ich müsste es ja auch gar nicht selbst tun.
Würde mich Mira dann jede Nacht im Traum verfolgen?
„Fuck!", fluchte ich, sprang regelrecht aus dem Bett, steuerte die Minibar an und suchte nach dem Hochprozentigsten, was darin zu finden war. Ich legte mich wieder hin, trank und

wartete, bis mich die entspannende Gleichgültigkeit des Alkohols übermannte.

- Mira -

Ich fühlte mich wie Dornröschen, nur ohne den Prinzen natürlich. Wie lange hatte ich geschlafen? Tage? Wochen? Wach oder gar fit fühlte ich mich trotzdem nicht. Aufstehen? Wozu denn? Da ich sowieso keinen Fuß heraus aus meiner Zelle machen würde, konnte ich auch einfach liegen bleiben. Ich drehte mich auf die Seite und schielte hinauf zum Lichtschacht. Wahrscheinlich regnete es, Sonnenstrahlen konnte ich jedenfalls keine sehen, aber es war definitiv hell. Schlagartig wurde mir bewusst, dass es mir wohl doch besser gehen musste – wie sonst könnte ich das Wetter oder meine Umgebung überhaupt wahrnehmen?

Gähnend griff ich nach der Flasche, die ich neben dem Bett auf den Boden gestellt hatte. Sie war noch gut halb voll, viel hatte ich also nicht getrunken. Beim ersten Schluck schüttelte es mich erneut vor Ekel.

Ich hörte ein Geräusch an der Türe, drehte mich aber bewusst nicht um. Kurz darauf stand Jason neben mir.

„Wieso hast du nur so wenig getrunken?", ermahnte er mich vorwurfsvoll.

„Weil es grausam schmeckt." Ich musterte ihn, er hatte einen Teller in der Hand, dazu eine Tasse und eine Thermoskanne in der anderen.

„Feinschmecker, hm? Das ist Aufbaukost, die muss mies schmecken." Er hielt mir den Teller entgegen, sofort setzte ich mich auf und schaute auf die zwei Scheiben Toast darauf.

„Kaffee?", erkundigte er sich.

Ich nickte, den brauchte ich auf jeden Fall. Er goss mir etwas davon in die Tasse, bückte sich dann nach der Flasche auf dem Boden und ließ mich alleine.

Vor mir lagen unendliche Stunden der kompletten Langeweile und des Alleine-Seins mit mir selbst und meinen Gedanken. Ich befürchtete, dass mir sogar die Themen zum Kopfzerbrechen langsam ausgehen mussten. Es war so ermüdend und nicht zuletzt die Tatsache, dass mich kein einziger Gedankengang je auch nur einen Schritt weitergebracht hatte, geschweige denn je würde, sorgte dafür, dass ich mir immer mehr wünschte, nicht mehr denken zu können oder zu müssen.
Ich drehte mich ohnehin nur im Kreis und hatte nach wie vor keinerlei Einfluss auf mein Schicksal. Sicherlich verbarg sich hier irgendwo ganz in den Tiefen meines Unterbewusstseins das ein oder andere Kindheitstrauma, das nie aufgearbeitet worden war. So etwas hatte schließlich jeder. Angst vor Kontrollverlust. Vielleicht war es auch vielmehr eine ganz menschliche und damit normale Angst, eine rationale, die jeder kannte. Aber nicht jedem Menschen wurde von einem Moment auf den anderen jegliche Art von Kontrolle und Selbstbestimmung entrissen. Glücklicherweise.
Prozentual gesehen wurden nicht sonderlich viele Menschen entführt, ihrer Freiheit beraubt, wie man sagt. Von den wenigen, die diese Erfahrung machen mussten, überlebten einige nicht. Zu oft knallten bei den Kidnappern sämtliche Sicherungen durch und die Angst, überführt zu werden, wurde letztendlich so groß, dass sie ab einem gewissen Punkt die Geisel nur noch schnellstens loswerden wollten.
Von den übrig Gebliebenen kam die Mehrheit nach kurzer Zeit wieder frei. Entweder, weil sie sich dank der Schlamperei des Entführers selbst befreien konnten, oder auf die Forderungen

des Kidnappers eingegangen wurde. Ich weiß nicht, vielleicht, weil es dem Geiselnehmer ziemlich rasch zu blöd wurde?

Dass ich mich zu absolut keiner dieser Gruppen zuordnen ließ, machte mich also wohl zu etwas Besonderem. Man konnte sagen, ich war die in der BESONDERS beschissenen Situation oder so. Aber wir wollen es ja nicht übertreiben, ich hatte im Laufe meines Lebens doch das ein oder andere Mal davon gehört oder gelesen, dass Menschen – häufig auch Kinder – über einen längeren Zeitraum gefangen gehalten wurden.
Sie wurden misshandelt, missbraucht, versklavt. Das passierte nicht nur in den Ländern, in denen man es vermuten würde, nein. So etwas konnte theoretisch überall geschehen, man nehme mich als Beispiel. Ob ich mich so verhielt wie die anderen? Eine Standard-Geisel war?
Ich jedenfalls empfand sowohl meine Gedanken als auch meine Ängste und vor allem meine Handlungen als absolut nachvollziehbar in meiner Situation. Ryan war anderer Meinung. Für ihn machte ich aber so oder so alles falsch, was mich immer wieder zu der berechtigten Frage brachte, was er eigentlich von mir wollte?
Ich störte sein Leben, seinen Ablauf, seine Karriere. Dennoch hatte er mich mitgeschleppt und es war nicht wirklich gut gelaufen. Die kleinen Momente, in denen es irgendwie klappte zwischen uns, waren so selten und jeden davon musste ich bald darauf bitter bereuen. Natürlich machte ich Fehler, aber er verlangte Unmögliches von mir und setzte mir sowohl physisch als auch psychisch extrem zu, was mir dauerhaft das Gefühl gab, auf einem Minenfeld unterwegs zu sein.

Ich dachte an meinen letzten Fluchtversuch. Immerhin handelte es sich bei der Sache auf dem Parkplatz um einen richtigen Fluchtversuch, das konnte ich zugeben. Es war meine letzte Chance gewesen, ich hatte sie nutzen müssen.

Vergebens. Nun saß ich da, wo er mich haben wollte. Alleine. Hilflos. Ohne einen Funken Besserung in Aussicht. Sehr gut gemacht, Mira.

Er hatte von der Erpressung gesprochen. Von der, die nie eine gewesen war. Ich versuchte, mich an seine genauen Worte zu erinnern, aber so wirklich viel hatte er auch gar nicht gesagt. Er hatte eigentlich nur von Erpressungsversuchen gesprochen und dass er mich gut genug kennen würde. Das Gespräch hatte irgendwo zwischen dieser Betäubungsspritze und dem Einsetzen von deren Wirkung stattgefunden.
Ich war zu abgelenkt, zu viel Adrenalin in meinem Körper, um mich an alles erinnern zu können. Hatte er nicht gesagt, dass er mich für stark hielt?
Ich streckte mich aus und starrte an die Decke. Irgendetwas fehlte, ich hatte etwas Wichtiges vergessen und mein Gefühl sagte mir, dass ich an dem besagten frühen Morgen um einiges schlauer gewesen war – trotz der Drogen.

Vielleicht sollte ich bei einem ganz anderen Zeitpunkt ansetzen? Erpressung. Ich überlegte, es war lange her, aber alles, was ihn betraf, schien wie eingemeißelt in meinen Kopf. Genauso wie in meinem Herzen.
Er war einfach verschwunden, ohne ein Wort. Meine Sorge wurde zu Wut, diese bald darauf zu blanker Panik. Ich konnte ihn doch nicht einfach aus meinem Leben verschwinden lassen.

In letzter – ich gebe zu, unüberlegter – Konsequenz schrieb ich ihm eine wirklich böse Nachricht, anhand dieser ich ihn quasi darauf hinwies, dass ich seine Geheimnisse auch weitererzählen könnte, wenn er sich nicht umgehend melden würde.

Ich wollte schlucken, hatte aber einen dicken Kloß im Hals. Er hatte Angst? Davor, dass ich sein Vertrauen ausnutzen und seine Geschichte an die Presse verkaufen würde?
Mein Herz raste, konnte das sein? Was hätte es ihm schon groß ausgemacht, wenn ich ... seine Ex.
Das ungeborene Kind in ihrem Bauch.
Er fürchtete allen Ernstes, dass ich diese Sache irgendjemandem erzählt hätte? So ein Schwachsinn. Was hätte ich davon gehabt? Deshalb wäre er auch nicht zu mir zurückgekommen. Das konnte er unmöglich ernsthaft in Erwägung gezogen haben!

Nein! Das konnte nicht sein! Ich schüttelte den Kopf, immer wieder. Wollte einfach nicht glauben, dass diese Theorie der Wahrheit entsprechen könnte. Was wusste ich denn schon? Eine Geschichte von irgendjemandem? Ich hätte doch rein gar nichts beweisen können, das musste ihm gleichwohl auch klar gewesen sein.

Dann erschrak ich auf ein Neues. Mein E-Mail-Programm hatte die letzten E-Mails als ungelesen zurück betitelt. Ungültige Adresse, was weiß ich, aber sie wurden nicht zugestellt, soweit ich das damals verstehen konnte. Ich war also nie davon ausgegangen, dass er auch nur ein Wort je gelesen hatte.
Möglicherweise stimmte das auch, aber ich hatte in all meiner Wut und Verzweiflung doch tatsächlich vergessen, dass ich meine Drohung – meinen Hilfeschrei, was es meiner Meinung nach weitaus besser traf – nicht per E-Mail, sondern über eine

Chatnachricht, einen Instant Messenger geschrieben hatte.
Auch hier hatte ich keine Lesebestätigung erhalten, was mich schier zum Ausrasten gebracht hatte, aber ich musste mir eingestehen, ich hatte weder von Computern noch von diesem Messenger viel Ahnung. Sicher gab es Möglichkeiten, eine Nachricht zu lesen, ohne dass der Absender dies wusste. Vielleicht war es auch vollkommen gängig und normal, eventuell zum Schutz der Privatsphäre vom System her so eingerichtet, dass eine Person, die man blockiert oder gelöscht hatte, so etwas nicht mehr im Chatfenster ablesen konnte?

Es war ein Fehler gewesen, ihm etwas anzudrohen, die Kontaktaufnahme erzwingen zu wollen, doch ich war verdammt noch mal verzweifelt, weil ich ihn nicht gehen lassen wollte. Nicht so. Nicht ohne ein Wort.

Hatte er die Mitteilung also doch lesen können?
So musste es gewesen sein, absolut. Zum ersten Mal, seit er mich entführt hatte, schien etwas Sinn zu machen. Er hatte meine Worte sicher zur Kenntnis und vor allem viel zu ernst genommen. Möglicherweise hatte er sogar in Erwägung gezogen, dass ich ihm alles nur vorgespielt hatte, um an Informationen über ihn zu kommen. Ich hätte ja auch eine Klatschreporterin sein können, das Internet besticht ja nicht umsonst durch seine Anonymität.
Aber war das, was ich über ihn wusste, denn so dramatisch, dass er keinen anderen Ausweg gesehen hatte? Schließlich wollte er mich umbringen. Das war der Plan.
Er hatte ihn nie geändert, nur etwas aufgeschoben. So lange, bis ich ihm zu viel wurde.

Warum hatte er nie etwas gesagt? Mir seinen Verdacht

vorgehalten? Ich hätte ihm so gerne alles erklärt. >>Als hätte er dir auch nur ein einziges Wort geglaubt<<, funkte mein Verstand dazwischen. Wieso glaubte er mir nicht? Wann und wieso hatte er das Vertrauen in mich verloren?
Die Fakten sprachen doch für mich. Letztendlich war nie etwas von dem, was er mir anvertraut hatte, irgendwo in den Schlagzeilen aufgetaucht. Trotz seines Verhaltens hatte ich mein Wort nie gebrochen.

Wieso hatte er mich zu so einem Hassobjekt degradiert?
Ich wollte ihm nie etwas Böses, ganz im Gegenteil. Ich musste ihm das klarmachen. Er müsste doch erkennen, dass seine Angst total irrational gewesen war. Wenn ich es ihm nur verständlich darbringen könnte, er mir zuhören und mich endlich verstehen würde, dann könnte dieser ganze Wahnsinn ein Ende haben.

Die Sekunden, in denen sich ein winziger Hoffnungsfunken in mir entfacht hatte, vergingen zu schnell. Zu bitter war die darauffolgende Erkenntnis. Er wollte mich töten, weil er glaubte, ich könnte mit einer Geschichte rausrücken, die zum einen viele Jahre her und zum anderen absolut gar nicht zu beweisen war. Wie lange hatte er mich nun festgehalten? Gezwungen? Entführt? Bedroht? Vergewaltigt? Verletzt? Erpresst?
Die Beweise für seine Missetaten waren überall und all gegenwärtig.
ICH war der Beweis. Niemals würde er mich gehen lassen. Niemals.

Sollte ich mit ihm reden? Nach seiner Rückkehr? Er würde mir bestimmt gar nicht erst zuhören. Wieso sollte er auch?

Er saß am längeren Hebel und wusste, dass ich so oder so ein Beweisstück war, das man entsorgen musste, BEVOR es gefunden wurde ...
Ich wollte den Gedanken nicht zu Ende formulieren, fühlte mich ohnehin überrannt von den Erkenntnissen, die ich mir selbst erarbeitet hatte.

Wie oft er mir schon gesagt hatte, dass es meine eigene Schuld war. Nun machte es Sinn – in seinem verqueren Weltbild zumindest. Er musste all das wieder und wieder durchgedacht, seinen Ängsten freie Bahn gelassen und einfach zugehört haben. Anders war es nicht zu erklären. Er litt definitiv an einer psychischen Störung, das war mir schon lange vor unserem ersten persönlichen Kontakt gedämmert und um es mal vorsichtig auszudrücken, er hatte es mir danach auch immer mehr und deutlicher bewiesen.
Traurigerweise brachte mich nichts von alledem irgendwie weiter. Ich würde ihn in seinem Wahn bestimmt nicht stoppen können. Mir traute er ja absolut gar nicht über den Weg.

- Ryan -

Blitzschnell hockte ich senkrecht und mit Herzrasen im Bett. Jemand hämmerte an die Tür. Einen Moment brauchte ich, um zu realisieren, dass ich alleine war. Alles war gut.
Ich quälte mich aus dem Bett, schleppte mich zur Tür.
„Na, sag mal, Winterschlaf oder was?" Mike musterte mich von oben bis unten. „Und zum Ausziehen hat es letzte Nacht wohl auch nicht mehr gereicht."
War mir gar nicht aufgefallen.
„Minibar", schulterzuckend grinste ich ihn an. Mein Bandkollege fragte nicht nach, hielt mir keine Standpredigt,

sondern verstand. Manchmal brauchte man das einfach.
Ich schickte ihn vor, zog mich im Eiltempo an und gesellte mich dann zu den anderen, um zu frühstücken. Für den Vormittag standen noch zwei Termine an, danach hieß es wieder packen und Busfahren für die nächsten Stunden.
Unsere nächste Station war Wien.

Wir waren schon ein paar Stunden im Fahrzeug unterwegs, ich hatte mich nach Miras Wohlergehen erkundigt und konnte somit recht entspannt mit den Jungs zocken.
„Weißt du was, Ry?" Mike stieß mich mit dem Ellenbogen an, während ich hoch konzentriert auf den Fernseher starrte.
„Hm?", murmelte ich.
„Ich bin echt happy, Mann."
Mit ernster Miene drehte ich meinen Kopf in seine Richtung.
„Ich hoffe für dich, das sollte kein Ablenkungsmanöver sein, weil du einfach nicht verlieren kannst."
Er lachte. „Nein, ich meine das ernst. Manchmal muss man echt auch mal runterkommen, sehen, was man hat, es zu schätzen wissen und so. Und ich hab' die coolste Band der Welt, die besten Kumpels, die man sich vorstellen kann und ja, ich bin echt froh."
„Okay, Schluss mit lustig, wer hat ihm was in den Drink gekippt?" Ich schielte zu Brian und Daniel hinüber, die ihre imaginären Heiligenscheine regelrecht polierten.
„Lass den Jungen doch, er hat ja recht." Brian zeigte den Daumen nach oben.
Zustimmend nickte ich. „Ja, das hat er wohl."

Irgendwie fühlte ich mich plötzlich etwas fehl am Platz. Sentimentalitäten wurden zwischen uns nicht so häufig ausgetauscht, auch wenn jeder von uns genau wusste, was er am anderen hatte. Man sprach nur eben nicht darüber. Wir waren Männer. Und Musiker. Und Rockstars.

Also spielten wir weiter. Nach ein paar Minuten hörte Mike schlagartig auf und drehte sich zu mir.

„Okay, ich kann das nicht. Es muss halt einfach raus." Er rieb sich etwas verlegen über die Stirn. „Du bist mein bester Freund und ich mache mir einfach Sorgen. Ich meine, das Mädel hat dich ganz schön verändert und ich freue mich, wenn du glücklich bist, aber die letzten Tage über gefällst du mir so gar nicht."

Ich schluckte verlegen. „Ihr sollt euch doch keine Sorgen machen."

„Tun wir aber." Daniel mischte sich ein. „Du wirkst abwesend, trotzdem gestresst irgendwie. Manchmal könnte man meinen, du leidest an Verfolgungswahn. Da stimmt doch etwas nicht. Du kannst nicht nur, du MUSST uns sogar alles sagen. Wir sind Freunde, weißt du. Freunde lügt man nicht an, und zwar schon allein deshalb nicht, weil deine Sorgen auch ihre Sorgen sind."

„Ihr beschämt mich ja regelrecht mit eurer Fürsorge." Fast hätte es mir Tränen der Rührung in die Augen getrieben, aber die Sache war ernst. Sie witterten etwas.

\>\>DU LÜGST DEINE FREUNDE AN\<\<, schrie es in mir. Als wüsste ich das nicht selbst. Ich tat es ja nicht gern und verdammt noch mal, ich wollte es nicht.

\>\>Du hast ihre Freundschaft gar nicht verdient.\<\< Auch dessen war ich mir bewusst.

„Bitte sprich mit uns und friss es nicht in dich rein, ja? Wir sind da für dich." Daniel hatte seinen eindringlichsten Blick aufgesetzt. Ich wusste ihr Engagement wirklich zu schätzen, aber wie konnte ich ihnen klarmachen, dass es nichts gab, worüber ich mit ihnen reden wollte? Ich durfte ihnen die Wahrheit nicht verraten, ich wusste, irgendwann würden sie sie vielleicht erfahren, aber diesen wunderbaren Menschen ins Gesicht zu sagen, dass ich sie seit unserer ersten Begegnung permanent angelogen hatte? Dass ich ein Mörder war und meine angebliche Freundin eigentlich meine Gefangene?

Das konnte ich nicht tun, nicht jetzt und auch nicht in absehbarer Zukunft.

„Danke. Ihr seid echte Freunde, aber da ist einfach nichts, wobei ihr mir helfen könntet."

„Mira?", erkundigte sich Daniel. Ich nickte zustimmend.

„Du solltest versuchen, es mit ihr zu klären", fuhr er fort. Ich gab ihm recht, auch wenn wir beide komplett unterschiedliche Vorstellungen davon hatten, wie das aussehen könnte.

- Mira -

„Abendessen." Wie gänzlich aus dem Nichts stand Jason vor mir. Er hielt einen Teller mit Sandwiches und eine Flasche Wasser in seinen Händen. Langsam setzte ich mich auf und nahm ihm beides ab. Er drehte sich um und wollte schon wieder verschwinden.

„Jason?" Ich musste es irgendwie verhindern.

„Ja?" Er blieb augenblicklich stehen.

„Kannst du ein bisschen bei mir bleiben?"

„Bleiben? Wieso das denn?" Interessiert sah er mich an.

„Ich fühle mich so einsam."

„Tja, du konntest dich ja nicht benehmen." Von seinen Worten durfte ich mich nicht provozieren lassen, wenn es auch wirklich schwer war. Ich blickte in seine Augen, jammerte nur ein leises „Bitte" und hoffte, es würde ausreichen.

Sein Seufzer stimmte mich zuversichtlich. Er ging zum Regal

hinüber, lehnte sich lässig daran und verschränkte die Arme.

Ich schraubte die Flasche auf und nahm einen Schluck.
„Kann ich dich etwas fragen?"
„Probier's halt."
„Du weißt, dass ich bei dieser Gala nicht abhauen wollte, oder? Du warst doch dabei." Ich biss ins Brot, ließ ihm Zeit für eine Antwort.
„Ja, sicher." Er schien wenig interessiert an Kommunikation.
„Er hat es nicht geglaubt."
„Richtig. Ließ sich auch von mir nicht umstimmen, aber das weißt du doch alles." Er zuckte mit den Schultern. „Ich kann und will dich hier weder unterhalten noch sonst irgendwas. Er ist der Chef, nicht ich."
„Bitte warte!" Ich musste ihn aufhalten. „Er hat Angst vor mir, oder? Weil er denkt, ich würde alles, was ich über ihn weiß, weitererzählen. Ist es so, Jason?" Wieder zuckte er mit den Schultern.
„Ich habe ihm gedroht, es war falsch, aber ich hätte das niemals wirklich gemacht. Er hat das völlig missverstanden, ich wollte ihn doch nicht erpressen. Jason, das musst du ihm sagen! Er muss das doch wissen!" Verzweiflung mischte sich mit Aufregung.
„Glaubst du, es würde einen Unterschied machen?" Er richtete sich auf, vergrub seine Hände in den Hosentaschen.
„Es muss, es stimmt so einfach nicht. Ich bin doch keine Gefahr für ihn."
„Ich nehm' dir ja ungern deine Illusionen, aber du hast ihm das alles bereits gesagt und trotzdem sitzt du genau hier." Er schlenderte Richtung Türe.
„Nein, ich hab' ihm das nicht gesagt, ich habe das doch selbst gerade erst herausgefunden. Bitte, Jason!"

„Du hast ihm exakt die gleiche Leier am Flughafen nachgerufen. Vermutlich warst du da schon so unter Drogen, dass du es vergessen hast. Blabla ... weil du ihn nicht verlieren wolltest ... Blabla ... und weißt du was? Es war ihm völlig egal." Schon hörte ich den Schlüssel im Schloss.

Ich hatte es ihm gesagt? Und es kümmerte ihn nicht? Ich konnte nicht sagen, dass ich etwas anderes erwartet hatte, aber es schmerzte dennoch unheimlich. Es gab nichts, auf das ich hätte hoffen können, das ich erwarten konnte – zumindest nichts Positives. Selbst wenn er mir geglaubt hätte, so wäre ich mittlerweile eine noch viel größere Gefahr geworden.
Die Entführung hatte längst dafür gesorgt, dass er mich niemals freilassen konnte.

***

Ich war gelangweilt, genervt von mir selbst. Wieso konnte mein dämlicher Verstand nicht endlich Tatsachen akzeptieren und sich damit arrangieren, wie der Rest meines Lebens – wie lange auch immer dies noch wäre – laufen würde?
Ich hatte so viel darüber nachgedacht, gegrübelt, nach Auswegen gesucht, sämtliche Versionen mehrere Hundert Mal in meinem Kopf durchgespielt und sowohl mein Kopfkino als auch alle meine realen Versuche waren gescheitert und führten mich immer wieder zu der Erkenntnis, dass es keine andere Möglichkeit gab, als einzulenken und mich selbst und mein bisheriges Leben für immer abzuhaken.

Aber was tat ich stattdessen? Ich befand mich in einem endlosen Film, einem Drama, aus bodenlosem Fallen und irgendwie doch wieder Hoffnung schöpfen.

Wozu das Ganze? Genau, um dann doch erneut zu fallen, noch tiefer. Wann würde das endlich aufhören? Ich wollte aufgeben, nicht mehr kämpfen und vor allem nicht mehr fühlen, aber es klappte immer nur temporär. Ich fragte mich mittlerweile wirklich, ob es überhaupt reiner Überlebenswille sein konnte oder vielmehr Dummheit und Selbstgeißelung. Gänzlich unbemerkt hatte ich angefangen zu weinen.

Die Stahltür flog mit einem Ruck auf, knallte an die Wand dahinter. Erschrocken drehte ich mich um, Jason stand vor mir und hielt mir sein Handy entgegen. „Er will dich sprechen."
Etwas zögerlich nahm ich es entgegen und wartete ab.
„Mira?" Ryans Stimme war der Auslöser für eine spontane Gänsehaut-Attacke.
„Ja." Ich räusperte mich.
„Ist alles okay? Benimmst du dich?" Sein Ton war provozierend wie eh und je.
„Ja." Alles Weitere schluckte ich hinunter.
„Was machst du?" Offensichtlich wollte er mir mehr als ein einziges Wort entlocken, doch ich hatte keinen blassen Schimmer davon, was ich ihm sagen sollte. Vom Wollen mal ganz abgesehen. Ich suchte in allen Hirnwindungen nach einer halbwegs passenden Antwort.
„Ich vermisse dich." Überrascht über mich selbst legte ich die Stirn in Falten. Das hatte ich nicht wirklich gesagt, oder? Ich gab das Telefon sofort an Jason zurück, der mich skeptisch beobachtete.
„Ich bin es wieder. Alles in Ordnung, mach dir keine Sorgen."
Während er redete, ging er nach draußen, ließ die Türe dieses Mal aber mit weniger Lärm ins Schloss fallen. Nach einem tiefen Seufzer der geistigen Erschöpfung legte ich mich wieder hin, zog mir die Decke über den Kopf und versuchte, meine

Gedanken zum Schweigen zu bringen.

- Ryan -

„Und du bist dir sicher, dass alles okay ist?" Natürlich war ich nach dem, was Mira gesagt hatte, NICHT unbesorgt.
„Yep, absolut. Was willst du denn hören? Sie ist allein, eingesperrt, das zehrt an ihren Nerven", erklärte Jason.
Unsinnigerweise nickte ich.
„Wie läuft deine Tour? Besser jetzt?"
„Ja, im Prinzip schon", murmelte ich in Gedanken. „Aber gut wäre anders."
„Wieso das? Kann ich was tun für dich?" Er klang besorgt.
„Dreh die Zeit zurück und sorge dafür, dass ich Mira gar nicht erst kennenlerne. Geht das?" Ich schnaubte, das hätte alle Probleme auf einmal gelöst, aber logischerweise war es unmöglich.
„Ich fürchte, da muss ich passen." Er legte eine kurze Pause ein. „Lass mich raten, du denkst wirklich darüber nach, wie du sie loswerden könntest, oder?"
Ich seufzte. „Ich weiß gar nichts mehr. Nur, dass ich es so nicht will. Weder meine Freunde anlügen noch in ständiger Angst leben."
„Hör mal, Ryan, schalt doch den Kopf mal ab und konzentriere dich auf deine Arbeit. Du musst jetzt gar nichts entscheiden und ebenso wenig musst du Angst haben. Ich habe alles unter Kontrolle, es kann und wird nichts passieren. Und wenn du wieder hier bist, werden wir in Ruhe zusammen eine Lösung finden, die für dich okay ist. Mein Wort, Mann. Ehrlich."

Wie surreal dieses Gespräch alleine schon war. Eine Lösung. Was konnte denn eine Lösung sein, wenn es um einen Mord ging? Eine Lösung war doch etwas Positives, etwas, das eine Situation besser machte. Das hieße in meinem Fall, Mira müsste sterben und niemand dürfte es je erfahren. Ein Mord mehr oder weniger auf Ryan McGraphs Konto, sei's drum. Passte schon. Ein guter Mensch würde aus mir ohnehin nie mehr werden.

„Bist du noch dran?", fragte die Stimme am Telefon.

„Ja, ja. Machen wir so, ja." Ich beendete das Gespräch.

***

In Wien angekommen, musste alles schnell gehen. Ich war – diesmal ohne die Jungs – als Gast bei einer Talkshow eingeladen. Ich kam gerade noch rechtzeitig zum Beginn der Aufzeichnung und gab meinen einstudierten Text über unsere Zukunftspläne zum Besten. Da die Jungs schon mit dem Bus zur nächsten Location gefahren waren, ließ ich mir von der Produktionsfirma ein Taxi rufen und schlenderte zum Hinterausgang des Studios.

Wie so oft standen ein paar Mädchen dort und erwarteten mich kichernd und mit auf mich gerichteten Handykameras. Ich zwang mich zu einem gequälten Lächeln, gab Autogramme, posierte für die Fotos. Endlich bog das Taxi um die Ecke, meine Rettung. Ich verabschiedete mich, lief dem Wagen entgegen.

„Ryan! Warte!" Eine weibliche Stimme hinter mir. Ich hatte doch bereits gesagt, dass ich losmüsste. Augenrollend drehte ich mich um. Eine junge Frau, die sich rein optisch durch ihr weitaus schickeres Outfit von den anderen Mädels abhob, kam schnellen Schrittes auf mich zu.

„Wo ist sie?", fragte die Fremde sofort.

„Wie bitte?" Ich legte die Stirn in Falten, das hatte ich nun nicht gerade erwartet.

„Wo ist Mira?" Sie klang unfreundlich und mir gefror förmlich das Blut in den Adern. Was sollte das? War sie von der Polizei? Ich war doch nicht etwa aufgeflogen, oder?

„Kennen wir uns?" Ich entschied spontan, dass Unwissenheit fürs Erste meine Strategie sein würde.

„Ich will wissen, wo sie ist, was hast du mit ihr gemacht?" Sie musterte mich von oben bis unten, beugte sich ein wenig vor, um ins Innere des Taxis zu schielen.

„Tut mir leid, aber ich habe Termine." Ich griff nach der Tür und wollte einsteigen, dann packte sie mich am Arm. Weder fest noch bestimmend, eher wie ein Hilferuf. Ich ließ den Taxifahrer wissen, dass er kurz warten solle, schloss die Tür wieder, drehte mich in die Richtung der Frau und lehnte mich mit verschränkten Armen ans Auto.

„Bitte ... wo ist sie?" Als sie gesehen hatte, dass ich offensichtlich bereit war, ihr zuzuhören, wurde die Tonlage ihrer Stimme etwas freundlicher.

„Ich will jetzt erst mal wissen, wer du bist und was du von ihr willst."

Sie nickte. „Elena", sie reichte mir die Hand. „Wir sind Freunde und sie hat sich seit Ewigkeiten nicht gemeldet. Ich mache mir furchtbare Sorgen. Ich war nach ihrem Verschwinden schon bei der Polizei, aber sie unternehmen nichts. Sie sagen, sie ist erwachsen, kann tun und lassen, was sie will. Jetzt bin ich wieder bei der Polizei gewesen, die meinen, sie wäre sicher durchgebrannt. Familiäre Probleme oder so, neues Leben anfangen. Und dann sehe ich ein Foto von euch beiden. Wo ist sie?"

Innerlich fluchte ich in den höchsten Tönen, das konnte doch nicht wahr sein. Die waren wirklich bei der Polizei gewesen? Wenigstens hatte diese zu meinen Gunsten reagiert – nämlich

gar nicht.
Ich griff in meine Hosentasche, kramte eine Zigarette heraus und zündete sie an. Nach dem ersten Zug widmete ich mich wieder Miras Freundin.
„Elena, richtig?", sie nickte, „tut mir leid, wenn du sie vergebens gesucht und dir Sorgen gemacht hast. Ihr geht es gut."
„Dann ist sie wirklich bei dir? Was ist passiert? Wieso ist sie einfach so abgehauen? Ich versteh' das nicht, wir sind doch Freunde. Sie hat mir das damals alles erzählt, wie ihr euch kennengelernt habt und so."

Glücklicherweise konnte nur ich den schrillen Aufschrei voller Panik in mir wahrnehmen. Alles erzählt? Scheiße! Das ist nicht gut.
„Komm, steig ein, wir trinken irgendwo einen Kaffee und reden. Nicht hier auf der Straße."
Sie blickte auf das Taxi, dann wieder zu mir. „Ich weiß nicht."
„Hast du Angst, dass ich dich per Taxi irgendwohin verschleppe und zum Schweigen bringe, so wie zuvor schon deine Freundin?" Ich lächelte unschuldig.
„Darüber macht man keine Witze." Abwertend schüttelte sie den Kopf.
„Stimmt", lenkte ich ein. „Wir können auch einfach ein paar Meter laufen, nur nicht hier in der Nähe der Fans. Das gibt mir ein ungutes Gefühl."

Da ihr mein neuester Vorschlag gefiel, drückte ich dem Taxifahrer 50 Euro in die Hand und bat ihn, an der nächsten Straßenecke auf mich zu warten.
„Also?", begann Elena nach ein paar Schritten. „Die ganze Geschichte, bitte."

Ich grinste. „Es gibt gar keine große Story zu erzählen. Sie ist meine Freundin und ich bin sehr glücklich darüber. Dass sie bei mir in Dublin geblieben ist, hatte ich weder erwartet noch verlangt, aber ich könnte auch nicht sagen, dass es mir nicht gefallen würde."
„Aber wieso meldet sie sich nicht?" Ich erkannte, dass es wohl ziemlich schmerzte, musste spontan an meine Freunde denken.
„Ich weiß es nicht. Ich habe, um ehrlich zu sein, auch nie danach gefragt. Wir ... wie soll ich es sagen? Wir genießen jede Minute zusammen, vielleicht hat sie es einfach vergessen?"
„Man vergisst seine Freunde nicht, genauso wenig wie die Familie", konterte sie trotzig.
„Das stimmt. Aber ich meine, mich erinnern zu können, dass sie sich bei ihrer Familie gemeldet hat." Sofort schossen mir die Bilder in den Kopf ... als ich sie am Telefon erwischt hatte. Wie außer mir ich vor Wut war und auch wie ich sie dann geschlagen hatte.
„Ja?", sie wirkte durcheinander, „das hat mir niemand mitgeteilt. Egal, wo ist Mira? Ich möchte mit ihr sprechen."
Ich zuckte mit den Schultern. „Das wird wohl nichts, sie ist schon nach Dublin zurückgeflogen."
„Wieso?", erschrocken blieb sie stehen.
„Ach, die Hektik, das Tourleben, die Fans. Es hat ihr nicht wirklich gefallen, also habe ich sie schweren Herzens gehen lassen."
„Aha." Sie strich sich durch die Haare. „Also muss ich jetzt nach Dublin fliegen, um mit ihr zu sprechen?"
Oh nein, das wurde immer komplizierter.
„Nein." Gespielt fürsorglich tätschelte ich ihr die Schulter. „Ich verstehe, dass sie dir fehlt, aber wenn sie sich nicht gemeldet hat, wird sie irgendeinen Grund dafür haben. Bitte bedränge sie nicht. Ich kann ihr gerne sagen, dass du sie suchst

und sie bitten, sich bei dir zu melden."

„Aber ..." Entschieden schüttelte sie den Kopf. „So ist sie nicht. Das ist nicht Mira. Sie verschwindet doch nicht einfach so."

„Was hat sie dir denn erzählt? Vielleicht weißt du nicht alles über sie." Langsam wurde ich unruhig. Ich musste sie von der Idee abbringen, unbedingt Kontakt zu Mira aufbauen zu wollen.

„Ach, was hat sie erzählt? Von euren vielen Chats, dass sie das Gefühl hat, dass du ihr vertraust. Sie war Hals über Kopf in dich verschossen, auch damals schon, aber dann hast du ihr auf einmal nicht mehr geschrieben, was ihr sehr zugesetzt hat. Na ja, sie hat gelitten, wochenlang. Viele Wochen. Und dann war sie auf einmal nicht mehr auffindbar."

Aufmerksam hörte ich zu, nickte verständnisvoll.

„Ich habe Mist gebaut damals, wollte mir meine Gefühle nicht eingestehen, hatte Angst. Eines Tages habe ich es nicht mehr ausgehalten, bin zu ihr geflogen und habe gehofft, dass sie mir eine weitere Chance geben würde. Sie ist am gleichen Tag noch mit mir nach Dublin zurückgeflogen. Den Rest habe ich dir schon erzählt."

„Hmmm." Sie dachte einen Moment lang nach, dass sie mit meiner Antwort nicht sonderlich zufrieden war, konnte ich gut erkennen, aber mehr konnte und wollte ich nicht preisgeben.

Wir hatten die Straßenecke, an der mein Taxi wartete, erreicht, Elena zupfte sich ein wenig unruhig an der Jacke herum.

„Nun gut", murmelte sie, „bitte grüß sie von mir und sag ihr, dass sie sich unbedingt bei mir melden soll, ja? Machst du das?"

„Es geht ihr wirklich gut", versuchte ich sie zu besänftigen, „aber ich richte ihr das selbstverständlich gerne aus."

***

Mein Herz hämmerte immer noch gegen meinen Brustkorb, auch wenn ich bereits seit ein paar Minuten im Taxi hockte und auf dem Weg zu den Jungs war. Meine Güte, was war das für ein Schock gewesen! Möglicherweise hatte ich ein gewisses schauspielerisches Talent. Nichtsdestotrotz, so ungeplant überrascht zu werden – das kostete mich wirklich Kraft.

Ob ich diese Elena nun wirklich losgeworden war? Wahrscheinlich nicht. Wenn sie schon so hartnäckig gewesen war, mir nachzureisen, dann würde sie das vermutlich auch wieder tun, falls sie zukünftig nichts von Mira hören würde.

Aber ich konnte sie unmöglich telefonieren lassen. Das Risiko war zu groß, ich hätte keine Kontrolle darüber, was sie sagen würde, und wenn ihre Freundin ihr jetzt längst auf den Fersen war, konnte ich mich einer derartigen Gefahrensituation nicht aussetzen.

Bevor ich das Gebäude des Radiosenders, in dem unser nächstes Interview stattfinden sollte, betrat, wählte ich Jasons Nummer und erzählte ihm von dem gerade stattgefundenen Treffen. Er lobte mich für den kühlen Kopf, den ich offensichtlich behalten hatte, war mit meinen Antworten und Rechtfertigungen zufrieden und im Gegensatz zu mir sah er keine unmittelbare Gefahr.

Zumindest keine, die nicht ohnehin schon da gewesen war. Mira wurde gesucht – natürlich. Daran zu glauben, dass niemand sie vermissen würde, war utopisch gewesen. Sicher war ihre Familie auch nicht wirklich zufrieden damit, dass sie außer einer SMS mit der Bitte, ihr Zeit und Raum zu geben und sie in Ruhe zu lassen, und diesem einen Telefonat, welches ich ja dann doch im Keim erstickt hatte, so rein gar nichts von ihr gehört hatte. Waren sie ebenfalls bei der Polizei gewesen?

Mit der gleichen Abfuhr, wie Elena sie bekommen hatte? Es bestünde kein Grund zur Annahme, dass Mira etwas zugestoßen war, also würde man auch nicht handeln.

Ich solle die Füße stillhalten, riet mir Jason. Nicht nervös werden, alles nach Plan.
„Ein Beweis für ihre Unversehrtheit wäre aber sicherer, oder?" Ich wollte vermeiden, dass man mir noch mal auflauern könnte.
„Es würde die Polizei im Fall des Falles definitiv ausbremsen, aber was schwebt dir vor? Ich kann ihr schlecht das Telefon in die Hand drücken."
„Wie wäre es mit ... einem Brief vielleicht? Oder besser noch, einer Postkarte." Ich überlegte kurz, fand meine Idee aber immer noch gut. „Was meinst du? Sie soll meinetwegen ihrer Freundin und ihrer Familie eine Karte schreiben. Du checkst dann, dass absolut rein gar nichts Verdächtiges darauf zu finden ist und dann hoffen wir, dass die Wogen fürs Erste geglättet sind."

- Mira -

Mein Zeitgefühl war mir mittlerweile nahezu komplett abhandengekommen. Irgendwann war es wieder hell geworden, irgendwann hatte Jason eine Tasse Kaffee und zwei Brote gebracht, irgendwann würde es vorbei sein.
Ich saß zusammengekauert auf dem Bett, hatte den Kopf an die Wand gelehnt und döste vor mich hin. Beschäftigung suchte man in diesem dunklen Loch vergebens. Ich durfte gar nicht darüber nachdenken, wie lange die Dauer meines Aufenthaltes noch werden würde, bis ich hier herauskäme und auch dann würde es lediglich ein Wechsel der Umgebung sein, jedoch keiner der Umstände.

Jasons nächster Kontrollbesuch begann anders als die vorherigen. Er hielt Blätter in der einen Hand, in der anderen trug er einen Stuhl. Ich sah ihm zu, wie er sich vor mich hinsetzte.

„So", begann er, „Ryan hatte die glorreiche Idee, dass du deiner Sippe mal eine Postkarte schreiben könntest."

Mit großen Augen blickte ich ihn an. „Eine Postkarte?"

Er nickte, reichte mir das, was er in der Hand gehalten hatte. Ich warf einen Blick auf die zwei Karten, dahinter befand sich ein leerer Block, ein Kugelschreiber klemmte daran. Ich wusste nicht, ob ich mich freuen oder eher entsetzt darüber sein sollte, dass ich jetzt aus heiterem Himmel Kontakt aufnehmen durfte. Die ganze Sache hatte sicherlich einen Haken.

„Damit wir uns richtig verstehen." Mit gleichgültiger Miene sah er förmlich durch mich hindurch. „Wenn du auch nur den Hauch eines Hinweises irgendwo verstecken willst, wirst du das sehr bereuen."

„Und was soll ich dann schreiben? Und wem? Es sind zwei Karten." Ich schluckte meine Zweifel und die schlechten Gefühle hinunter. Brachte nichts, eine Wahl hatte ich nicht.

„Nun, die Sache ist die", fuhr er fort, „die Polizei ist nicht auf der Suche nach dir, war sie auch nie. Für die bist du einfach ein Mädchen, das sein altes Leben hinter sich gelassen und woanders neu angefangen hat.

Und das wirst du nun deiner Familie und besonders deiner Freundin in Schriftform erklären. Letztere hat sich nämlich in den Kopf gesetzt, dich zu finden, also wirst du dafür sorgen, dass sie das schön bleiben lässt. Klar soweit?"

„Elena? Sucht mich?" Meine Gefühle fuhren Achterbahn. Eine Welle der Sehnsucht rauschte über mich hinweg, wie gerne hätte ich sie einfach nur gesehen, ihre Stimme gehört.

„Ja, und sie muss schleunigst damit aufhören, sonst steht sie auf Ryans Abschussliste."

Es dauerte einen Augenblick, um zu begreifen, dass diese Drohung mehr Wahrheit beinhaltete, als mir lieb war. Ryan würde über Leichen gehen, daraus hatte er nie ein Geheimnis gemacht, und wenn Elena mich wirklich suchte und Ryan das wusste, war sie in riesiger Gefahr.
„Er darf ihr nichts tun!" Meine Stimme zitterte. „Bitte."
„Wie gesagt, es liegt in deiner Hand, sie zurückzupfeifen."
Während er sprach, lenkte er seinen Blick auf die Postkarten.
Ich nickte, hatte verstanden, was er von mir wollte. Wie genau ich das allerdings schaffen sollte, das wusste ich noch nicht.

Ich hockte im Schneidersitz auf dem Bett, die Karten vor mir auf dem Schoß. Den Stift drehte ich zwischen meinen Fingern hin und her. Mein Verstand schwebte in anderen Sphären, alles war einfach leer, ich konnte mich nicht konzentrieren und driftete immer wieder ab. Es konnte doch nicht so schwer sein, ein paar passende Worte zu finden. Womöglich war dies die einzige Gelegenheit, den Menschen, die mir etwas bedeuteten, ein Lebenszeichen zu übermitteln. Vielleicht war es die Letzte, die ich je haben würde.
Aber was sollte man in diesem Fall dann schon groß schreiben? Was würde man sie unbedingt wissen lassen wollen? Womit könnten sie am besten leben, am besten weiterleben ohne mich?

Eine Träne tropfte auf eine der Karten, da ich noch nichts geschrieben hatte, musste ich mir schon keine Sorgen machen, dass etwas verwischen könnte. Ich atmete tief durch, streckte mich und nahm mir vor, zumindest die Adressen schon einmal zu notieren.

Die Fotos auf den Karten ähnelten sich, Sehenswürdigkeiten von Dublin – was sonst. Phoenix Park, Kathedralen, Grafton Street. Dazu die vierblättrigen Kleeblätter, die so etwas wie ein irisches Wahrzeichen sein mussten. Das Glück der Iren oder so ähnlich. Die Farbe Grün – Irland, die Grüne Insel. Die Iren mochten vielleicht Glück haben, ich nicht.

\>\>Hallo Mama, hallo Papa,
es tut mir leid, dass ich so sang- und klanglos verschwunden bin, aber anders hätte ich es wahrscheinlich nicht geschafft. Mir geht es gut, ich bin angekommen, dort, wo ich immer sein wollte. Liebe Grüße, eure Mira<<

Ich schluckte den Kummer hinunter, legte die Karte auf Jasons Stuhl, den er stehen gelassen hatte. Jedes Wort darauf schrie förmlich >>Lüge<<, würde mir das irgendjemand abnehmen? Meine eigenen Eltern? Ich musste zugeben, unser Verhältnis war mehr oder weniger durchwachsen gewesen. Die meiste Zeit meines Lebens hatte ich es als friedliche Koexistenz empfunden. Solange ich ihnen nichts über mich erzählte, konnten sie auch nicht meckern. So war das seit vielen Jahren schon. Ich liebte sie trotzdem. Und sie mich mit Sicherheit auch, aber doch eher auf ihre eigene, spezielle Art.
Ich erinnerte mich daran, wie abwertend meine Mutter über meine Bekanntschaft mit Ryan gesprochen hatte, wie unverständlich es für sie war, dass ich auch nur irgendein Gefühl für ihn hatte entwickeln können. Wenn ich richtig darüber nachdachte, vielleicht machte das mit der Karte doch Sinn?
Sie hatte mir ihn damals schon ausreden wollen, wenn er nun aufgetaucht wäre und na ja ... ich wäre freiwillig mit ihm

gegangen ...? Ich hatte keine Ahnung, es war alles so kompliziert, so verworren und ich selbst hatte nach wie vor rein gar nichts davon in der Hand.

>>Liebe Elena,
verzeih, dass ich dich nicht in meine Pläne eingeweiht habe, aber es gab keinen einzigen. Es ist einfach passiert, ungeplant habe ich auf mein Gefühl gehört und bin mit Ryan gegangen. Es geht mir gut. Manchmal vermisse ich euch natürlich, aber mein Zuhause ist nun hier. Ich hoffe, du kannst mich verstehen. LG, Mira<<

Erschöpft positionierte ich die Karte zusammen mit Block und Stift auf dem Stuhl. So eine verdammte Tortur. Warum musste ich durch diese Hölle gehen? Immer und immer wieder. Warum konnte der Schmerz nicht einfach nur so etwas wie eine Erinnerung sein? Etwas, das lange her war und nicht mehr aktuell. Etwas, das in die Vergangenheit gehörte, nicht in das Hier und Jetzt. Vielleicht lag es auch daran, dass ich Letzteres gar nicht hatte. Alles auf Stillstand. Wenn man keine Kontrolle über irgendetwas hatte, lebte man dann überhaupt?

Ich hatte mich gerade wieder hingelegt, als Jason die Türe öffnete.
„Fleißig", kommentierte er, nahm die Karten an sich. „Wenn sie überprüft sind und du ein braves Mädchen warst, bekommst du auch etwas zu essen."
Es war mir egal, der Appetit war mir ohnehin längst vergangen und auf Diskussionen hatte ich keine Lust. Ich wollte nur schlafen und nicht mehr fühlen.

- Ryan -

Es war kurz nach 21.00 Uhr, als wir unser Hotel in Wien zum ersten Mal betraten. Der Tag hatte sich wirklich in die Länge gezogen und die Fragen waren immer die Gleichen. Es langweilte mich und machte mich gleichzeitig nervös, weil mein Verstand nur bedingt ausgelastet war und nebenbei zig andere Dinge abarbeiten konnte.
Die Jungs wollten sich noch auf einen Absacker in der Hotelbar treffen, ich versprach, dass ich nachkommen würde. Müde begutachtete ich das Zimmer, keine Überraschungen, ein Hotel wie jedes andere. Ich schob die Gardine am Fenster mit zwei Fingern zur Seite und blickte hinaus in die Dunkelheit. Eine dicht befahrene Straße führte am Hotel vorbei, den Lärm der Autos konnte man bei geschlossenem Fenster allerdings so gut wie gar nicht hören. Ich zog mein Handy aus der Tasche und wählte Jasons Nummer. Mit der anderen Hand öffnete ich erst das Fenster, dann kramte ich nach meinen Kippen und zündete mir eine an.
Ich wollte schon wieder auflegen, als Jason endlich abhob.
„Hey, Ryan." Er wirkte gehetzt.
„Was ist los? Außer Atem?" Mein Magen zog sich unschön zusammen.
„Das nicht, bin unterwegs und es ist eben kalt."
„Unterwegs? Was machst du?" Das beruhigte mich nicht wirklich.
„Na, die Postkarten auf ihre inhaltliche Richtigkeit hin prüfen lassen. Was dachtest du denn?"
Mir fiel ein Stein vom Herzen. „Und?"
„Sie hat sich angestrengt. Konnte keiner etwas Verdächtiges finden."
„Bist du sicher?" Ich wollte keinesfalls ein unnötiges Risiko

eingehen.

„Aber natürlich, mehrfach gecheckt. Wenn du willst, dann werfe ich sie heute noch in den Briefkasten."

Ich tat mein Möglichstes, um die Zweifel und Sorgen in meinem Kopf zu unterdrücken. Da mir das Zusammentreffen mit dieser Elena immer noch in den Knochen steckte, war es nicht gerade leicht. Um dem Ganzen etwas nachzuhelfen, gesellte ich mich nach dem Telefonat zu meinen Bandkumpels und ein paar Drinks später löste sich meine Anspannung allmählich auf.

- Mira -

Ich hatte das Licht ausgeschaltet, um so wenig wie möglich von meiner Umgebung mitbekommen zu müssen. Wirkte nur bedingt, aber das Dahindösen erleichterte es doch. Ich hörte, dass er sich an der Tür zu schaffen machte, keine Sekunde darauf wurde ich von dem grellen Neonlicht auch schon geblendet.

„Hier, Essen und gute Nacht." Er stellte eine McDonald's-Tüte auf den Boden neben mich und war auch schon wieder verschwunden. Der penetrante Geruch von frittierten Speisen machte es unmöglich, auch nur eine halbe Stunde zu widerstehen. Ich setzte mich auf, griff nach der Tüte und freute mich sogar fast, dass ein Becher mit Cola danebenstand. Einmal Kalorienbomben für die Party mit mir selbst im Kellerverlies. Heute würde ich es so richtig krachen lassen, feiern, als gäbe es kein Morgen.

Es war so traurig, dass ich darüber lachen musste.

Wie es wohl wäre, wenn es wirklich kein Morgen gäbe? Ich versuchte, mir vorzustellen, dass Jason irgendein Gift in das

Essen gemischt hatte. Machte man das in Filmen nicht mit irgendwelchen Pflanzenschutzmitteln?
Wobei – das wäre nicht Jasons Art. Er war ja mehr der Typ Giftmischer aus dem Apothekerköfferchen.
Die Schauspieler in den Blockbustern bekamen jedenfalls meist von jetzt auf gleich Erstickungsanfälle und fielen binnen weniger Sekunden einfach tot um. Ob das wehtat? Also nicht den Darstellern, sondern in der Realität. Würde ich auch einfach ganz schnell sterben? Mit oder ohne Schmerzen? Und wie fühlte sich Sterben an? War es eine Erleichterung? Zog das Leben wirklich noch mal im Schnelldurchlauf an einem vorbei? Und was war mit diesem hellen Licht und der Wärme? Reine Fiktion? Verwirrungen des Gehirns aufgrund von Sauerstoffmangel? Ob es den Himmel gab, und wenn ja, was war mit der Hölle? Okay, ich könnte da unmöglich landen, schließlich war ich längst dort.
Ich knüllte die Tüte zusammen und warf sie im hohen Bogen Richtung Tür.
„Tonight ... I'm sleeping with the light on", erklärte ich mir selbst mehr oder weniger singend, legte mich hin und nahm mir vor, meinen Gedanken eine Pause zu gönnen.

- Ryan -

Mein Schädel dröhnte nicht schlecht, als ich am kommenden Morgen den Handywecker ausschaltete. So viel hatte ich doch gar nicht getrunken. Ich begann den Tag mit einer Dusche und dem Frühstück mit den Jungs.
Laut Terminkalender stand ein Fotoshooting an, danach eine Autogrammstunde – etwas, das ich ganz besonders verabscheute. Meist fanden diese Signierstunden in irgendwelchen Kaufhäusern statt. Die Menschen drängten sich

auf engstem Raum aneinander, alles war laut und stickig und das künstliche Licht in den geschlossenen Räumen blendete und verursachte Kopfschmerzen und bleierne Müdigkeit. Ja, ich musste es zugeben, das war Jammern auf extrem hohem Niveau, aber war ich, nur weil ich von den Fans lebte, denn dazu verpflichtet, wirklich ALLES gut zu finden, was zu dem Job gehörte?

„Jungs, Planänderung." Unser Tourmanager tippte auf seinem Handy herum, während wir in der Sitzecke des Busses vor ihm saßen. „Die Fotostrecke heute Mittag wurde abgesagt. Die machen wohl irgendwelche Baumfällarbeiten in dem Park, in dem das hätte stattfinden sollen. Wie auch immer, wir machen bei dem Shooting jetzt ein paar Fotos mehr, danach die Autogrammstunde und den Rest des Tages hättet ihr frei, bevor wir morgen früh dann Richtung Zürich weiterfahren."
„Oh." Mike freute sich. „Sightseeing!"
„Kann ich den Plan mal sehen?", hakte ich nach.
Mit dem Finger suchte ich nach dem morgigen Datum. Zürich. Da stand für den kommenden Tag nur ein Radiointerview an und das erst am späten Abend. Seltsam. Wien und Zürich waren doch gar nicht wirklich weit voneinander entfernt oder hatten mich meine Kenntnisse in Sachen Geografie im Stich gelassen?
„Was machen wir morgen den restlichen Tag über?", fragte ich in die Runde.
„Nur das eine Interview, hat organisationstechnisch nicht anders hingehauen. Ihr habt also auch in der Schweiz einiges an Freizeit."
Ich nickte zustimmend, sah wieder auf den Tourplan. Wenn ich ... es war verrückt. Aber ich dachte eben darüber nach, es ließ mir keine Ruhe und ich musste einfach vor Ort sein, um

mit Jason das weitere Vorgehen besprechen zu können und vor allem auch, um eine der wichtigsten Entscheidungen meines Lebens zu treffen. So konnte und durfte es nicht weitergehen.

„Ry?", Daniel tippte mich an, sofort blickte ich auf.
„Wir können das morgen Abend auch alleine machen, das verschafft dir genug Zeit. Flieg zu ihr, du möchtest es doch, oder?"
Schwer schluckte ich, hatte er meine Gedanken gelesen? War ich so leicht zu durchschauen? Fakt war, dass meine Freunde davon ausgingen, dass ich ernsthafte Beziehungsprobleme mit Mira hatte und diese unbedingt aus der Welt schaffen musste. Was wirklich dahintersteckte, ahnten sie nicht im Geringsten und genau so musste es bleiben. Eben deshalb musste ich nach Dublin, je früher, desto besser.
Ich würde meine Freunde auch dann weiterhin anlügen müssen – zumindest was das Vergangene anging –, aber vielleicht könnte ich irgendwie neu anfangen. Möglicherweise würde es so leichter werden für mich. Ich schaffte es einfach nicht länger, fühlte mich, als würden mich die Lügen mit jedem netten Wort, jeder Geste meiner Freunde weiter an die Wand drängen und erdrücken.

***

Bepackt mit meinem Rucksack und einem Pappbecher mit schwarzem Kaffee stieg ich am Flughafen aus dem Taxi. Zum ersten Abchecken der Lage blickte ich mich um, es war zwar einiges los hier, trotzdem hatte ich schon weitaus größere und vollere Airports gesehen. London Heathrow beispielsweise. Es kam mir jedes Mal aufs Neue wie ein Wunder vor, wenn wir

dort pünktlich das richtige Gate erreichten.
Ich hatte nur ein paar Kleinigkeiten in den Rucksack geschmissen, das restliche Gepäck war sicher im Bus verstaut. Brauchte ja ohnehin nichts davon die nächsten zwei Tage über, schließlich ging es in mein Zuhause.

Nach ein paar Minuten des Suchens hatte ich den Schalter für die Express Tickets gefunden. Das Glück schien auf meiner Seite zu sein, ich musste zwar einen völlig überteuerten Preis dafür zahlen, aber ich konnte gut 50 Minuten später meinen Sitzplatz im Flugzeug ansteuern. Ich fragte mich, ob ich mir selbst einreden sollte, dass nun alles gut werden würde. Ein flaues Gefühl in meiner Magengegend sah das jedenfalls anders.

Was war dieses „Gut-Werden" eigentlich? Und für wen? Würde für Mira etwas gut werden, wenn es einfach vorbei wäre? SIE vorbei wäre? Geschichte? Nicht mehr am Leben?
Oder für mich? Wenn ich einen weiteren Menschen auf dem Gewissen hätte? Nichts davon konnte man als gut bezeichnen und dennoch würde es für mich einiges, um nicht zu sagen nahezu alles, besser machen.
War das Wort >>besser<< denn nicht die Steigerung von >>gut<<? Das Leben war seltsam und mein Gehirn legte mir oft Steine in den Weg. Es bremste mich aus, verhinderte Reaktionen, zwang mich zu anderen und führte mich nicht selten in die Irre.

Was wollte ich eigentlich in Dublin? Was erwartete ich? Die ultimative Lösung aller Probleme? Ich sah aus dem kleinen Fensterchen zu meiner Linken. Dichter Nebel, ein paar Wölkchen, durch die wir hindurch schwebten und die sich aufzulösen schienen. Ich dachte an Schnee, an Winter und eine spontane Kälte breitete sich in meinem Inneren aus. Unweigerlich musste ich an Susanna denken. An unsere Diskussionen, das letzte Mal, als ich sie lebend gesehen hatte. Wie vorwurfsvoll und traurig sie mich mit ihren dunklen Augen angeblickt hatte, bevor sie die Party verlassen hatte. Es fühlte sich an, als wäre es erst gestern gewesen. So viel war seitdem geschehen, so viele Lügen, so viel verstecken und verdrängen, so viel Schmerz und Leid. In mir. Wie viel davon hatte ich erst anderen zugefügt?

„Möchten Sie etwas trinken, Sir?" Eine Stimme riss mich aus meinen viel zu düsteren Gedanken.
„Ähm", ich räusperte mich. „Nur Wasser, danke."
Ich fasste unter den Sitz und suchte nach meinem Rucksack, zog dann das Magazin heraus, das ich mir vorm Boarding noch gekauft hatte, und blätterte mehr oder weniger konzentriert darin. Es wurde wirklich Zeit, dass ich etwas aktiv tun konnte. Dieses viele Nachdenken deprimierte mich.

So leise und unauffällig wie möglich schlich ich mich in mein eigenes Haus, tippte PIN-Codes ein, öffnete Türen und hatte es dann schließlich wirklich geschafft, unbemerkt von Jason einzutreten. Er hockte auf dem Sofa und starrte wie hypnotisiert auf den Fernseher. Eine Dokumentation, ich sah den dunklen Hintergrund und die animierten Planeten, die darauf kreisten, dazu ein älterer Mann am rechten unteren Bildrand, der vor Intelligenz zu strotzen schien.

„Schatz, ich bin zu Hause", prustete ich spontan los. Jason sprang mit einem Satz vom Sofa, hielt sich die Hand auf den Brustkorb und war sichtlich außer Atem.
„Herrgott, willst du mich umbringen?", keuchte er, „was zur

Hölle tust du denn hier?"
„Soweit ich weiß, wohne ich hier", grinste ich.
„Echt, Mann." Er musste auch lachen. „Ich hab' 'nen halben Herzkasper wegen dir."
Jason beugte sich zum Tisch hinunter, schaltete den Fernseher aus und widmete sich dann wieder mir.
„Hattest du Sehnsucht?"
„Sozusagen. Termin ausgefallen und ich dachte mir ... bevor ich zwei Tage lang im Bus sitze, kann ich auch kurz hier nach dem Rechten sehen."
„Ah ja." Jason legte die Stirn in Falten. „Du hast es nicht so mit Abwarten und den Dingen erst mal ihren Lauf lassen, richtig?"
Ich zuckte mit den Schultern. „Ich kann das einfach so nicht mehr. Es frisst mich auf."
Er setzte seinen mitfühlendsten Blick auf und nickte.
„Dann brauchen wir eine Lösung."
„In der Tat", stimmte ich zu.
„Wie bereits erwähnt", er verschränkte die Arme, „kann ich sie, na ja ... verschwinden lassen, wenn es das ist, was du willst."
„Nett ausgedrückt." Ich seufzte. „Irgendwann wird man sie suchen oder auch finden. Man wird mich doch befragen, sie wurde mit mir gesehen, wir sind in zig Magazinen abgebildet gewesen."
„Eure Wege haben sich einfach wieder getrennt, so etwas geschieht jeden Tag. Und ich werde dafür sorgen, dass sie niemals gefunden wird."

Ich schluckte. Diskutierte ich hier wirklich mit einem Profikiller über ein Menschenleben? War ICH Drahtzieher dieser ganzen Sache?
„Ich ..." Während ich zum Fenster ging, zündete ich mir eine

Zigarette an. „Das ist alles so irre. Ich kann doch keinen Menschen töten. Noch mal."
„Musst du ja auch nicht", erklärte er. „Entweder ich töte sie oder du lässt sie am Leben. Es ist deine Entscheidung, ganz allein. Letztendlich ist es nur leider die Wahl zwischen dem berühmten >>Ende mit Schrecken oder dem Schrecken ohne Ende<<, um's mal ganz banal auszudrücken."

Er hatte recht, auch wenn ich wünschte, es wäre anders. Entweder ich würde die Sache beenden und uns allen einen Gefallen damit tun oder ich würde es in die Länge ziehen. Dann würde ich unter der Situation leiden, die Entscheidung wäre lediglich aufgeschoben – und Mira? Sie würde mehr und mehr daran zerbrechen, auf jede erdenkliche Art und ich würde es ausnutzen. Das Ende wäre irgendwann das Gleiche. Es gab keine andere Lösung, keinen Ausweg.
Ich glaubte ja prinzipiell oft an Alternativlösungen, gab selten auf und hoffte, dass sich irgendwo doch Dinge so verändern könnten, dass man positiv überrascht wurde, aber in diesem Fall war es unmöglich. Anfangs wusste Mira lediglich zu viel und hatte mir signalisiert, dass sie es gegen mich verwenden würde, aber jetzt? So viel war passiert, ich hatte ihr alle möglichen Grausamkeiten – seelischer und körperlicher Natur – angetan, sie über so viele Wochen gefangen gehalten. Mein Verhalten hatte alle Alternativen in Bezug auf ihren Tod zunichtegemacht.

Hätte ich sie nur direkt nach der Entführung umbringen lassen, so wie es Jeff vorgeschlagen hatte. Aber ich wollte mehr, ich wollte sie. Jede Warnung hatte ich ignoriert, mir genommen, was auch immer mir in den Sinn gekommen war und dabei mehr und mehr Gefallen an diesem Spiel gefunden. Eine

durchaus lange Zeit war ich mir sicher, dass dieses Leben, so wie es mit ihr stattfand, auch so bleiben könnte. Irgendwann würde sie komplett aufgeben, dann würde es einfacher werden. Für uns beide.
Ich wollte sie besitzen. Sie kontrollieren. Sie zu meinem Eigentum machen, ohne Kompromisse, ohne Angst. Meine Geheimnisse, die sie mit mir trug, sollten bei mir sein. In Sicherheit. Ich wollte mir sicher sein, dass sie mich niemals verlassen könnte. Nein, ich MUSSTE mir sicher sein. Und zum momentanen Zeitpunkt und in Anbetracht dessen, dass ich ein Zusammenleben mit ihr so, wie es war, auf Dauer nicht handlen konnte, würde einzig ihr Tod Sicherheit für mich bedeuten.

„Denk einfach darüber nach, Ryan, dir läuft nichts davon." Jason blieb neben mir stehen und sah aus dem Fenster.
„Das habe ich bereits", antwortete ich. „Ich fliege frühestens morgen Abend. Gönn dir einen Tag Pause, ich melde mich morgen bei dir."
Er wartete kurz, versuchte wohl in meiner Mimik zu lesen, wie ernst es mir damit war. Ich zwang mich zu einem kurzen Lächeln, er nickte und begann, ein paar Sachen zusammenzupacken, bevor er mich alleine ließ.

- Mira -

Ich hatte mein überaus nahrhaftes und leckeres Frühstück, bestehend aus Kaffee und zwei trockenen Brötchen, schon vor gefühlten Stunden bekommen, im Anschluss daran tat ich, was ich immer tat. Nichts. Man hätte es auch als Zeit totschlagen bezeichnen können, aber das klang irgendwie weitaus aktiver als das, was ich machte. Jason würde frühestens bei Anbruch

der Dunkelheit auftauchen und wieder Essen bringen. Welch sinnloses Dasein das doch darstellte. Ich war gerade einmal mehr im Begriff, in meiner Lethargie und Depression zu versinken, als ich das Türschloss hörte. Ich bemühte mich nicht, mich umzudrehen. Wenn er etwas wollte, würde er es schon sagen. Die Tür wurde geöffnet, keine Schritte. Stille.
Langsam rollte ich mich doch auf die Seite und richtete den Blick in die passende Richtung.
„Ryan." Meine Augen weiteten sich, ein unerklärlicher, kleiner Anflug von Freude breitete sich in mir aus, kribbelte in meinem Magen. „Du bist hier."
Seine Mundwinkel deuteten ein Lächeln an, als er langsam auf mich zukam. „Wie geht es dir?"

Sobald ich ihn erreichen konnte, griff ich nach seiner Hand und umschloss sie mit meiner. Tränen sammelten sich in meinen Augen, warum, wusste ich nicht. Er nahm die letzte kleine Distanz zwischen uns, strich mir mit der Hand über die Wange, hielt mich schließlich am Kinn fest und sorgte dafür, dass ich in seine Augen starren musste. Der Ausdruck in seinem Blick war schwer zu deuten. Ich konnte nicht erkennen, ob er sich freute, mich zu sehen oder ob ihn mein ungeplanter Gefühlsausbruch einfach nur nervte. Seine Finger berührten mein Haar. Da ich immer noch saß und er vor mir stand, konnte ich meinen Kopf an seinen Bauch anlehnen. Ein Gefühl von Wärme durchflutete meinen Körper, gefolgt von einem sanften Kribbeln, als er mir weiterhin zärtlich über den Kopf streichelte.
„Lass mich nie mehr los", flüsterte ich. Die Worte kamen einfach aus meinem Mund, drängten danach, gehört zu werden. Erst jetzt wurde mir bewusst, wie einsam und verlassen ich mich die letzten Tage über gefühlt hatte, und dass ich

wahrscheinlich wirklich alles getan hätte, um diesen Zustand zu ändern.

„Das wird leider nicht gehen", antwortete er regungslos. Fast erschrocken schaute ich nach oben, direkt in seine Augen.

„Ich habe einen Job", fügte er seiner ersten Reaktion hinzu, diesmal in einem normaleren Tonfall.

„Es ist kalt hier." Ryan hatte mich losgelassen und sah sich im Raum um. „Wie wär's mit einem heißen Bad?"
Ich nickte, nur nicht hierbleiben. Er nahm meine Hand, zog mich auf und geleitete mich zur Treppe. Im Erdgeschoss blieb er stehen.

„Wenn du irgendwas brauchst, dann hol es dir ruhig erst. Ich lasse dir Wasser in die Wanne." Schon war er auf dem Weg nach oben. Langsam erwachten erste Zweifel in mir, warum war er hier? Was war mit der Tour? Und wieso war er so unnatürlich freundlich zu mir? Ich blickte ins Wohnzimmer, nichts Auffälliges zu erkennen. Schnell schob ich meine Skepsis beiseite und folgte ihm in den ersten Stock.
Die Badewanne war fast voll, Schaum bedeckte das Wasser und alles roch angenehm blumig. Ryan stand wartend daneben. Als er mich erblickte, machte er eine einladende Geste Richtung Wanne.

„Warum das alles?", fragte ich direkt, er sah mich ungläubig an.
„Du wolltest doch baden, oder?"
„Ja, aber ..." Mir fehlten die passenden Worte. „Nach dem, was war, du warst so böse auf mich."
„Das stimmt, das hättest du nicht tun sollen." Seine Augen verdunkelten sich, während er sprach.
„Ich hatte Angst, dass du mich umbringst." Ich presste die Lippen aufeinander, in der Hoffnung, so nicht weinen zu müssen.

„Hör zu." Er kam einen Schritt näher, steckte seine Hände in die Hosentaschen. „Ich möchte dir etwas anbieten."
Er wartete kurz auf meine Reaktion, ich murmelte ein „Okay".
„Ich wäre bereit, für ein paar Stunden all das zu vergessen. Ein Time-out für uns beide, keine Flucht, keine Gewalt, keine Angst. Eben so lange, bis es einer von uns nicht mehr aushält. Absolut ehrlich, ich will dir 100%ig vertrauen können."
„Kann ich dir denn vertrauen?", entgegnete ich, noch bevor ich den Inhalt all seiner Worte richtig verstanden hatte.
„Für diese Zeit kannst du es."
Meine Verwirrung war sicherlich leicht zu erkennen, ich hatte kein gutes Gefühl bei seinem Angebot. Wieso war er hier? Irgendwas stimmte da doch nicht. Unendlich viele Gedanken schossen durch meinen Kopf, Sinn machte kaum einer davon.
„Aber leg dich erst mal in die Badewanne, danach reden wir."
Er zwang sich zu einem Lächeln, bevor er mich alleine ließ.

***

Entspannend war es nicht gerade gewesen, denn ich hatte mir das Hirn weiter darüber zermartert, was genau Ryan nun mit mir vorhatte und wieso zur Hölle er dafür mein Einverständnis zu einem Waffenstillstand brauchte. Ich war doch so oder so nicht in der Lage, mich gegen ihn aufzulehnen.
Natürlich hatte ich es erst kürzlich versucht, aber mein ewiges Scheitern hatte Spuren hinterlassen und ich war zu diesem Zeitpunkt einfach nur froh, dass ich nicht mehr alleine war, und würde das dementsprechend sicher nicht leichtfertig aufs Spiel setzen.

„Hey", murmelte er kaum hörbar und ohne aufzublicken, als ich zu ihm ins Wohnzimmer trat. Etwas ratlos blieb ich mit

Blick zur Terrasse stehen und schaute in den Garten. Die Sonne blinzelte durch die Wolkendecke, erhellte Teile der Wiese.

Ich vernahm ein Rascheln hinter mir, sicher hatte er seine Zeitung umgeblättert.

„Pass auf", räusperte er sich, ich drehte mich zu ihm um und wartete, bis er weitersprach. „Vergiss, was ich gesagt habe. War eine blöde Idee."

„Wie du meinst." Resignation machte sich in mir breit, wenngleich ich seinen Vorschlag von vorhin auch nicht als positiv empfunden hatte. Trotz all der Zeit, die ich mittlerweile hier und mit ihm verbracht hatte, konnte ich mit der Aussichtslosigkeit meiner Situation immer noch nicht umgehen. Ständig holte es mich ein, oft unerwartet, aber immer, sobald ich alleine war. Ich konnte nicht gegen mich selbst kämpfen, egal wie sehr ich es mir auch wünschte. Vermutlich hatten sich die dunklen Gedanken in mir schon längst zu einer ausgewachsenen Depression entwickelt, aber wen kümmerte das schon?

Ryan hatte die Zeitung längst beiseitegelegt und war auf mich zugekommen, ohne dass es mir bewusst war. Im letzten Moment zuckte ich erschrocken zusammen, starrte ihn wie ein Reh im Scheinwerferlicht an.

„Es ist trocken, lass uns ans Meer fahren."

Kommentarlos nickte ich. Er nahm meine Hand und lotste mich zur Garderobe. Wir zogen uns an, gingen weiter in die Garage zu seinem Wagen.

„Bevor ich es vergesse ..." Er hielt einen Moment inne, suchte dann etwas in seiner Jackentasche. „Da ich dir nicht vertrauen kann, habe ich zwei meiner engsten Freunde mit eingepackt, den Taser und meine Pistole. Ich würde es allerdings vorziehen, wenn ich sie nicht benutzen müsste."

Ich erinnerte mich nur zu gut an beides. Den Taser verband ich mit unheimlichem Schmerz und Hilflosigkeit – und die Waffe? Damit hatte dieser Albtraum ja irgendwie begonnen. Damals hatte er sie auf mich gerichtet – ohne jegliche Gefühlsregung. Würde er genauso kalt einfach abdrücken?
„Ich hoffe, du siehst mir nach, dass ich mich – Wie soll ich sagen? – absichern muss", fügte er noch hinzu, bevor er seine Spielzeuge wieder in der Jacke verschwinden ließ.
„Sicher", antwortete ich gleichgültig. Vielleicht war es mir auch wirklich egal geworden, was mit mir geschehen würde. Selbst wenn es das nur in diesem einen Moment war, ich musste mich daran klammern, es festhalten und versuchen, diesen Hauch von Unbeschwertheit zu genießen.

***

Dublins Straßen sprühten vor Leben, überall waren Menschen unterwegs, trugen Einkaufstaschen, unterhielten sich, genossen das Wetter. Es war Spätherbst, die letzten Tage über musste es wohl ziemlich grau und regnerisch gewesen sein, die Pfützen sprachen zumindest dafür. Ein sonniger Nachmittag wie dieser lockte also zu Recht jeden vor die Tür.
Ich hatte den Kopf an die Fensterscheibe gelegt und saugte die Normalität der Großstadt förmlich auf. Hier, mittendrin, wenn auch geschützt durch das Auto, schien alles so nah, so echt und wirklich. Alles vermittelte den trügerischen Eindruck, dass ich einfach nur die Türe öffnen müsste, um wieder Teil des Ganzen zu sein. Teil des Lebens. Meines Lebens.
Ryan fuhr stadtauswärts, während die Häuser zunehmend kleiner wurden, wurden die Vorgärten größer und detailreicher.

Im Radio erzählte der Moderator von einem spontanen Sommereinbruch in Irland und rief die Zuhörer dazu auf, die wenigen verbleibenden Sonnenstunden unter freiem Himmel zu verbringen.
Nach einer Weile wurde die Straße weiterhin schmaler und links und rechts säumten nur noch Wiesen und Steinmauern den Weg. Ab und an grasten Schafe oder Kühe, wie lange waren wir schon unterwegs?
Ich wagte einen Blick zu Ryan. Er tippte mit den Fingern den Beat eines Songs aufs Lenkrad, sah aber direkt zu mir herüber, als er meine Aufmerksamkeit spürte.
„Ist nicht mehr weit", erklärte er, bog recht bald in einen Feldweg ab und quälte das teure Auto durch eine Unmenge von Schlaglöchern und Pfützen, bis ich endlich den Ozean erblicken konnte. Es war beeindruckend, der Weg, den er genommen hatte, führte uns zwischen den Klippen hindurch direkt ans Meer. In sicherer Entfernung vom Sand weg parkte Ryan den Wagen, stieg aus und ging zum Kofferraum. Ich zögerte kurz, öffnete dann aber auch meine Tür und schon stand ich mit den Schuhen auf der Wiese. Wie gern hätte ich sie ausgezogen und wäre einfach losgerannt, hätte das Meer, den Sand, das Salz unter meinen Füßen gespürt.

„Komm her und hilf mir." Seine Stimme klang nicht sonderlich bedrohlich. Ich schlenderte zu ihm, schielte mit großen Augen in den Kofferraum.
„Was ist das?"
„Da ich mich mit Hexenverbrennungen und Ähnlichem nicht so gut auskenne, dachte ich an ein kleines Lagerfeuer zum Aufwärmen." Er griff nach ein paar Holzbrocken, stapelte sie und belud seine Arme mit möglichst vielen davon.
Ich entschied mich dafür, die große Reisetasche zu nehmen –

was auch immer er darin verstaut haben mochte, es schien mir die bessere Wahl. Ein paar Schritte, bevor das Meer den Strand erreichte, blieb er stehen und warf das Holz auf den Boden. Augenblicklich machte er kehrt und holte die nächste Ladung. Skeptisch sah ich ihm dabei zu.

„Du hast aber schon irgendwann mal ein Lagerfeuer gemacht, oder?" Er keuchte und stemmte seine Hände in die Seiten, als er mit dem Schleppen fertig war.

„Selbst?" Ich schüttelte den Kopf.

„Dann wird es höchste Zeit. Komm, ich zeig es dir." Er nahm meine Hand und zog mich zu dem Stapel Holz. Langsam und voller Präzision packte er einen Ast nach dem anderen und baute damit ein Lagerfeuer auf. Ich konnte logischerweise nicht beurteilen, ob er Ahnung von dem hatte, was er tat, aber es sah zumindest danach aus, als wäre es nicht seine Premiere.

Als er das erledigt hatte, nahm er mir die Reisetasche ab, holte eine große Decke heraus, die er auf dem Sand ausbreitete, und blickte sich relativ zufrieden um.

„Ich war lange nicht hier." Er schien in Erzähllaune zu sein. „So schön abgelegen, hier sind wir ganz allein."

Ich richtete meinen Blick auf den Ozean, die Sonnenstrahlen trafen zwar noch den größten Teil davon, aber unsere Bucht zwischen den Felsen lag schon beinahe komplett im Schatten. Ich vergrub meine Hände in den Taschen des Daunenmantels, den Ryan mir im Flur gegeben hatte. Was für eine gute Wahl, auch wenn es noch so freundlich draußen aussah und der Wind sich sehr zurückhielt – es war kalt.

Ryan kramte in der Tasche, zog eine kleine Flasche heraus. Ich tippte auf Spiritus oder etwas Ähnliches, denn er widmete sich augenblicklich dem, was unser Feuer werden sollte.

Nachdenklich versuchte ich, die Distanz zwischen ihm, mir

und dem Wasser abzuschätzen. Ich wollte kein Risiko eingehen, ihn nicht verärgern, aber das Meer rief mich förmlich.

Meine Schritte waren langsam und vorsichtig, dennoch zielgerichtet. Nicht mal eine Fußlänge vom Wasser entfernt blieb ich stehen und blickte hinaus aufs Meer. Ich atmete tief ein, hatte das Gefühl, das Salz auf meinen Lippen schmecken zu können und in meinem Herzen wurde es im Gegensatz zur Umgebung plötzlich ganz warm. Meine Beine gaben nach, ich ließ mich einfach fallen, kniete im kalten und nassen Sand. Das Rauschen der Wellen war alles, was ich hören konnte. Ein Lied von Freiheit, von Macht und Demut, meiner Existenz und der Welt gegenüber. Ich konnte es hören und ich hatte es so sehr vermisst. Ich legte eine Hand ins kalte Wasser vor mir, beobachtete, wie die Sandkörnchen von der Strömung über meine Finger gedrängt wurden. Kalt. So kalt. Und doch so echt. Die Wogen waren etwas stärker geworden, hatten meine Knie ein paar Mal umspült, aber das fiel mir nur beiläufig auf.
Vorsichtig hob ich aus dem Sand eine kleine Muschel auf, die gerade sichtbar geworden war. Sie war ganz weiß, hatte nur einen winzigen braunen Rand. Ich schloss meine Finger um sie, als wäre sie ein kostbarer Schatz. Vielleicht war sie es ja für mich. So wie das Meer, wie dieser Moment. Ich fühlte mich so lebendig und gleichermaßen war mein Inneres erfüllt von Ruhe und Frieden. Ich konnte mich nicht daran erinnern, wann ich mich das letzte Mal so verloren und angekommen zugleich gefühlt hatte.

Mit geschlossenen Augen ließ ich mich rückwärts auf den Sand fallen. Warum konnte ich nicht einfach die Zeit anhalten? Was, wenn ich die Augen nie mehr öffnen würde?

„Du bist ganz schön durchgeknallt, weißt du das?", seine Stimme kam aus meiner direkten Umgebung.
„Das hättest du dir vorher überlegen müssen", konterte ich, ohne zu ihm zu sehen.
„Ich habe nicht gesagt, dass es etwas Schlechtes ist." Während er sprach, bemerkte ich die leichten Erschütterungen im Sand neben mir. Ich öffnete die Augen und musterte ihn.
Er kniete im Sand, hatte ein leichtes Grinsen auf den Lippen und schüttelte den Kopf, während er meine Kleidung begutachtete.
„Ersatzklamotten habe ich nicht dabei."
„Ist nur Wasser." Ich zuckte mit den Schultern und richtete mich auf.
Mit einem Satz kam Ryan auf die Beine, streckte mir seine Hände entgegen, um mir zu helfen.
„Komm mit, ich will dir was zeigen." Er legte den Arm um meine Schultern und wies mir die Richtung, in die er wollte. Ich konnte nicht sagen, dass der nasse Stoff an meinen Beinen angenehm gewesen wäre und der doch relativ stramme Schritt meines Entführers gefiel mir auch nicht. Wohin wollte er denn? Wir kamen den Klippen immer näher, ich erkannte, dass es eine Ansammlung von vielen verschieden großen Felsen war, die sich an der Küste aneinanderreihten. Als wir zwischen den ersten beiden hindurchgelaufen waren, blieb Ryan stehen und deutete auf den kleinen Strandabschnitt vor uns.

Ich ging einen Schritt darauf zu, dann in die Hocke und bewunderte das, was ich sah. Wahrscheinlich waren Wind und Strömung in Kombination mit den ins Wasser ragenden Felsen dafür verantwortlich, dass genau hier die schönsten Muscheln, Seesterne und Krabben angeschwemmt wurden.
Ein seliges Lächeln breitete sich auf meinem Gesicht aus, so

etwas hatte ich noch nie gesehen. Zumindest nicht in echt. Der Sand war so unglaublich fein und hell, bedeckte immer wieder Muscheln, nur um im nächsten Moment diese erneut zum Vorschein zu bringen. Kleine Wellen zauberten Schaumkronen, ein paar Halme Seegras sammelten sich darin. Eine beigefarbene Krabbe in Handgröße lief direkt vor mir über den Strand, den die letzten Sonnenstrahlen küssten und glitzern ließen.

Am meisten faszinierten mich allerdings die Seesterne. Es gab sie in den unterschiedlichsten Farbschattierungen, manche zeigten sich in wunderschönem Dunkellila, andere schimmerten orange oder beige. Einige hatten regelrechte Muster aus den verschiedensten Farben, sie waren über den kompletten Strandabschnitt verteilt. Die größeren unter ihnen kamen gut und gerne an die Ausmaße der Krabbe heran, aber ich sah auch sehr viele ganz winzig kleine Seesterne, die es an Land getrieben hatte.

„Seesterne", murmelte ich begeistert, schon wieder hatte ich Ryan fast vergessen.

„Wenn es stürmisch ist, landen sie hier."

Ich blickte ihn skeptisch an. „Wo sind sie denn sonst?"

„Sie leben ganz tief im Ozean, am Strand findet man sie normalerweise nicht." Er machte einen Schritt auf mich zu und blickte hinaus aufs Meer. „Hier draußen sind sie leider nur Möwenfutter."

„Möwenfutter? Aber es sind so viele, sind sie tot?"

„Nein, aber sie kommen nicht allein zurück ins Wasser und die Vögel freuen sich darüber."

„Oh nein." Ich schüttelte den Kopf. „Sie sind so schön."

„Na, komm, du Gutmensch." Er lächelte ein wenig spöttisch. „Dann retten wir eben ein paar davon und bringen sie wieder

ins Meer, wenn es dir sonst das Herz bricht."
„Kann man das denn?" Ich war verwirrt – besonders von seiner Reaktion.
„Können schon, ob es was bringt, werden wir dann ja sehen." Sofort stand ich auf und folgte ihm.

„Wir sollten ein paar Stöcke oder so was suchen, sonst kriegen wir sie nicht ins Wasser." Er war wirklich voll bei der Sache, blickte sich um, hob alle paar Meter etwas seiner Meinung nach Brauchbares auf, und als er dann einiges an Hölzchen und Stöckchen zusammenhatte, gingen wir wieder in die kleine Bucht zurück.
In mühevoller Kleinstarbeit werkelten wir sozusagen Hand in Hand. Ich wusste nicht, wie oder warum es überhaupt möglich gewesen war, aber mir schien, als erkannte ich Schemen eines Menschen in ihm, einer Kreatur, die ein Herz besaß und es auch zu benutzen wusste.

Als wir bei Anbruch der Dunkelheit Richtung Lagerfeuer zurückliefen, fühlte ich mich zwar wie erschlagen und furchtbar müde, aber auch irgendwie so, als hätte ich einen wirklich guten Tag gehabt.
„In Anbetracht der Tatsachen würde ich vorschlagen, dass wir das mit dem Lagerfeuer bleiben lassen und uns lieber etwas zu essen auf dem Heimweg suchen. Was meinst du?" Er stand vor dem aufgestapelten Holz und rieb sich die Stirn.
„Finger waschen wäre vielleicht auch nicht das Schlechteste. Dieser penetrante Fischgeruch ist doch sehr gewöhnungsbedürftig." Ich hatte nicht mal gelogen, so sehr ich das Meer liebte, von dem Gestank hatte ich jetzt dann doch genug.
„Du hättest ja nicht gleich INS Wasser gehen müssen",

versuchte er mich aufzuziehen, ich schüttelte empört den Kopf.
„Als sähest du sauberer aus."

Durch unsere Rettungsaktion standen wir uns wahrlich in nichts nach. Seine Jeans war bis zu den Knien hinauf durchgeweicht, überall klebte Sand daran und ich war mir sicher, dass seine Füße in den Turnschuhen komplett durchnässt sein mussten.
Er begutachtete seine Kleidung. „Na gut, Restaurant gestrichen. Soll ich uns doch noch schnell einen Fisch angeln, den wir dann überm Feuer grillen können?"
Ich dachte einen Augenblick nach.
„Hummer. Für mich bitte einen Hummer."
„Du isst doch gar keinen Hummer." Er funkelte mich gespielt böse an. „Will Madame mich etwa verarschen?"
„Nein?" Ich setzte meine Unschuldsmiene auf. „Du sagtest grillen – von Essen war keine Rede."

Amüsiert nahm er meine Hand und brachte mich zum Auto. Gentlemanlike öffnete er mir die Tür und ließ mich einsteigen. Durch das Licht im Wagen fiel mein Blick sofort auf meine sandigen Schuhe.
„Das schöne Auto wird schon wieder dreckig", kommentierte ich mehr oder weniger schuldbewusst.
„Zur Not kaufe ich einfach ein neues." Seine Mimik war voller Arroganz, ob er wusste, welch schauspielerisches Talent in ihm schlummerte?
Ich lächelte – ohne Hintergedanken.
Dann küsste er mich. Zu spontan, als dass ich hätte darauf reagieren können. Er hatte mit der Hand einfach mein Gesicht festgehalten und mir einen Kuss auf die Lippen gegeben. Im Anschluss daran hatte er sofort die Türe zugemacht und auf

der Fahrerseite Platz genommen, um den Wagen zu starten.

Wir fuhren über dunkle Landstraßen, erreichten nach einer gefühlten Ewigkeit die ersten Häuser von Dublin. Es war Abend und die Straßen entsprechend menschenleer.
„Wollen wir uns nachher eine Pizza liefern lassen? Ich würde, um ehrlich zu sein, gerne erst mal duschen." Ryan durchbrach locker die Stille, als wäre sie gar nicht erst da gewesen.
„Sicher", antwortete ich knapp.
Wie angekündigt verschwand er sofort im Badezimmer. Ich zog mir etwas Frisches an und wickelte mich dann im Wohnzimmer in eine Decke ein. Irgendwie war mir seit geraumer Zeit einfach nur kalt.

Ich versuchte, die Pause dazu zu nutzen, um meine Gedanken etwas zu sortieren. Wie war unser Verhältnis eigentlich derzeit zu verstehen? Er war gerade erst zurückgekommen, wäre es nach reiner Logik gegangen, so hätte Ryan immer noch extrem sauer auf mich sein müssen, aber bei ihm liefen die Dinge meistens ganz anders. Wie lange würde er bleiben? Was erwartete er von mir? Gab es die Chance, dass er seine Meinung ändern und mich doch wieder mit auf Tour nehmen würde?
Ich erinnerte mich augenblicklich daran, was dort vorgefallen war. An den Abend, der ihn so verärgert hatte, daran, dass wir in dieser Nacht Sex hatten und wie entwürdigend er mich daraufhin behandelt hatte.
Ganz zu schweigen von meinem Fluchtversuch, seiner wahnsinnigen Wut auf mich und der Tatsache, dass ihn meine Seite der Geschichte schlicht und ergreifend nie interessiert hatte und es auch nie tun würde.
***

„So. Besser", seufzend ließ er sich neben mir auf dem Sofa nieder. „Was soll ich dir bestellen? Einmal Frutti di Mare?"
„Essen wird ohnehin überbewertet", sagte ich möglichst ernst.
„Ah, ja." Er runzelte die Stirn. „Fasten wir zusammen."
Ich zuckte mit den Schultern, kuschelte mich noch etwas fester in die Wolldecke ein.
„Ich sag' dir, was wir machen, ich bestell' jetzt Essen und du machst es dir im Schlafzimmer bequem. Wir haben ja auch genug geschuftet heute, da kann mal im Bett gegessen werden."
„Wie du willst." Ich räusperte mich. „Nur Salami und Pilze für mich."
Er nickte zufrieden, tätschelte mir dann kurz die Schulter. „Los, ab ins Bett mit dir."

Gemächlich stand ich auf, legte die Decke wieder etwas zusammen und in die Ecke vom Sofa und machte mich auf den Weg nach oben in sein Schlafzimmer. Ein spontanes Unbehagen breitete sich in mir aus, seine Worte hatten nicht so geklungen, als würde er mich einfach in Ruhe lassen. Andererseits – wollte ich das überhaupt? Ein großer Teil von mir sehnte sich danach, von ihm gebraucht und gewollt zu werden, nicht zuletzt deshalb, weil ich nicht wieder alleine im Keller zurückbleiben wollte. Ich musste nett zu ihm sein und seine Wünsche und Forderungen erfüllen, auch wenn ich meine Chancen bislang immer vergeigt hatte.
Ich kroch unter die Bettdecke, zog sie mir bis an die Nasenspitze und rollte mich auf der Seite möglichst klein zusammen.

Es dauerte zu lange, bis er auftauchte. Ich war eingenickt. Wahrscheinlich war ich die frische Luft gar nicht mehr gewohnt und dementsprechend müde hatte mich der Ausflug gemacht. Was mir allerdings nicht entgangen war, war der anziehende Geruch des frischen Essens, das Ryan mitten auf dem Bett abgestellt hatte. Ich streckte mich etwas, rieb mir die Augen und öffnete sie, sobald ich fähig dazu war.

Ryan reichte mir eine Pizzaschachtel, nahm sich die andere und kletterte dann selbst unter die Bettdecke, um sich neben mich zu setzen. Flüchtig blickte er zu mir, während er mit der Hand neben sich auf den Nachttisch griff. Kurz darauf hielt er mir eine Bierflasche hin. Ich zwang mich zu einem Lächeln. Statt zu essen, zog er dann die Schublade des Tischchens auf und kramte darin herum. Eine kleine schwarze Fernbedienung kam zum Vorschein.

„Darf ich vorstellen? Mein Bett-Kino." Er zwinkerte mir zu, drückte auf die Fernbedienung und augenblicklich senkte sich eine Leinwand in Fenstergröße aus der Decke heraus nach unten. Blick nach draußen gab es somit nicht mehr, aber zumindest Kinogröße des Bildes. Im Nachttisch musste auch der Beamer versteckt gewesen sein, denn Ryan konnte vom Bett aus alles steuern und bedienen.

Er entschied sich für den Lokalsender, auf dem Nachrichten liefen und wir konnten uns dann endlich der Pizza widmen.

Nachdem er sich mehrmals vergewissert hatte, dass es für mich okay war, ließ er irgendeinen Agentenfilm laufen. Ich hatte keine Lust, mich überhaupt zu konzentrieren, es kam mir also ganz recht. Von Fernsehen im Bett hatte ich eigentlich nie wirklich viel gehalten, doch das hier hatte zumindest an diesem Abend durchaus Vorteile.

Als ich zwischen meinen kleinen Nickerchen wieder einmal aufgewacht war und ihn musterte, drehte er den Kopf sofort in meine Richtung und lächelte freundlich. Etwas in mir konnte

die Kälte nicht mehr ertragen, wollte ihn fühlen, seinen Schutz und seine Nähe. Ich rutschte ein Stück zu ihm, und als hätte er damit gerechnet, hob er seine Decke, ließ mich darunter und legte seinen Arm um mich. Mit meinen Fußspitzen berührte ich seine, meine Hand ruhte auf seiner Hüfte und meinen Kopf ließ ich sanft zwischen seinem Hals und seiner Brust ausruhen. Seine Haut war so schön warm, roch so echt und menschlich. Ein Schauer lief mir über den Rücken, ich hegte den geheimen Wunsch, ihn nie wieder loslassen zu müssen.
Seine Finger suchten einen Weg unter mein Shirt, streichelten mir sanft über den Rücken. Ich atmete schwer, schloss die Augen und verlor mich in dieser minimalistischen Zärtlichkeit.

„Es tut mir leid", flüsterte ich kaum hörbar. „So leid."
Ryan stoppte augenblicklich und ich konnte spüren, wie sich sein ganzer Körper anspannte.
„Was?", fragte er. Als ich nicht antwortete, wurde er ärgerlich. „Was, Mira?"
„Alles", wisperte ich, ohne meinen Kopf auch nur einen Millimeter von ihm wegzubewegen. „Dass ich dein Vertrauen missbraucht habe."
„Wovon zur Hölle sprichst du?" Er versuchte, sich aufzusetzen, wollte mir sicher in die Augen starren, aber das war nicht in meinem Interesse. Nicht jetzt, nicht in einem so schönen Moment. Dennoch war mir klar, dass ich diejenige war, die den Augenblick ruiniert hatte, also musste ich wohl oder übel auch dazu stehen.
„Ich ..." Nervös biss ich mir auf die Lippen, es war blödsinnig, er hatte das alles schon gehört und es war ihm egal. Er würde denken, dass ich ihn anlüge, ihm etwas vorspielen oder eine neue Taktik ausprobieren wollte. Nichts weiter.

„Sprich mit mir!" Sein Tonfall war äußerst bedrängend. Ich hatte den Ernst der Lage längst erkannt.
„Ich habe deine Geheimnisse niemandem verraten. Nie."
„Hör auf damit!", schnauzte er mich an, drückte mich unsanft von sich weg. „Ich will das nicht hören. Deine Lügen."
„Es ist die Wahrheit, ob es dir passt oder nicht. Auch wenn ich weiß, dass das nichts zwischen uns ändert, so ist es trotzdem die Wahrheit und du solltest sie kennen." Beinahe flehend sprach ich zu ihm, beobachtete jede noch so kleinste Geste, aber längst hatte er die Mauern um seine Seele herum wieder hochgezogen, und wie undurchdringbar sie waren, wusste ich nur zu gut.
„In einem Punkt gebe ich dir vollkommen recht. Es wird absolut gar nichts zwischen uns ändern. Nicht jetzt und auch nicht irgendwann." Sein Blick war ernst, Gefühle suchte man hier wirklich vergebens.
„Ich habe dich geliebt ..." Meine Stimme zitterte, wirkte so zerbrechlich wie mein Herz, als er mir damals einfach nicht mehr geschrieben hatte.
„Halt den Mund!", schrie er mich unvermittelt an, „ich will diesen Mist nicht hören! Du kommst hier nicht lebend raus, scheißegal, was du noch alles erfindest oder versuchst. So dumm und stur kann doch kein Mensch sein! Akzeptier das endlich!"
Ich schluckte, spürte, dass ich gleich weinen würde, und drehte mich schnell auf die andere Seite. Er sollte es nicht sehen, mir nicht noch mehr wehtun.
„Was muss ich denn noch tun, damit du mir glaubst?" Während er sprach, packte er mich an der Schulter und bewegte mich wieder zu sich.
„Was? Sag es mir!", fauchte er böse, „soll ich dir wehtun? Dich quälen? Vergewaltigen? Was hättest du gern? Wie kann ich dich

davon überzeugen, dass ich ein gottverdammter Mörder bin und du nichts weiter als die Nächste auf meiner Liste?"
Tränen rannten mir übers Gesicht.
„Bitte hör auf", bettelte ich ihn regelrecht an. „Bitte."
Er richtete sich auf, ich zuckte erschrocken zusammen und verlor mich in seine Augen.
„Ich werde dich sowieso töten, also spar dir deine armseligen Versuche, mich davon abzuhalten."
Er packte mich am Hals, nicht sonderlich fest, aber bestimmend, um seiner Botschaft mehr Nachdruck zu verleihen.
„Dennoch liebe ich dich." Beim Aussprechen meiner Worte wurde mir übel. Von einer Sekunde auf die andere. Hatte ich das wirklich gesagt? Und wenn ja, wieso? Ich wollte mich wegdrehen, ihn nicht sehen, nicht so wirken, als erwartete ich eine Reaktion, trotzdem konnte ich nichts tun.
Seine Hand an meinem Hals presste mich immer noch gegen das Kopfkissen und erschwerte mir das Atmen. Das einzig Positive war, dass ich nicht mehr weinte. Er hing halb über mir, seine Augen erschienen vor Wut kleiner als sonst und funkelten im gedämpften Licht der Leinwand umso gefährlicher.
„Du bist lebensmüde, mir so eine gequirlte Kacke auftischen zu wollen", zischte er kopfschüttelnd. Dann ließ er mich abrupt los und setzte sich wieder auf sein Bett, als wäre nie etwas vorgefallen.

Ich brauchte eine Weile, um mich irgendwie wieder zu beruhigen. Seine Worte hatten mich natürlich sehr getroffen, stellten durchaus einiges infrage und um ehrlich zu sein, wollte ich mich gar nicht mit der Tatsache auseinandersetzen, dass er mir mehr als klar und deutlich gesagt hatte, dass er mich

definitiv umbringen würde.
Viel lieber analysierte ich diesen schwachen Moment geistiger Umnachtung, in dem ich Ryan meine Liebe gestanden hatte. Das musste eine Kurzschlussreaktion meines Gehirns gewesen sein. Vielleicht war es auch einer dieser Freudschen Versprecher? Wobei, das würde ja bedeuten, dass ich sehr wohl das hatte sagen wollen, was ich gesagt hatte.
Er hatte mir nicht wehgetan, nicht an diesem Abend zumindest, auch wenn er es gekonnt hätte und drauf und dran war, es zu tun. Aber gut, was hieß das? Nichts.
Oder besser gesagt, es bedeutete das, was er ausgesprochen hatte. Zum ersten Mal hatte er Klartext geredet. Lagen seine Nerven möglicherweise so blank, dass er wirklich kein Blatt mehr vor den Mund nahm und mir seinen wahren Plan knallhart ins Gesicht schleuderte?

***

Ich lenkte meine Aufmerksamkeit vorsichtig auf ihn. Er hatte den zweiten Film vor ein paar Minuten eingeschaltet, glotzte wie hypnotisiert auf die Leinwand. Als er meinen Blick bemerkte, drückte er auf Pause, warf die Decke weg und sprang regelrecht aus dem Bett.
„Ich geh' eine rauchen", kommentierte er barsch.

Als er zurückkam, machte er den Film aus und entledigte sich seiner Kleider, um wieder ins Bett zu kommen.
„Ich hab's verkackt, oder?", fragte ich vorsichtig, während ich ihn etwas schüchtern beobachtete.
„Kann man so sagen." Er nahm einen Schluck Bier aus der Flasche, stellte sie wieder ab und wendete sich mir zu. „Am Streiten und Diskutieren sollten wir wirklich noch arbeiten."

Ganz offensichtlich hatte er sich beruhigt und seine Worte deuteten darauf hin, dass ihm bewusst war, dass auch er sich im Ton vergriffen hatte.
Ich startete einen Versuch der körperlichen Annäherung, auch wenn mir fast die Knie dabei zitterten und die Angst vor weiterer Demütigung und Ablehnung riesengroß war. Er presste die Lippen aufeinander, zog mich dann mit einem gekonnten Griff zu sich, um die Arme um mich herum zu schlingen. Ich versuchte, seinen Bauch zu streicheln, hoffte, das Gefühl von Nähe irgendwie wiederzufinden, doch er nahm meine Hand in seine und hielt mich davon ab.
„Ich möchte einfach nur schlafen", murmelte er. Ich drehte mich auf die Seite, er legte die Arme fest um mich und küsste kurz meinen Nacken. Kaum hörbar stöhnte ich auf, schloss meine Augen und lauschte seinem Atem.

***

Müde rieb ich mir den Schlaf aus den Augen, streckte mich dann erst mal in alle möglichen Richtungen. Da ich nirgends an ihn gestoßen war, schien es Morgen geworden zu sein und er war – wie nicht zum ersten Mal – schon vor mir aufgestanden. Langsam und bedächtig kämpfte ich mich aus dem Bett, warf einen Blick auf die leeren Pizzaschachteln auf dem Boden und schlurfte müde und bepackt mit meinen Klamotten ins Badezimmer. Wie üblich kümmerte es mich nicht sonderlich, wie perfekt oder nicht-perfekt ich aussah – wenn es ihm nicht passte, sollte er sich auch selbst darum kümmern.

Der letzte Abend steckte mir definitiv noch in den Knochen, dunkle Ringe hatten sich unter meinen leicht geschwollenen Augen gebildet, mein Blick war alles andere als wach. Ich zog

mich an, kämmte meine Haare, putzte Zähne und versuchte, mich mental auf die Begegnung mit Ryan einzustimmen.
Wie würde er reagieren? Wie war seine Laune? Diesbezüglich wurden die Karten ja quasi minütlich neu gemischt, man konnte unmöglich wissen, woran man bei ihm war. Ein regelrechtes Überraschungspaket, der Herr Rockstar.
Was stand mir heute bevor? Und was weitaus wichtiger war – wie lange würde er noch hier sein, bevor er wieder auf Tour gehen musste? Mir fiel ein, dass es sich ohnehin nur um Mutmaßungen meinerseits handelte. Ich wusste weder, für wie lange er hierbleiben würde, noch ob er die Tour abgebrochen hatte, geschweige denn hatte ich auch nur den Hauch einer Ahnung davon, wann er seinen finalen Plan mich betreffend zu Ende bringen wollte.
Ein starkes Übelkeitsgefühl breitete sich in mir aus. Es war nicht einmal die Angst davor, dass mein Leben zu Ende wäre. Vielmehr war ich erschrocken darüber, dass ich so locker und leicht darüber nachdenken konnte. Hatte er mich denn wirklich schon so weit gebracht, dass der Tod eine Erlösung sein würde?

Ich dachte an die Seesterne. An ihre wundervollen, prächtigen Farben, die vielen nie gleichen Muster auf ihren Körpern und daran, dass ihr Leben durch einen dämlichen Sturm, der sie an Land getrieben hatte, quasi schon beendet gewesen war. Möwenfutter – wie Ryan gesagt hatte. Beim ersten Aussprechen war er komplett emotionslos geblieben. Es war für ihn einfach eine Tatsache. Ein Naturphänomen. Sie werden angespült, die Vögel freut es. Was bedeutete schon ein Leben? Was bedeutete meines im Vergleich dazu?
Wir hatten aber doch zumindest versucht, die Seesterne zu retten. Ihnen eine weitere Chance zu geben. Er hatte nicht nur sehr ambitioniert mitgeholfen, nein, es war sogar seine eigene

Idee gewesen.
Diese wunderschönen Kreaturen gehörten da hin, wo sie sich wohlfühlten, wo sie leben konnten und durften und sie nicht allem und jedem zum Opfer fallen würden.
Was war ein Leben wert? Mein Leben? Die Frage war wie in Leuchtbuchstaben vor meinem inneren Auge sichtbar. Ob ich jemals eine Antwort darauf bekommen würde?

***

Seufzend verließ ich das Bad und ging die Treppenstufen hinunter. >>Kopf aus!<<, befahl ich mir selbst, es war Zeit, zu funktionieren.
Zu meiner Verwunderung war weder Fernseher noch Musik an, alles schien ruhig und verdächtig friedlich. Er hielt die Stille doch kaum aus, oder duschte er vielleicht gerade im anderen Badezimmer? Vielleicht war er auch im Keller im Studio?
Ich entschied mich, in der Küche erst einmal die aktuelle Kaffeesituation zu checken, so weit kam ich allerdings nicht.

Das, was auf dem Esszimmertisch lag, forderte meine ganze Aufmerksamkeit. Ich blieb wie angewurzelt vor dem Tisch stehen und ließ meinen Blick darüber gleiten.
Eine Tasse und eine Thermoskanne mit Kaffee standen da. Daneben war meine Handtasche, die ich zuletzt oben im Gästezimmer gesehen hatte. Ein weißer Briefumschlag mit meinem Namen darauf befand sich neben meiner Tasche. Ich schluckte schwer, was sollte das? Wollte er mich verarschen? War das wieder eines seiner perfiden Spielchen? Verwirrt blickte ich mich im Raum um, immer noch alles ruhig.
Ich nahm den Umschlag, setzte mich auf einen der Stühle und öffnete ihn vorsichtig mit zittrigen Fingern.

Mira,

vielleicht bin ich ja ein Mensch großer Worte, aber hier an dieser Stelle kann ich sie unmöglich finden.

Was ich dir angetan habe, ist mit nichts wiedergutzumachen und das weiß ich. Ich habe dich durch die Hölle gehen lassen, nur weil ich selbst zu feige war, zu dem zu stehen, was ich getan habe. Nur zu gerne würde ich dir Gründe nennen, mich erklären und rechtfertigen, aber es gibt nichts, was ich sagen könnte. Am ehesten trifft es wohl zu, wenn ich eingestehe, dass ich einfach ein krankes, perverses Arschloch bin, richtig?

Es tut mir unendlich leid, Mira. Ich kann die Zeit nicht zurückdrehen. Ich bitte dich auch nicht um Verzeihung, denn was ich dir angetan habe, ist unverzeihlich.

Während du diesen Brief liest, befinde ich mich schon auf der Polizeiwache am Trinity College. Ich stelle mich und erzähle die Wahrheit. Jede Kleinigkeit, alles. Ich werde die Polizei nicht zu dir schicken, denn ich möchte dir die Zeit geben, die du benötigst, aber ich bitte dich – mir und besonders dir zuliebe –, so bald wie möglich bei der Polizei deine Aussage zu machen. Danach werde ich sie in mein Haus schicken, wo sie sämtliche Beweise finden und mich dementsprechend verurteilen können.

Ich habe dir einen Zettel mit der Adresse der Polizeistation in deinen Geldbeutel gesteckt. Gib ihn einfach einem Taxifahrer, er wird dich hinbringen. Deine Sachen habe ich vollständig in deiner Tasche verstaut, sämtliche Türen und Fenster im Haus sind offen.

Ryan

PS: Falls du einen Kaffee zur Stärkung möchtest ...

Mein Herz raste, klopfte mir bis zum Hals. Mir wurde schwindelig, kleine Blitze zuckten vor meinen Augen. Hastig schnappte ich meine Handtasche, ließ sie dabei fast vom Tisch fallen. Ich öffnete sie, kramte darin herum. Handy, Geldbeutel. Ich riss ihn auf, Pass und Karten, alles da. Im Kleingeldfach war der Zettel mit der Adresse. Ich wollte das Portemonnaie schon wieder in die Tasche räumen, da fiel mir auf, dass es ziemlich schwer und voll war. Ich warf einen Blick ins hintere Fach. Keine Ahnung, wie viele es waren, aber es befanden sich einige 200-Euro-Scheine darin, die mir entgegen strahlten.
Hatte er sie noch alle? Was war das? Bestechungsgeld? Ich schüttelte den Kopf, warf alles zurück in die Tasche. Dann begutachtete ich den Brief noch einmal, steckte ihn in den Umschlag zurück und packte ihn ebenfalls ein.

Langsam erhob ich mich, hielt mich an der Tischplatte fest. Mein Herz raste immer noch, aber mein Kreislauf schien sich etwas stabilisiert zu haben. Nach kurzem Innehalten ging ich zur Terrassentür. Entschlossen packte ich den Griff, zog daran. Die Tür öffnete sich augenblicklich und vor allem problemlos. Oh mein Gott! Er meinte es ernst. Und ich wusste plötzlich nicht, was ich tun sollte. Ich ließ mich wieder auf dem Stuhl nieder und goss mir Kaffee in die Tasse. Ich schaffte es kaum, diese in den Händen zu halten. Alles bebte, zitterte in mir vor Anspannung. Nach der ersten Tasse Kaffee ging es mir um einiges besser. Es war, als könnte ich die Dinge langsam etwas klarer sehen. Ryan hatte einen Plan erstellt, wann auch immer er sich dazu entschlossen hatte. Er hatte alles durchorganisiert und mir dann schön aufnotiert, was er wann von mir erwartete – quasi um die Sache zu Ende zu bringen.
Er hatte es entschieden. Kapituliert hatte er, vor seiner eigenen Courage möglicherweise. Oder vor seinen Gefühlen?

„Oh, Ryan", seufzte ich laut, drehte mich noch einmal in alle Richtungen des Wohnzimmers. Dann stellte ich die leere Tasse einfach auf den Tisch, nahm meine Handtasche, zog mir an der Garderobe einen Mantel an und blieb an der Haustüre stehen.
Ich begutachtete das kleine Kästchen mit den Zahlen darauf, die verschiedenen Schlösser, die, abgesehen davon, auch noch an der Türe angebracht waren.
Mit einem leisen Klicken öffnete sich die Tür und wies mir den Weg hinaus in den kleinen Vorgarten. Das Gartentor, das das Grundstück von der Straße trennte, stand offen.
Die Zeitung steckte im Briefkasten, lugte oben ein kleines Stückchen heraus. Auf der gegenüberliegenden Straßenseite schob ein Nachbar gerade die Mülltonne auf den Gehweg.

Ein paar Sonnenstrahlen kitzelten mein Gesicht, als ich den ersten Schritt hinaus wagte. Ich atmete tief durch.

Dann ging ich.
Wohin?

– Wohin auch immer ICH wollte.

ENDE

- Epilog -

Eigentlich wusste ich es schon lange, viel zu lange. Aber ich wollte es nicht wahrhaben. Menschen sind oft sehr geschickt darin, sich selbst etwas vorzulügen, wenn sie die Wahrheit nicht erkennen wollen.
Oder wenn sie sie nicht ertragen können.
Oder wenn sie nur denken, dass sie das nicht können.
Egal wie, die Konsequenzen daraus können weitreichend sein, so wie in meinem Fall. Meiner Geschichte. Eigentlich ist es ihre. Sie gehört ihr.

Als ich sie sah, dort am Meer, auf ihren Knien im kalten, nassen Sand, wie sie von der Sonne geküsst wurde, wie ihre Haare im Licht glänzten und wie sehr sie eins mit sich selbst in diesem Moment war.
In diesem endlosen und gleichermaßen doch viel zu kurzen Augenblick wurde mir klar, warum ich sie nicht gehen lassen wollte. Ich hatte auch nicht erst nach der Entführung Gefühle für sie entwickelt, sondern schon viel früher.
Wie sehr mir diese Emotionen doch zugesetzt hatten. So sehr, dass ich ernsthaft in Erwägung gezogen hatte, Mira umbringen zu lassen. Diese verdammte Angst. Ich wollte nicht wieder verlieren müssen und doch war die Situation dann so gleich geworden. Die Furcht hätte mich erneut zum Mörder gemacht und ich hätte ebenso leiden müssen wie damals.

Macht und Kontrolle über etwas zu haben, über JEMANDEN – ein so berauschendes, erhabenes Gefühl. Mit nichts zu vergleichen. Dennoch hatte es mir nicht die Sicherheit vermittelt, nach der ich mich so gesehnt hatte. Natürlich hatte ich Mira näher an mich herangelassen als irgendjemanden sonst, aber die Gründe dafür waren andere.

Nicht weil ich ihr vertraute, sondern weil ich Macht über sie, ihr Handeln und Tun hatte. Zumindest teilweise. Am Ende fand ich mich in einem Gewirr aus Lügen wieder, ich hatte meine besten Freunde, eigentlich die ganze Welt, über Wochen hinweg angelogen. Tagtäglich. Ständig. Anfangs hatte ich nicht einmal den Hauch eines schlechten Gewissens dabei.

Doch mit der Zeit fühlte ich mich immer zerrissener und mieser, und als mir bewusst wurde, dass ich aus dieser Nummer nie wieder herauskommen würde, war mir klar, dass ich eine Entscheidung treffen musste.

Genau das hatte ich in letzter Konsequenz getan. Ich hatte mich entschieden. Nichts war mehr so wie zuvor. Gar nichts. Nichtsdestotrotz hatte ich mich entschieden.

Vielleicht das einzige Mal in meinem Leben sogar richtig.

Forever Yours II

ÜBER DEN AUTOR

Morgan Stern, geboren im Jahre 1980, begeisterte sich bereits in ihrer Kindheit für das Schreiben von Geschichten. Über die Jahre verfasste sie vor allem Thriller und Romane in deutscher und englischer Sprache.

„Forever Yours II – Verloren. Sein." ist ihre zweite Buchveröffentlichung.
Der erste Teil des Psychothrillers trägt den Titel „Forever Yours – Gefangen. Sein." und erschien im Februar 2018 als Taschenbuch und eBook.

Für weitere Informationen

www.morganstern.de

Printed in Poland
by Amazon Fulfillment
Poland Sp. z o.o., Wrocław